Alan H. Apostolopoulos
Dimitra Apostolopoulos

DESTINO

O FIO DA VIDA

Presidente:
Mauricio Sita

Vice-presidente:
Alessandra Ksenhuck

Chief Product Officer:
Julyana Rosa

Diretora de projetos:
Gleide Santos

Capa e ilustrações:
Henrique Rodrigues Domingos

Consultora de projetos:
Amanda Dias

Projeto gráfico e diagramação:
Gabriel Uchima

Revisão:
Maria Catharina Bittencourt

Chief Sales Officer:
Claudia Pires

Impressão:
Gráfica Paym

Dados Internacionais de Catalogação na Publicação (CIP)
(eDOC BRASIL, Belo Horizonte/MG)

Apostolopoulos, Alan H.
A645d Destino: o fio da vida / Alan H. Apostolopoulos, Dimitra Apostolopoulos. – São Paulo, SP: Literare Books International, 2023.
280 p. : 16 x 23 cm

ISBN 978-65-5922-685-6

1. Autoconhecimento. 2. Destino. 3. Técnicas de autoajuda. I. Apostolopoulos, Dimitra. II. Título.
CDD 158.1

Elaborado por Maurício Amormino Júnior – CRB6/2422

Literare Books International.
Alameda dos Guatás, 102 – Saúde– São Paulo, SP.
CEP 04053-040
Fone: +55 (0**11) 2659-0968
site: www.literarebooks.com.br
e-mail: literare@literarebooks.com.br

AGRADECIMENTOS

Agradecemos ao nosso amigo Konstantinos Apostolopoulos, primeiro alpinista grego a subir no ponto mais alto do Monte Everest, vice-governador de economia e conselheiro regional da Prefeitura da Grécia Central.

Foi uma honra tê-lo como primeiro leitor comentarista desta obra.

Agradecemos às profissionais Barbara Rayne Nunes Cardoso e Bruna Rayne Nunes Cardoso, que nos ajudaram durante a fase de organização e estruturação da história que contamos, pelo incansável e eficiente serviço realizado.

Agradecemos à nossa primeira digitadora, Iara Campos Souza, que ajudou no início deste livro.

Quero expressar minha gratidão pelo sensacional trabalho realizado pela diretora de produto do livro, Julyana Rosa, e de todos os membros de sua equipe da Editora Literare.

DEDICATÓRIA

Dedicamos este livro aos nossos amados filhos, Elaine, Filipe e Andre, que nos apoiaram incondicionalmente. Aos nossos preciosos netos, Yuri, Dimitra (Didika) e Gustavo, filhos de Mikael e Elaine; Sofia e Melina, filhas de Filipe e Giselle; e Julia, filha de Andre e Carol. Durante a fase de escrita e produção deste livro, nossos netos sempre nos perguntavam se os seus nomes estariam nele, mas na realidade eles foram o motivo principal pelo qual resolvemos escrevê-lo desde o início. Para que eles soubessem de onde vieram e para que conhecessem a história e a força dos seus antepassados, que atravessaram os tempos para chegar aos nossos dias atuais, permitindo que construíssemos uma família unida, com muito amor e harmonia.

PREFÁCIO

O livro mostra a perspectiva singular de famílias de origem grega que vivenciaram as memórias relatadas nessa narrativa, procurando apresentar às gerações futuras os acontecimentos pelos quais passaram os corpos das personagens que o compõe. Tudo isso é capaz não apenas de orientar os filhos e netos a conhecer a sua ancestralidade grega e evidenciar quais são as maneiras de reconhecimento possíveis de se estabelecer com os núcleos familiares, como também possibilita ao público leitor desvelar uma história quase desconhecida de enfrentamento dos jugos de dominação e submissão aos quais o território grego fora colocado. A família, por sua vez, é o fio condutor da narrativa, já que dá forças para que as personagens atravessem as adversidades apresentadas pelo contexto da trama.

O livro tem como aspiração apresentar os relatos dos ancestrais de modo a construir memórias de resistência, amor, resiliência e perseverança para gerações futuras, que envolvem as famílias Apostolopoulos e Valavanis. A narrativa estrutura-se a partir dos relatos colhidos de Haralabi e Dimitra, que decidem o quão oportuno e relevante para o mundo é conhecer a história de resistência de sua família e da Grécia em temporalidades distintas.

Portanto, essa narrativa é construída a partir da perspectiva de Niko, um grego que experimentou os processos de desterritorialização de sua pátria, ocasionados primeiro pela invasão do Império Turco-Otomano na Grécia e, depois, pela invasão da Alemanha Nazista no início do século XX, tendo lutado bravamente para garantir que as futuras gerações fossem capazes de acessar tais memórias. Além disso, retrata com muita verossimilhança os movimentos de migração que as famílias foram forçadas a fazer em razão dos conflitos territoriais e políticos. O livro é escrito no presente, embora nos faça embarcar em uma jornada pelo passado grandioso da civilização que dá origem ao que conhecemos hoje como "Ocidente". Essa viagem nos remonta a fatos que a história tradicional se esquivou de contar, os quais, por meio desta narrativa, presentificam-se como imagem límpida da força e coragem das personagens.

A escrita é fluida, envolvente e nos afeta desde a primeira linha. As personagens nos fazem criar uma imagem mental bastante lúcida dos acontecimentos que se encadeiam nessa história. Fala de relações de amor, amizade e de como uma família que permanece unida consegue atravessar guerras e conflitos inimagináveis. É possível que essa história consiga penetrar o imaginário de cada leitor(a) e impactar profundamente suas vidas? Esse é o convite que esta obra nos faz quando nos aventuramos na leitura. Um relato de fé, esperança e resiliência.

Paul Jardim Martins Afonso

PRÓLOGO

Criação das cidades de Constantinopla e Smyrni (*Σμύρνης* em grego).

No ano 312 d.C., século IV d.C., o Império Romano estava dividido entre o Ocidente e o Oriente.

MAPA DO IMPÉRIO BIZANTINO

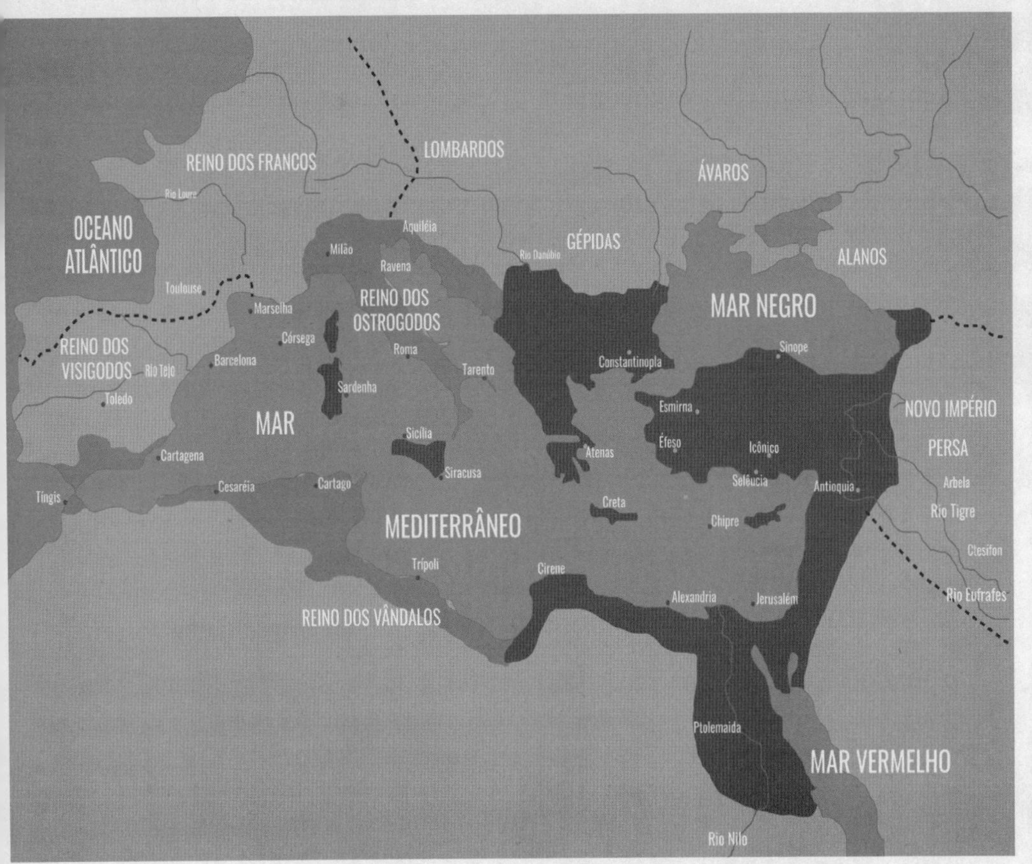

Constantino, O Grande, era o imperador romano do Oriente, filho de Eléni de Atenas, que era da Grécia e, por essa razão, ensinara ao seu filho a língua grega. Não só isso, ele também era politeísta, praticante dos costumes pagãos e adorador do Deus Sol numa época em que os cristãos eram duramente perseguidos. Além da destruição de igrejas e objetos de culto, havia a prisão de bispos e sacrifícios de cristãos aos deuses politeístas romanos.

O imperador romano do Ocidente era Maxêncio, um governante muito ambicioso que queria se tornar o único imperador de todo o Império Romano. Ao tomar conhecimento de que o exército de Constantino se dirigia para Roma, ele posicionou o seu exército na Ponte Mílvia, sobre o rio Tibre, para impedir a entrada de Constantino em Roma.

Uma grande batalha aproximava-se, o exército de Maxêncio estava em maior número e era mais bem preparado. Consequentemente, quando Constantino percebeu que uma batalha sangrenta estava prestes a acontecer, já era tarde demais. Sua caminhada bélica era irreversível e ele a fazia em menor número.

Um pouco antes da batalha contra o Império do Ocidente, Constantino recebeu uma mensagem em sonho, tendo aparecido duas letras gregas para ele: *X* e *p*, junto a uma mensagem em grego εν τούτῳ νίκα, que, traduzida para o latim, significa: *In hoc signo vinces**.

Assim, em virtude do significado das letras que viu em sonho, sendo elas as iniciais gregas para o nome de Cristo, em grego Χριστός, no dia seguinte Constantino ordenou que todos os escudos dos soldados fossem pintados com as letras gregas *Xp*, em forma de cristograma, para o seu estandarte militar.

---

* "Com este sinal vencerás", em português.

ESCUDO DE CONSTANTINO

Quando chegou o dia para o qual vinham se preparando, enquanto se deslocavam para a dura batalha contra o imperador Maxêncio, Constantino olhou para o céu e viu o vislumbre da mensagem que sonhara por entre as nuvens, sentindo-se guiado por uma força divina em razão disso. No momento em que a batalha terminou, enfim, todos viram o corpo de Maxêncio boiando no rio Tibre, e isso foi a confirmação de que o Império do Oriente era o vencedor. Com essa vitória, Constantino foi proclamado o único governante supremo do Império Romano sob a fé cristã.

Após vencer a luta contra os seus inimigos, Constantino se converteu para o Cristianismo, deixando o paganismo para adorar a um único Deus. Em consequência disso, adotou novos costumes e ordenou que parassem com as perseguições aos cristãos, tornando-se, com isso, o responsável por difundir o Cristianismo em toda a região.

Não satisfeito com as mudanças quanto aos hábitos sociais e religiosos que iniciara na região, foi para a cidade grega de Bizâncio e lá criou a sede do Cristianismo, estabelecendo-a como a capital do seu império.

Após isso, mandou construir a Igreja de Santa Sofia e mudou o nome da cidade para Constantinopla. Também mandou construir, no túmulo de São Pedro, a Igreja de São Pedro, atual Basílica de São Pedro no Vaticano. Logo depois, foi para Jerusalém e, sobre o túmulo de Cristo, ordenou que fosse construída a Basílica do Santo Sepulcro. Além disso, estendeu o seu domínio para a Ásia Menor e levou o Cristianismo para Smyrni, uma cidade grega fundada por Alexandre, o Grande, cuja origem data da Macedônia, na época do Helenismo, em 320 a.C.

A partir de tais atos, estabeleceu um império que duraria 1.100 anos. Na oportunidade, o Imperador Constantino também fundou a Igreja Católica Ortodoxa, adotando a língua grega por todo o Império Bizantino e fazendo com que o evangelho e as escrituras cristãs fossem todas escritas na língua grega.

Dentre os seus feitos mais significantes, ele se reuniu com todos os bispos do mundo, no 1º Concílio de Nicéia, em 325 d.C., para decidirem sobre a natureza divina de Jesus Cristo e sua relação com o Deus Pai, já que ainda não havia um consenso entre os membros da Igreja Católica Ortodoxa.

Na região da Ásia Menor, que passou a fazer parte do Império Bizantino, Smyrni tornar-se-ia uma das cidades mais prósperas. Não só isso, ela viria a se tornar extremamente cosmopolita, pois, embora a maioria da população fosse de gregos cristãos, também seria habitada por uma minoria de turcos, judeus e armênios, o que geraria um intercâmbio de produtos e costumes entre essas culturas, favorecendo o comércio e o turismo local e fazendo com que Smyrni passasse a ser um destino visado por muitas pessoas ao redor do mundo.

No entanto, esse multiculturalismo, principalmente relacionado às religiões islâmicas e ao cristianismo, mais tarde geraria uma efervescência por identificação territorial e social, exigindo o reconhecimento do povo como um só, sem distinções de hábitos e crenças. Contudo, nesse novo cenário social vislumbrado por alguns, não haveria espaço para duas religiões dominantes, o que culminaria numa luta pelo estabelecimento e pela solidificação de apenas uma.

SUMÁRIO

PARTE 1:

A FAMÍLIA VALAVANIS

Na mitologia grega, as myras (μοίρας) são três irmãs, divindades, responsáveis por criar, tecer, cortar o fio da vida de todos os seres humanos, determinando o seu destino.

CAPÍTULO 1

SMYRNI, ANTES DE 1922

Por estar posicionada estrategicamente numa parte costeira da Ásia Menor, uma região privilegiada do Mediterrâneo, com um grande fluxo de pessoas e mercadorias, Smyrni tornou-se uma cidade muito rica e cosmopolita, que fazia comércio através de seu porto com todos os países do mundo. Sua população era composta por uma maioria de gregos cristãos ortodoxos, em torno de dois milhões de pessoas, e a outra parte por turcos, judeus e armênios. Apesar das diferenças culturais e religiosas, supostamente esses grupos sociais distintos conviviam em harmonia.

O povo da região era sofisticado, as pessoas eram muito arrumadas, os homens sempre se vestiam elegantemente, com ternos de alta-costura, combinados com belas gravatas e chapéus, enquanto as mulheres usavam longos vestidos feitos de seda e chapéus também estilosos, faziam festas com músicos famosos e davam grandes bailes anuais. Todos conseguiam desfrutar dos benefícios proporcionados pela localização de Smyrni e do comércio lucrativo em decorrência disso, vivendo uma vida feliz e equilibrada em meio a muita boêmia.

Os empresários de Smyrni eram especializados na produção de finas sedas e dos mais variados temperos, que, inclusive, comercializavam em muitos países ao redor do mundo. Além disso, a culinária grega naquela região da Ásia Menor também era bastante apreciada, chegando a ser considerada uma das melhores do continente. Por isso, e muito mais, a região ficou extremamente famosa, sendo retratada em aclamadas produções cinematográficas, como no filme estadunidense *Temperos da Vida*.

Nessa cidade, vivia a estimada família Valavanis, dona de muitas lojas distribuídas pela região, nas quais comercializavam roupas, sedas e bordados. Dimitri Valavanis era filho único do casal de empresários Maria Valavanis e Miki Valavanis, um jovem proeminente que adorava aproveitar o lazer proporcionado pela cidade, considerada o "paraíso do oriente".

Dimitri passava as tardes no Café Aman, onde se encontrava com os amigos gregos para conversas descontraídas – às vezes um pouco tensas quando falavam de assuntos políticos –, também jogavam gamão, se divertiam cantando músicas populares da sua terra natal ao som do *bouzouki*, um instrumento grego, e dançavam o *rebétiko*. A cantoria dos amigos era tão alta e empolgante que alcançava as outras pessoas no estabelecimento, e estas costumavam se juntar a eles na diversão.

Na mesma rua do Café Aman, que ficava muito iluminada durante a noite, um pouco mais adiante, havia um bar chamado Café Sandam, que era muito frequentado por turistas devido ao seu ambiente mais cosmopolita – um dos motivos que tornavam o local extremamente atraente aos que chegavam de fora. Lá, várias culturas eram misturadas de um jeito especial nos serviços que ofereciam, principalmente a música, pois tocavam diversos ritmos internacionais, tais como o tango e o jazz. Em Smyrni, havia também mais dois clubes famosos, o Clube Grego Panionios, com várias atividades esportivas – tendo sido o primeiro clube de futebol em Smyrni e uma novidade agradável para Dimitri, que costumava assistir aos jogos nos domingos à tarde – e o Clube de Caça, favorecido pela região que era propícia à prática, já que ali havia uma grande quantidade de animais selvagens. Muitos europeus, principalmente os franceses, ingleses e italianos, iam ao clube numa determinada época do ano e se reuniam com gregos cosmopolitas (os gregos que vinham de outros lugares da Europa e da própria Grécia) para organizarem caçadas naquele local.

Certo dia, durante a primavera, época em que ocorriam essas caçadas, Dimitri estava no Clube de Caça ajustando os últimos detalhes da atividade com os amigos quando um inglês de nome John aproximou-se e lhe perguntou:

— Qual horário vocês saem para caçar aqui em Smyrni?

— Nós costumamos nos reunir aqui no clube e sair às quatro horas da manhã, em grupos, a cavalo — Dimitri respondeu, depois continuou a conversa em um tom cordial.

— John, você gostaria de fazer parte do nosso grupo de caçada?

— Nossa, eu adoraria muito! Obrigado pelo convite.

— Então, combinado! Sairemos num grupo com mais cinco homens, todos meus amigos de infância.

Às quatro horas, conforme combinado, todos se encontraram e partiram em direção à montanha, parando para montar o acampamento um pouco mais adiante, quando Dimitri disse a John:

— John, já que estamos aqui, vou preparar um café diferente do que você está acostumado, o café grego! — falou, sem conseguir conter a empolgação.

John, curioso para experimentar o popular café grego, esperou ansiosamente pelo seu preparo. Quando, então, Dimitri pegou um pequeno bule chamado briki, acrescentou o pó de café, o açúcar e a água, e o colocou numa fogueira que haviam improvisado, no momento que a água começou a ferver, uma espuma cremosa se formou, e eles inalaram um aroma irresistível.

— O cheiro está muito bom! Você não vai coá-lo? — John perguntou a Dimitri.

— Não, ao despejar o briki na caneca, o café irá decantar, é só esperar um pouquinho que logo você poderá experimentá-lo.

— Quais são os animais que vocês costumam caçar aqui na região?

— Servos, javalis e porcos selvagens — Dimitri respondeu com um certo orgulho. — John, os animais que são abatidos aqui têm uma dieta muito saudável, se alimentam de plantas da montanha, como orégano, tomilho, sálvia e outras, por isso a carne fica uma delícia, já que vem naturalmente temperada pelo que eles comem. — Dimitri falou com uma risadinha.

O dia que se seguiu rendeu uma caça generosa de animais selvagens "naturalmente temperados". Enquanto voltavam para o acampamento, Dimitri aproveitou para comentar com todos ali presentes.

— O número de animais selvagens vem aumentando muito, devido a isso, para que não haja um desequilíbrio, evitando que eles destruam plantações e invadam fazendas, é permitida a caça nesta época do ano.

No fim do dia, já no acampamento, acenderam uma fogueira com galhos de árvores colhidos no caminho de volta, limparam alguns animais e fizeram um belo churrasco para degustação. John se sentiu muito contente com a tarde que tiveram, como se não tivessem dado a ele outra opção senão se divertir com aquela inesquecível aventura. Algum tempo depois, retornaram ao clube para finalizar os trabalhos, as carnes seriam enviadas para uma instituição de freiras que cuidavam de algumas crianças órfãs, e as peles seriam divididas entre si para guardarem ou consumirem como quisessem.

Em fevereiro, comemorava-se o Carnaval, época em que Dimitri gostava de se unir aos bailes, eventos festivos nos quais todos usavam máscaras, fantasias e também se vestiam com estilosos *smokings* e vestidos de festa. Esses eram os bailes dos *Mutsunes*, nos quais o Carnaval era comemorado fazendo o uso de máscaras amedrontadoras, que eram usadas para assustar as pessoas, assim como tradicionalmente acontecia na Itália na mesma época. O costume era se esconder no escuro com essas máscaras para assustar os que estivessem passando pelo local. Só se ouvia os gritos de longe. Dimitri, no entanto, gostava mesmo era de participar das festas organizadas pelos grupos dos *Maskes*, que utilizavam máscaras no estilo veneziano e realizavam as festividades em grandes salões.

Havia um lado glamouroso nessas comemorações carnavalescas com fantasias muito bem elaboradas. Os salões se enchiam de charme e de cores, dentro deles todos se lançavam ao prazer do momento, em meio a saborosos coquetéis e música agitada, desfrutando do delicioso ar aromatizado pelo perfume das pessoas que participavam das festividades. Quase ninguém tirava as máscaras, preferindo ficar anônimo, inclusive Dimitri, que só revelava a sua verdadeira identidade quando se interessava por alguma moça ou reconhecia alguém de seu convívio. Por isso, entre aqueles que estavam aproveitando a noite, era comum a pergunta: "Quem é você?", para que conseguissem se identificar.

Em uma noite tranquila, diferente daquelas nas quais se lançava em festas e atividades clubísticas, Dimitri vestiu suas melhores roupas: o terno branco que o deixava extremamente charmoso quando colocado junto com a sua gravata borboleta de seda branca com desenho cinza, o seu chapéu panamá e os sapatos *oxford* de couro italiano, envernizado de preto e branco, e foi até a Praça Fassula, onde deslumbrantes carruagens fechadas ficavam estacionadas. Somente aqueles com condições e status na época conseguiam usufruir dessas carruagens, um dos privilégios de Dimitri, que pegou uma delas e falou para o cocheiro: "Amigo, hoje eu quero passear pelas ruas onde estão as lindas moças e, quem sabe, flertar com a mais encantadora delas!".

Enquanto a carruagem percorria as ruas da cidade, uma bela moça chamou a sua atenção. Ela tinha os cabelos compridos, tão negros e brilhantes quanto os seus olhos, que, além de tudo, eram intensos e selvagens. Estava com um vestido de seda na cor creme e um chapéu clochê de cor vermelha muito chique enterrado até os olhos. Impercebido dentro da carruagem fechada, Dimitri notou que a moça caminhava em direção ao veículo para espiar como era lá dentro, momento em que os seus olhares se encontraram. Tendo a moça se assustado ao perceber que não estava vazia, saiu rapidamente. Dimitri, então, continuou sem reação, apenas observando-a se retirar apressada, rumo ao portão azul-marinho que guardava uma belíssima casa, com uma sacada na frente ainda mais estonteante.

Já em sua casa, Dimitri ficou com a imagem daquela jovem em sua cabeça o restante da noite, mal conseguindo dormir. Dias depois, tomou uma carruagem e retornou para a rua onde acreditava que ficava a casa da moça misteriosa, pois não tinha conseguido esquecê-la. Ao passar na frente da casa, jogou um lindo buquê de flores na sacada, acompanhado de um cartão. O buquê que comprara tinha sido estrategicamente caro, de modo a representar o tamanho do seu apreço pelo valor dele, pois era uma tradição entre os rapazes da época expressarem os seus sentimentos jogando buquês de flores, sempre acompanhados de um cartão com algum poema escrito, nas sacadas das moças das quais gostavam.

Em um domingo, pela manhã, Dimitri foi assistir à missa na Igreja de Santa Fotiní, famosa pelo seu belo campanário de mármore, de 40 metros de altura. Quando entrou, teve uma surpresa ao avistar aquela moça que não tinha saído de sua mente. Ela também o observava, e assim ficaram trocando olhares durante a celebração. Ao final da missa, na porta de saída, Dimitri aproximou-se dela e se apresentou.

— Eu sou o Dimitri Valavanis, muito prazer! – disse a ela com o olhar e a postura confiantes.

— Eu sei quem você é! – ela respondeu em tom jocoso. — Adorei as flores que me enviou. Eu sou Eléni, muito prazer.

A resposta da jovem foi também uma abertura para que Dimitri pudesse se sentir à vontade para interagir com ela. Assim, mais seguro de si, ele continuou:

— Eu tenho dois convites para uma peça de teatro, gostaria de assistir comigo? — falou com total atenção para a forma como a moça reagiria.

— Qual peça será apresentada? – Eléni perguntou com cuidado para não transparecer muito o seu entusiasmo.

— O Herói da Macedônia Pavlos Melás.

— Vou pedir permissão aos meus pais e depois nos falamos – respondeu com um suave brilho no olhar, depois se despediu de Dimitri e saiu de forma elegante.

Tendo aceitado o convite, Dimitri combinou de pegá-la na frente de sua casa no dia do teatro. Era uma noite de sábado e a lua estava cheia, iluminando totalmente o ambiente tranquilo da região. Eléni aguardava o seu "cavaleiro de conto de fadas" com demasiada ansiedade, por isso, com os ânimos à flor da pele, não conseguiu esconder de sua mãe que teria um encontro com o rapaz. Sem chegar a entrar em detalhes, confessou-lhe inseguranças comuns a jovens em situações como a dela, a exemplo do que deveria usar, quando a sua mãe prontamente respondeu que deveria vestir o que de mais chique estivesse guardado em seu guarda-roupa, o vestido que a costureira delas tinha acabado de entregar, feito de um tecido importado da França. Então, Eléni resolveu seguir o conselho da mãe. Além do vestido, que era branco e tinha pequenas pérolas costuradas nele, também colocou uma linda tiara no cabelo.

Ouvindo o galope dos cavalos na rua, Eléni olhou pela janela e viu uma carruagem parando em frente a sua casa. Nesse momento, Dimitri descia para esperá-la. Ele estava vestido com um *smoking* preto e uma gravata borboleta na mesma cor, a sua camisa era branca e os calçados, os seus preferidos, eram de couro preto. Quando Eléni se aproximou da carruagem, ele abriu a porta, estendeu o braço para que ela pudesse se apoiar nele para subir e, logo depois, seguiram para o teatro.

Enquanto assistiam à peça, Eléni se deslumbrava com cada detalhe daquela noite, inclusive com os momentos em que Dimitri tentava disfarçar o seu constrangimento ao raciocinar demais em relação ao que fazer ou dizer, ainda que já estivesse dizendo muito com aquilo, pois entendeu que, de alguma forma, ele se preocupava com a impressão que ela teria dele a ponto de pensar em todas as suas ações sem conseguir apenas relaxar e aproveitar o encontro. Quando deu o intervalo, eles foram ao bar do próprio teatro, enquanto Dimitri pediu uma taça de vinho Mavrodafni, Eléni preferiu tomar um suco natural chamado Vicinada, feito à base de uma cereja agridoce. Dimitri também encontrou uns amigos no local e, embora um pouco surpreso com a situação, os apresentou à jovem que o acompanhava.

Ambos adoraram a peça e o encontro que tiveram, mas não se demoraram muito quando tudo acabou, pois Eléni poderia ter problemas se chegasse tarde em casa. Ao chegarem à casa da jovem, Dimitri notou que as luzes estavam acessas, sinal de que os pais dela, como temido, deveriam estar esperando. No entanto, ela se despediu de Dimitri e entrou sem ele, decidida a se entender com os pais sozinha.

Depois do primeiro encontro, eles passaram a se ver periodicamente, mas ainda em um clima um pouco descompromissado, tendo em vista que estavam se conhecendo, porém aquilo já tinha sido o bastante para Dimitri, que se apaixonou rapidamente por Eléni e desejava avançar na relação com ela. Por ter grandes expectativas para o futuro, resolveu que deveria conhecer os pais de Eléni para formalizar o relacionamento e, quem sabe, conseguir o consentimento deles para poder se casar com a jovem.

Assim, ao voltar de um passeio pela Frank Streets bem no finalzinho da tarde, uma das principais avenidas de Smyrni, onde estavam concentradas as lojas das marcas mais visadas da época, incluindo grandes floriculturas, já que dar e receber flores era um costume antigo entre os moradores locais, além dos melhores restaurantes e docerias, resolveram finalizar o dia com uma dose a mais de doçura. Por isso, entraram na doceria mais famosa da região e, enquanto aguardavam o pedido, o doce smirneiko, servido com sorvete e confeccionado com uma massa folhada em forma de ninho (*kadaife*), cujo centro é preenchido com uma resina extraída da Mastiha – uma árvore endêmica encontrada na Ilha de Chios com o tamanho aproximado ao de um ser humano – Dimitri resolveu se abrir com a sua amada.

— Quero conhecer a sua família, gostaria que marcasse um dia para eu ir até a sua casa.

— Você tem certeza? O meu pai é muito conservador – Eléni respondeu, mantendo o seu tom jocoso.

Cedendo ao pedido do companheiro, Eléni resolveu que marcaria o encontro – um pouco temido por ela –, uma vez que, a depender do modo como as coisas ocorressem, o dia desse encontro tanto poderia marcar o início de um feliz relacionamento quanto o fim dele, caso os seus pais não o aprovassem.

Então, como combinado, no segundo domingo do mês, Dimitri foi à casa de Eléni para almoçar com ela e os seus pais. Quando ele chegou ao local, foi atendido por um funcionário turco, que o conduziu até a sala onde todos estavam aguardando a sua chegada. No caminho, ele reparou no grande e glamoroso jardim, com várias poltronas espalhadas pelo espaço e observou que o jardineiro também era turco. Pelo modo como foi recebido pelos funcionários, sentiu que todos eram fiéis à família.

Na sala privada, já na companhia apenas dos pais de Eléni, que estavam sentados no sofá em frente a ele, iniciaram uma conversa falando de assuntos triviais, como o convívio harmônico entre os gregos, turcos e judeus que viviam na região, concordando que aquilo deveria servir de exemplo para o mundo. Porém, não se demoraram muito e seguiram para o assunto que interessava de fato.

— Dimitri, fale-me um pouco mais sobre você – o pai de Eléni pediu a Dimitri, mudando o tom descontraído da conversa anterior.

— Senhor, eu sou um homem responsável, que administra com muita eficiência os negócios da minha família, tendo rendimentos que me permitem sustentar financeiramente a minha futura família. Tenho novos projetos que pretendo colocar em ação e estou abrindo mais uma empresa em meu nome, dessa vez de transportes marítimos. Para tanto, estou adquirindo algumas embarcações, pois pretendo exportar as riquezas criadas em Smyrni. Não tenho vícios como o álcool, muito menos fumo, por isso eu me considero qualificado para pedir a mão da sua filha em casamento – Dimitri o respondeu, confiante.

— Qual é a sua fé e a educação que pretende passar para seus filhos? – o pai de Eléni perguntou a ele, ainda curioso com as suas respostas.

— A fé da minha família vem por séculos do cristianismo, inclusive frequentamos a igreja católica ortodoxa. Essa é a fé que pretendo passar para meus filhos dentro da cultura grega e de uma formação superior.

— E o que você viu na minha filha que o fez querer se casar com ela?

— A sua beleza, seriedade, princípios, respeito às tradições gregas e o seu entusiasmo com a vida me conquistaram.

Ainda com algumas perguntas em mente e antes de se decidir quanto ao pedido feito por Dimitri, o pai de Eléni ponderou bastante o que ele poderia significar, porque na época era um costume entre os maridos não permitirem que os pais de suas esposas os visitassem em suas casas sempre que desejassem, inclusive era comum haver um certo distanciamento entre as famílias após o casamento. Em razão disso, ele perguntou:

— Se vocês se casarem, você permitirá que os visitemos sempre que desejarmos?

— Claro! Se tem algo que faço questão é que os meus filhos cresçam com o amor dos avós – Dimitri o respondeu, olhando fixamente em seus olhos e transmitindo uma segurança avassaladora.

— Certo, você sabe que, de acordo com nossas tradições, eu teria que dar um grande dote a Eléni, por isso sempre pensamos que, surgido a oportunidade, daríamos uma casa.

— Agradeço, mas eu terei que recusar. A única coisa que espero que me deem é a benção de vocês, pois o amor da sua filha já é o suficiente para mim e, como disse, tenho condições de supri-la em todas as suas necessidades.

Contentes com a conversa, os pais de Eléni levantaram-se do sofá, abraçaram e beijaram Dimitri, como um sinal de que, com isso, estavam recebendo-o na família. Em seguida, chamaram a filha para se juntar a eles, dizendo a ela que, se concordasse com o pedido de casamento, ela e Dimitri teriam a sua benção. Feliz com as respostas do futuro genro, o pai de Eléni sentiu que a sua filha tinha feito uma boa escolha, realizando um grande feito ao conseguir se casar com um homem de caráter.

Então, dois meses depois, celebraram o noivado. No jardim da casa dos pais de Eléni, eles contrataram um conjunto de músicos gregos que tocava ao som da música popular *rebétiko*, animando todos ali com a tradicional dança grega na qual os noivos puxavam os convidados numa roda e estes os presenteavam enquanto os acompanhavam no ritmo da música. Os parentes do noivo colocavam joias, das mais valiosas, na noiva, e os parentes da noiva davam crucifixos de ouro ao noivo, fazendo isso em sinal do seu apreço e aprovação da escolha um do outro.

Embora a união dos dois fosse genuinamente sincera independente das tradições da época, estando ambos muito apaixonados um pelo outro, assim como ocorria entre a maioria dos gregos de Smyrni, tudo aconteceu como deveria, pois as famílias abastadas da cidade, principalmente as gregas, que eram as mais ricas de lá, já tinha o costume de arranjar casamentos entre os seus herdeiros, que teriam dificuldades caso viessem a se apaixonar por outras pessoas que não as escolhidas, principalmente se elas fossem de famílias mais pobres. Por isso, Eléni sempre soube que se casaria com um jovem de posses no mesmo nível que ela, que deveria ser capaz de manter a sua vida de luxo; e, do mesmo modo, Dimitri sempre se preparou para ser o provedor quando viesse a se casar. Ambos se sentiam confortáveis na posição em que se encontravam e estavam preparados para cumprir o papel esperado para cada um deles.

Sem esperar muito tempo, marcaram o casamento na Igreja Metropolitana de Santa Fotiní. No dia agendado, parte dos familiares e amigos de Dimitri foram a pé em busca da noiva, levando uma linda carruagem aberta, toda enfeitada com flores da estação, para conduzi-la até a igreja.

A caminhada foi feita alegremente e com muita cantoria, ao som de instrumentos como *bouzouki*, lira e violino.

Foi uma cena de arrepiar o coração, e Dimitri não pôde conter a emoção quando viu a sua noiva sendo trazida em uma bela carruagem, acompanhada de pessoas tão queridas por ele. Todos os que estavam no local também se encantaram com aquele momento mágico, ainda mais iluminado pelos noivos, que se olhavam com os olhos lacrimejando de tanta felicidade. O clima de amor tomou conta do ambiente e tocou a todos os que estavam ali presentes, fazendo com que também chorassem, comovidos por tamanha alegria.

Após o casamento, o casal preferiu passar a lua de mel na cidade litorânea de Aivali, presente generoso dos seus padrinhos de casamento que tinham comprado uma casa de praia na região recentemente, desde então os casais começaram a se reunir lá todos os Natais – inclusive, alguns anos depois, viriam a ter uma bela surpresa no aconchego daquele lugar. A ilha era perto da cidade de Smyrni e tão bela quanto qualquer outro lugar no mundo que já tivessem conhecido, não perdendo nem para as ilhas gregas que ambos adoravam visitar quando solteiros. Para que conseguissem aproveitar melhor todas as praias paradisíacas do local, levaram duas funcionárias para auxiliá-los em todas as questões domésticas.

Na estrada, enquanto voltavam da lua de mel, já nas proximidades de onde morariam, Eléni olhou em volta e disse estar muito feliz com o lugar que tinham escolhido para viver, pois ali havia muitos conterrâneos gregos, antigos conhecidos e alguns dos seus amigos mais íntimos, além de excelentes escolas gregas. A casa construída era linda e luxuosa, caprichosamente mobiliada com piso de mármore na cor branca, trazido da cidade grega de Ioannina, lustres que lembravam palácios e cortinas bordadas. O enxoval e os presentes de casamento também foram o bastante para encher a casa com requintados enfeites, como cristais, porcelanas chinesas e belos quadros distribuídos pelo ambiente. O jardim que fizeram era simplesmente encantador. Contudo, para que conseguissem manter tudo, foi necessário contratar muitos funcionários para ajudá-los com a manutenção da casa e os afazeres domésticos, pois esse não era um domínio de Eléni, que sempre fora criada em meio a muitos mimos e mordomias.

Em pouco tempo que estavam juntos, o casal teve o seu primeiro filho. Em 1916, nasceu Mihalis e, um ano depois, Eléni deu à luz uma menina, sua filha Merula. A vida em família seguiu uma rotina perfeitamente pacata, enquanto Eléni se sentia satisfeita cumprindo o seu dever de administrar os serviços da casa e cuidar dos filhos e do marido, este prosperava no trabalho e ampliava os seus negócios.

MAIO – 1919

Sentados no jardim de casa, Dimitri conversa com sua esposa e revela-lhe suas preocupações a respeito do que estava acontecendo naquele momento.

— Tenho ouvido certos rumores... – fez uma pausa receosa, temendo assustá-la, mas continuou logo em seguida – longe daqui, nas montanhas próximo à Ancara, um líder turco de nome Kemal está reunindo um exército de turcos islamitas que estão começando a se revoltar com a maioria dos gregos cristãos de Smyrni, que correspondem a um total de 70% da população daqui, sendo o restante uma minoria turca muçulmana.

— Dimitri, os turcos são nossos amigos, nós temos dado empregos a eles, tratando-os de forma justa e pagando-os bem, o suficiente para criarem suas famílias e viverem com dignidade. Não existe lugar melhor para eles, que sempre mostraram sua felicidade e gratidão. Eles jamais se revoltarão contra nós, não precisa ter nenhum receio – disse Eléni, tentando acalmar o marido com o comentário.

Dias após essa conversa, o exército grego foi para Smyrni. A chegada poderosa transmitiu segurança aos moradores gregos, fazendo com que se sentissem aliviados em relação aos boatos que corriam sobre o Mustafa Kemal e o exército turco que, supostamente, estava formando fora de Smyrni para atacá-la.

Dimitri não perdeu a oportunidade de acompanhar a chegada do exército grego. Empolgado, acompanhou o desfile pelas ruas da praia, onde milhares de pessoas se aglomeraram para vê-los, chegando de todos os lugares e saindo dos seus estabelecimentos com bandeiras gregas. A cidade parou, todas as embarcações encostaram-se no porto, somente os navios da marinha grega estavam se movimentando, os gregos locais apreciaram com entusiasmo, em meio a abraços esperançosos. O dia foi de comemoração e muita bebedeira, ao som do *rebétiko* – uma forma de música popular grega – e com danças tradicionais. No entanto, a ocasião não só representou um momento de alegria extrema pela certeza de que o perigo se afastaria dali em diante como também lhes serviu para extravasar o sentimento de que o perigo era real, e isso se comprovou com a ida do exército grego para lá. Em consequência disso, Dimitri ficou eufórico e retornou para casa aos gritos: "Eléni, Eléni! Nosso exército está na cidade, não precisamos mais nos preocupar, a nossa família estará segura agora".

Em 1920, em Aivali, na casa de praia dos seus padrinhos de casamento, nasce o terceiro filho de Dimitri e Eléni, o caçula Niko. A felicidade deles estava completa. No mês seguinte ao nascimento do terceiro filho, em uma sexta-feira, durante o tempo em que estavam todos reunidos num almoço em família para que os pais deles pudessem ver o netinho mais novo pela primeira vez, Dimitri disse à esposa:

— Quando crescerem, quero ensinar para Mihalis e Niko tudo que aprendi nos negócios, eles serão bem preparados para assumirem a direção do que temos no futuro, e a Merula também terá grandes oportunidades, pois vou educá-la do mesmo modo, colocando-a nas melhores escolas. Assim ela deve arrumar um bom casamento com alguém que não só venha de uma família do mesmo nível que a nossa como também que seja digno dela – Dimitri disse à esposa como se aquelas fossem as únicas preocupações que teriam por muito tempo, como se a vida fosse seguir previsível e repleta dos privilégios que possuíam, como se os dias fossem permanecer igualmente contínuos, a sua disposição para serem vividos como desejassem.

CRONOLOGIA

O contexto mundial da época.

1914

Início da Primeira Guerra Mundial.

- **Tríplice entente:** Grã-Bretanha, França, Rússia e Estados Unidos da América.
- **Tríplice aliança:** Alemanha, Império Austro-Húngaro e Império Turco Otomano.

1915

Venizelos venceu as eleições para primeiro-ministro da Grécia e orientou o rei Constantino a se juntar à tríplice entende e não à Alemanha, que recebia o apoio do Império Turco Otomano. Porém, o rei, que tinha parentesco com a monarquia alemã, defendeu a neutralidade para fortalecer a Alemanha com a sua atitude.

Venizelos, então, foi forçado a renunciar duas vezes ao cargo de primeiro-ministro, em virtude das diferenças com o rei.

1916

Em setembro, foi marcada outra eleição, novamente vencida por Venizelos, que manteve os embates com o rei para que não apoiasse os alemães.

1917

No mês de junho, a Inglaterra e a Alemanha intervieram, obrigando o rei a deixar o país. No lugar dele, assume o seu filho, Alexandre I, que se entende muito bem com Venizelos, que havia ganhado as eleições para primeiro-ministro, e concorda em se juntar à tríplice entende.

1918

Em novembro, a tríplice entende vence a guerra, e a Alemanha é obrigada a assinar a sua rendição.

1920

Os vencidos, Alemanha e Turquia, são obrigados a assinar o Tratado de Sevres com os aliados, os vencedores. A reunião ocorreu em agosto, com a participação do primeiro-ministro da Grécia, Venizelos. O acordo reconhecia que Constantinopla e Smyrni, fundadas por Alexandre, o Grande, na época do helenismo, eram locais nos quais a maioria da população era grega, tendo se tornado cidades cristãs desde a época de Constantino, e que lá os gregos já viviam há 2000 anos. Em decorrência disso, o tratado determinou que Constantinopla e Smyrni passariam a ser territórios da Grécia. Para tanto, foi feito um novo mapa remarcando os territórios da Grécia, que passaria a ser chamada de a "Grande Grécia". O documento foi assinado por todos os países, inclusive a Turquia, consentindo com as suas cláusulas. O rei Alexandre I e Venizelos, alinhados, conseguiram conquistar grandes feitos e vitórias para a Grécia, mas o rei Alexandre I, em outubro de 1920, foi mordido por um macaco de Gibraltar que habitava as árvores do palácio onde ele vivia e morreu de infecção e sepse, aos 27 anos.

Desde antes das determinações definidas pelo Tratado de Sevres, os gregos já vinham trabalhando muito nas regiões de Constantinopla e Smyrni, estando sempre à frente do desenvolvimento das cidades, pois eram especialistas na produção de azeite, que tinha bastante valor na época e era exportado para todo o mundo, sendo considerado o "petróleo dourado" daquele tempo.

Ainda no ano de 1920, após a morte do rei Alexandre I em dezembro, foi criado um plebiscito para a escolha do novo monarca.

O rei Constantino I venceu a votação, e Venizelos perdeu as eleições para primeiro-ministro, sendo derrotado por Rállis, que governou até janeiro de 1921, quando foi substituído por Gounaris.

1921

Constantino I é o rei da Grécia e Gounaris, o primeiro-ministro. A monarquia-parlamentar era a forma de governo. O rei tinha um irmão mais novo, o príncipe Andreas, nascido em Atenas e batizado na Igreja Ortodoxa Grega. Casado com Alice de Battemberg, fixaram residência no Palácio Real, situado na ilha grega de Corfu (Kerkira). Tiveram quatro filhas e um filho, ao qual deram o nome de Philip e educaram na língua e nos costumes da cultura grega. Mal sabiam eles que, no futuro, o seu filho se tornaria um príncipe da realeza inglesa, ao se casar com a Rainha da Inglaterra, sendo o pai do futuro rei daquele país. E, não só isso, por anos, além das questões propriamente políticas, o seu nome e o de sua família estampariam as maiores manchetes de jornais ao redor do mundo, sendo, inclusive, um tema recorrente para muitos programas televisivos.

Nesse período, o mapa da Grande Grécia englobava, além dos territórios de dentro do continente europeu, regiões do continente asiático, como as cidades de Constantinopla e Smyrni. O príncipe Andreas foi um dos generais à frente do exército grego que havia se estabelecido na cidade de Smyrni desde 1919, com o objetivo de defender o povo da cidade contra as ameaças do Mustafa Kemal. Chegando lá, passou a perseguir os rebeldes turcos e a enfrentar o Mustafa Kemal em várias batalhas, fazendo com que o exército turco recuasse. Porém, dois anos depois, tiveram que retornar para Atenas, pois tinham que se recompor dos danos causados pelas batalhas. O Mustafa aproveitou-se da situação e começou a se organizar para marchar contra a cidade de Smyrni novamente, dessa vez com a ajuda da Rússia, que tinha seus próprios interesses e, para tanto, disponibilizou armas e um exército.

Analisando esse contexto político, a Itália e a Inglaterra, ao perceberem que também poderiam ganhar algumas terras da Turquia, começaram a mudar a sua política de aliança com a Grécia e resolveram apoiar os turcos.

CAPÍTULO 2

INVASÃO TURCA

Em setembro de 1922, alguns meses após a retirada do exército grego de Smyrni, numa tarde quente de domingo, propícia para aproveitar o belo dia de sol nas praias de Smyrni ou passear pelos parques despreocupadamente, Dimitri tinha marcado de se encontrar com uns amigos em um café que ficava na parte alta da cidade. Enquanto se divertiam no local, todos puderam avistar uma nuvem de poeira se levantando bem longe deles e ficaram gelados quando perceberam que se tratava de uma cavalaria de turcos marchando na direção de Smyrni.

Com muito pavor, Dimitri não esperou muito para confirmar sobre o que se tratava, de fato, aquela cena, visto que já conviviam com uma tensão de ataque iminente há algum tempo. Voltou, então, apressadamente para casa. Chegando lá, avisou a todos que o exército turco estava invadindo, por sorte, também conseguiu avisar aos seus pais, que já estavam de visita na casa do filho há alguns dias.

— Eles estão vindo, todos estão armados e, junto com eles, um pelotão muito grande de turcos civis está se formando. Uns já os acompanhavam, outros estão entrando à medida que os soldados passam pela cidade, e também estão armados com facas, espadas e até fuzis – Dimitri gritou, esbaforido.

Dimitri compreendeu, pelas gritarias vindas lá de fora, que estavam mesmo matando os gregos cristãos, por isso rapidamente pediu aos membros de sua família que juntassem algumas roupas e pertences e se escondessem dentro da casa. Depois, foi ao seu quarto e pegou a arma de caça para protegê-los, aliviado por ser domingo e seus funcionários turcos estarem de folga ao mesmo tempo que se sentia mal por temer que, caso estivessem lá, também poderiam se juntar aos outros turcos.

Os tiros e gritos aumentaram na mesma proporção que podiam ouvir uma multidão de pessoas correndo em direção ao porto. Outra multidão, dessa vez de turcos, começou a entrar na residência de Dimitri. Como ele tinha pedido a Eléni que se trancasse no quarto dos fundos com seus pais e as crianças, ficou entrincheirado atrás da janela da frente da casa, entre ela e a multidão, que agora atirava naquele sentido, e ele atirou de volta, mas havia muitas pessoas invadindo, inclusive um de seus funcionários. O temor de antes se tornava real, e isso o deixou mais assustado ainda.

Mesmo sem conseguir acreditar no que estava acontecendo, ele resistiu, porém, algum tempo depois, foi atingido por uma bala no peito. O sangue não parava de escorrer por sua roupa enquanto ele se dirigia para o quarto onde estava sua família, apoiando-se fugazmente nas paredes, com suas forças se esvaindo. Ao chegar, esforçando-se ao máximo para esconder sua dor e disfarçar o clima de despedida, pediu a Eléni que saísse com todos pelos fundos da casa e que não parassem de correr até que chegassem no Porto.

— Eu não vou te deixar sozinho, ficarei aqui com você! – Eléni respondeu, com as palavras se misturando às lágrimas.

— Você precisa sair para salvar as crianças, eu vou ficar aqui para tentar segurá-los um pouco mais. – Depois disso, ele segurou os ombros dela com firmeza, olhou calmamente em seus olhos e disse: — Meu amor, não pense muito, só salve a nossa família. Ficar aqui é o meu último gesto de amor para vocês. Por favor, cuide bem das crianças e não deixe que elas se esqueçam de mim.

Não houve tempo para despedidas, Eléni apenas puxou Mihalis e Merula pelos braços e saiu apressadamente. Seus sogros pegaram Niko e a seguiram sem olhar para trás. Dimitri conseguiu atrasar os invasores por alguns minutos, porém sangrou muito e caiu morto minutos depois.

Os invasores turcos civis saquearam tudo o que encontraram pela frente, cada vez mais deles entravam na casa, todos querendo levar as joias, obras de arte, peças de prata e os belos móveis que sabiam que encontrariam naquele lugar. Destruíram tudo, e o cadáver de Dimitri seria apenas mais um item que deixariam para trás após toda aquela devastação.

Enquanto isso, Eléni corria para o Porto com a sua família. No caminho, foram parados por uns turcos civis que os avistaram fugindo. Aos gritos e de forma agressiva, eles estavam pegando tudo de valioso que os moradores portavam, brincos, colares, relógios. Ao tentarem retirar o anel de casamento de Eléni e não conseguir, decidiram que cortariam o dedo dela, mas seu sogro astutamente passou saliva nele, conseguindo retirar o anel antes que os turcos o cortassem. Por um milagre inexplicável, após conseguir o que queriam, eles os deixaram em paz e saíram à procura de outros gregos e lugares para saquear. Ao continuarem a fuga, Eléni e sua família presenciaram cenas mais cruéis do que a que tinham acabado de sobreviver, muitos dos seus encontrando os turcos de forma fatal, tendo os dedos e orelhas arrancados para que retirassem suas joias, sem mencionar os que foram assassinados, sobrando apenas os seus corpos sem vida por todos os lados. Esfaqueados, queimados, contundidos, os gregos cristãos estavam sendo massacrados pelo exército de rebeldes turcos islamitas e por muitos turcos civis.

A multidão no cais foi aumentando cada vez mais, as pessoas se empurravam desesperadas, na esperança de conseguirem pegar algum dos navios que costumavam ficar atracados nas docas para sair dali. Eléni viu as casas dos gregos e armênios sendo incendiadas. Depois de saquearem tudo, os turcos ateavam fogo em todos os estabelecimentos e residências, não pouparam nem mesmo a Igreja Metropolitana Ortodoxa, que ela também conseguiu ver desabando. Foi um verdadeiro vislumbre do inferno, o massacre não tinha fim.

No momento em que liberaram alguns barcos para levarem as mulheres e crianças, Eléni estava segurando Mihalis pelo braço direito e Merula pelo esquerdo, e os seus sogros, Miki e Maria, continuavam com o caçula Niko no colo. Naquele movimento e na confusão, quando todos ali presentes se digladiavam para entrar primeiro, Eléni conseguiu entrar, mas os seus sogros, junto com o caçula, foram empurrados para outro barco. O desespero tomou conta dela, que começou a gritar por eles loucamente, mas não adiantou. Assim, os barcos rumaram para navios diferentes, sob a bandeira de outros países, como Inglaterra, França e AMCA Americana, indo para lugares distintos, alguns para ilhas nas redondezas, outros para o continente, e isso aumentou ainda mais o desespero de Eléni, sem saber se seria levada para o mesmo lugar que seu filho e sogros.

Um dos barcos que saía do Porto e levava o pessoal para embarcar em um navio longe dali estava acompanhado de um oficial do navio para organizar as pessoas que subiriam nele. Uma moça, tentando acompanhar esse barco depois que já havia saído, mergulhou no mar e nadou com rapidez até alcançá-lo. Já muito exausta, apoiou suas mãos na borda do barco como quem suplica por ajuda, mas o oficial não a deixou subir, pois estava lotado, apesar de todas as outras pessoas gritarem pedindo que a deixasse subir. O oficial pisou nas mãos dela, dizendo que o barco estava demasiadamente cheio e não aguentaria chegar ao navio se permitisse que ela embarcasse. Cansada e já sem forças, sentindo sua mão pressionada pelo pé do oficial, a moça não resistiu muito tempo, sendo arrastada pelas águas do mar agitado, e seu corpinho foi desaparecendo aos poucos. A verdade é que os barcos saíam muito cheios do porto, por isso não era certo que todos conseguiriam embarcar mesmo depois de já estarem na fila para tanto.

De cima dos navios dava para ver, mesmo lá bem longe, toda a cidade de Smyrni sendo incendiada, junto com os sonhos que todos os habitantes gregos cristãos ainda tinham para realizar naquele lugar. Os invasores tomaram toda a cidade de Smyrni, bem como Constantinopla. Depois dessa catástrofe, os gregos perderam as suas duas pérolas para a Turquia, as pátrias que tanto amaram e cuidaram por séculos. A partir de então, essas regiões passaram a fazer parte do território turco.

Mesmo já estando dentro do navio, Eléni não conseguiu relaxar, pois estava em choque diante da possibilidade de ter de enfrentar uma segunda perda naquele dia. Sem saber para onde tinham levado o seu caçula e seus sogros, muito angustiada e apavorada, ela pensava repetidamente: “Será que eles conseguiram subir ou ficaram presos no porto?”.

O medo tomou conta de Eléni, que, de onde estava, conseguia avistar Smyrni sendo queimada de ponta a ponta, só era possível ver o vermelho do fogo nas casas incendiadas, a fumaça envolvendo os corpos sem vida ali aglomerados, alguns inclusive por não terem conseguido embarcar, e entregando ao vento o cheiro de carne queimada, como se o inferno tivesse ascendido à superfície da terra.

Entretanto, mesmo enrijecida pelo pavor, com bravura ela começou a procurar pelos seus sogros e seu caçula Niko num navio com 400 pessoas, quanto mais ela procurava, mais caía em desespero, gritando por todos os cantos "Niko, Niko", em meio às lágrimas que escorriam rasgando o seu rosto de tanta tristeza. Já exausta, muito tempo depois, ela pensou: "Meu Deus, eu perdi meu bebê".

Próximo à grade do navio, Eléni sentia-se desolada quando viu um barco com aproximadamente 100 pessoas indo em direção aos navios franceses e ingleses. Ao chegarem perto deles, muitas se agarravam nas escadas, tentando subir, mas, assim que enchiam, os membros da tripulação se recusavam a deixá-las entrar, jogando-as a força no mar. Não só por isso, quando os refugiados não eram dos respectivos países, também eram impedidos de entrar, pois já tinham dito a eles que só poderiam levar os seus próprios cidadãos que conseguissem comprovar por meio de documentos.

A cena seguinte foi de barcos à deriva, as ondas os virando um por um e as centenas de pessoas que estavam neles nadando desesperadamente, inclusive alguns idosos, que não aguentaram e foram engolidos pelo mar. Ainda imersa no horror daquela cena e para que sua fé na bondade das pessoas não fosse prejudicada para sempre, Eléni viu um navio com a bandeira do Japão na popa se aproximando e recolhendo muitos dos que lutavam por suas vidas ao enfrentar aquele mar frio e perigoso.

Aquele era um navio mercante, cujo capitão e sua tripulação, sensibilizados com a tragédia que haviam acabado de presenciar, resolveram ajudar as pessoas que tinham sido deixadas para trás e começaram a pegar o máximo de pessoas naufragadas que fosse possível, aceitando todas, independente da sua nacionalidade, enquanto os comandantes e tripulantes das outras embarcações ficaram apenas observando. Em um dado momento, o navio ficou lotado e não cabia mais ninguém, então o capitão tomou uma decisão que arrepiou e emocionou a todos que estavam ali: decidiu despejar no mar toda a carga valiosa que transportavam, avaliada em milhares de dólares, para que conseguissem embarcar mais gente. Assim, toda a preciosa seda que carregavam foi levada rapidamente pelas águas melindrosas do mar.

Ao fim daquele dia de lamúria interminável, 1600 gregos foram salvos e conseguiram desembarcar em vários portos da Grécia graças àquele capitão e a sua tripulação. Entretanto, apesar de sua ação genuinamente altruísta, a escolha que fez naquele dia mais adiante faria com que o Japão entrasse em conflito com a Turquia, por terem ajudado os cristãos durante a invasão turca em Smyrni.

Mesmo diante desse conflito, o valor humanitário dos japoneses é que ficou marcado, merecendo destaque na história, pois não só ajudaram os refugiados em alto-mar como também aqueles que não conseguiram embarcar e ficaram condicionados a permanecer aglomerados no porto por dias, com fome, sede e muito medo. Várias mães não tinham o que dar de comer aos filhos e, além disso, eles continuavam sendo atacados pelos turcos. Diferentemente dos ingleses e franceses, que observavam de longe todo esse sofrimento e a devastação a qual os gregos em Smyrni tinham sido submetidos, os japoneses se organizaram voluntariamente em pequenas fragatas para salvar o máximo daqueles refugiados que conseguissem.

Ainda naquele dia fatídico, Eléni continuava procurando o seu caçula e os sogros pelo navio quando se deparou com uma senhora caída na parte frontal, ela tremia e rangia os dentes agressivamente, segurando uma foto manchada de sangue. Comovida, Eléni se aproximou da senhora, que se encontrava sozinha e desolada, colocou as mãos em suas têmporas e, com uma voz gentil, ofereceu-lhe um pouco de água. Ela bebeu alguns goles e começou a contar-lhe a sua história.

— Meu marido; meu filho, a esposa dele e minha neta; meus três irmãos e quatro sobrinhos, foram todos massacrados pelos turcos – disse a Eléni com o olhar perdido, em seguida, mostrou uma foto da neta e continuou. — Minha netinha gritou muito, ela foi arrancada das minhas mãos e nada pude fazer – falou sem nenhuma expressão no rosto como se não quisesse mais viver e olhando fixamente para a foto.

Já estava começando a anoitecer quando Eléni sentiu os motores do navio sendo acionados e, aos poucos, ele foi se afastando. Muitos começaram a gritar o nome daqueles que tinham ficado para trás, dos seus entes queridos que estavam mortos e dos que haviam se perdido deles. O pensamento era o mesmo entre todos: "Jamais esqueceremos vocês, nossas casas, nossa família...".

O navio em que Eléni e seus dois filhos estavam chegou ao porto de Pireu. Após desembarcarem, todos os refugiados foram reunidos numa praça pelo prefeito da cidade. Assustada, Eléni segurava firme a mão de Mihalis e Merula quando rapidamente vários moradores locais começaram a se aproximar, tão cheios de curiosidade não deram nem tempo para as pessoas envolvidas na tragédia assimilarem o que estava acontecendo com elas, enchendo-as de perguntas sobre tudo o que ocorrera em Smyrni, sem disfarçar os olhares indecorosos para a condição degradante em que aquelas pessoas se encontravam, maltrapilhas, com a face lívida e o espírito claramente abalado.

Ainda assim, sem perder as esperanças, Eléni pediu informações sobre os outros navios que saíram de Smyrni, perguntando se mais algum deles iria para lá a todos aqueles que aparentavam ter respostas para as suas angústias, porém tais respostas eram sempre as mesmas, estava tudo muito caótico e confuso para conseguirem estabelecer uma comunicação segura com as outras embarcações, que, por estarem muito cheias, provavelmente teriam complicações quanto destino dos passageiros. Portanto, não saberiam dizer onde iriam atracar. Antes que pudesse ter alguma informação capaz de lhe trazer certo conforto, Eléni e seus filhos foram encaminhados para um dos vários acampamentos montados para receber os refugiados. A quantidade de pessoas era tão grande que tiveram que reencaminhar algumas para se instalarem nos vagões vazios da estação ferroviária.

Além disso, em torno de 70 pessoas – idosos, mulheres e crianças – também foram realocados em velhas carroças, já outras famílias fizeram um cercado de $2m^2$ com suas bagagens. As dificuldades que ainda teriam de enfrentar eram diversas, fora as condições insalubres às quais tinham sido submetidos para conseguirem dormir, se lavar e viver. Eléni foi até as docas e lá encontrou vários sacos de farinha vazios, com uma habilidade impressionante, os transformou em vestidos para ela e Merula e fez uma calça para Mihalis.

No dia seguinte, intrigada com as vestimentas de Eléni e seus filhos, uma mulher que estava abrigada no acampamento vizinho se aproximou dela e perguntou:

— É impressão minha ou essas roupas que estão usando são de sacos de farinha?! Seu vestido ficou até charmoso, inclusive. Onde você achou os sacos e como fez isso?

— Sim! Não dava mais para ficar usando as roupas que estávamos, então eu encontrei esses sacos abandonados nas docas e resolvi transformá-los em algo decente para nos vestir. Como tenho experiência com costura, não foi algo difícil – Eléni respondeu, e uma satisfação estranha por estar falando de um assunto um pouco banal, semelhante aos dias de outrora, fez com que aquela manhã fosse um pouco menos excruciante que as anteriores.

Dias depois, todas as mulheres do acampamento, seus filhos e alguns homens estavam usando roupas feitas com sacos de farinha. Eléni tinha transformado aquilo em moda local. A partir de então, ela começou a customizar ainda mais a sua criação, inclusive com alguns bordados, que conseguiu adquirir por uns poucos centavos ou trocando roupas e suprimentos por eles.

Embora tenha empreendido com esses bordados, Eléni passou por maus bocados para consegui-los, pois ser dona de uma beleza estonteante como a dela, em um lugar como aquele, levou-a a algumas situações perigosas, que fizeram com que ela, novamente, viesse a temer pela sua vida. Em consequência disso, Eléni suportou grande parte da sua estadia ali com aflição e preocupação, apesar de já terem superado o pior, como nas semanas em que um homem começou a rondar pelo seu assentamento, tendo-a procurado algumas vezes com a desculpa de querer oferecer-lhe assistência, porém ela foi esperta o bastante para perceber que não haviam boas intenções por parte dele e simplesmente recusou qualquer ajuda, mesmo se sentindo tentada a aceitar, considerando que ela e seus filhos estavam totalmente desamparados, sem suprimentos, inclusive para manter a sua higiene pessoal, o que, além de afetar o seu espírito, também atingia a sua autoestima. Por isso, o seu primeiro pensamento quando aquele homem a perguntou se precisava de algo foi "linhas para fazer bordados", sendo essa uma das primeiras necessidades que vieram a sua mente quando pensou no que pediria a ele, convicta de que aquilo não só deixaria as suas roupas mais bonitas como também conseguiria fazer com que se animassem um pouco, permitindo-lhes, mais uma vez, experimentar um resquício singelo do ambiente colorido tão comum em sua terra natal.

Determinada a fazer o que estivesse ao seu alcance para amenizar a vivência de sua família naquele assentamento cuja estrutura era mais precária que estável, de modo a se arranjar como pudesse, fazendo com que os dias fossem menos cinzentos, ela começou a interagir com os outros assentados, ainda que cautelosamente. Assim, estabeleceu uma amizade verdadeira com a vizinha Chryssula, oportunidade em que aproveitou para comentar que, se tivesse algumas linhas, conseguiria bordar nas roupas de saco que estava fazendo para todos. Empolgada com a opção,

Chryssula foi de barraca em barraca perguntando se alguém teria conseguido levar linhas para bordados, até que uma dessas pessoas respondeu que sim. Como já era de costume, Eléni propôs que trocassem as roupas que estava produzindo pelas linhas; com o tempo, ela mesmo encontrou outros meios de adquiri-las.

Os bordados faziam parte de um costume tradicional intrínseco à história e cultura das mulheres de Smyrni, uma arte folclórica local que todas aprendiam desde muito jovens, e Eléni se aperfeiçoou ainda mais na técnica quando ficou responsável por esse produto nas lojas do seu marido. Mais que uma prática, aquilo, na situação em que se encontrava, era uma lembrança da sua pátria querida.

A diferença dos bordados de Smyrni para as regiões era evidente, e as artesãs eram o principal motivo para isso. Aquelas mulheres conseguiam expressar uma delicadeza muito específica nos padrões dos fios coloridos que genuinamente misturavam a fios dourados, desenhados nos bustos, nas mangas e nas barras das roupas femininas e masculinas, além das toalhas de mesa, dos lenços, dos tapetes e dos lençóis. Seu traço artístico expressava uma clareza lírica que representava muito bem o modo de viver dos gregos, combinando requinte, arte e cultura em todos os seus hábitos rotineiros, principalmente durante os casamentos gregos, pois os produtos bordados eram um dos presentes mais simbólicos dados aos noivos e um item essencial nos enxovais, inclusive os de bebê, feitos pelas mães das noivas, suas avós e tias.

Em razão disso, o bordado de Smyrni ocupava um lugar de destaque no ramo do artesanato, sendo reconhecido no mundo inteiro, assim como muitas de suas especiarias locais por causa da qualidade da sua produção artística e cultura gastronômica, estando, por isso, presentes em muitos eventos sociais realizados em todas as regiões do Império Bizantino no Oriente. A criatividade dos gregos para o uso dos elementos artesanais e das matérias-primas locais em relação às suas produções, até mesmo nas festividades organizadas por eles, sempre foi uma questão que extrapola os limites do sabor e da beleza. No geral, as suas criações nunca deixaram de ter essa característica singular de manter o estilo tradicional, exalando a atmosfera do grego clássico bizantino, ao mesmo tempo que apresentam uma elegância atemporal.

O tempo continuou a passar como se as coisas não fossem mudar, com o pouco que ganhava na venda e com a troca de roupas bordadas, Eléni foi conseguindo comprar o básico para manter a si e a seus filhos, alimentando-os com pão e leite. Porém, as dificuldades rotineiras não foram o suficiente para fazê-la se esquecer da sua tormenta. A perda do seu caçula era uma ferida aberta que só poderia ser fechada quando o encontrasse ou, no mínimo, tivesse alguma notícia sobre ele, por isso ela ia todos os dias a um mural na praça do Porto de Pireu onde as pessoas procuravam por parentes perdidos. Andava sempre com uma fotografia de Niko e de seus sogros, parando todos ali e os perguntando se algum deles teria visto as pessoas da foto. Mas, naquela circunstância, a situação de Eléni era só mais uma entre tantas outras com as mesmas perdas, tristezas e lamentações. A cada três pessoas para as quais ela se dirigia para pedir informações, duas também a faziam perguntas semelhantes.

— Eu também estou procurando meus dois filhos, um menino de 14 e uma menina de 11 anos — disse-lhe uma mulher com a expressão cansada demais até para continuar a se lamentar ou chorar. — A senhora tem que procurar lá nas freiras, elas conseguiram uma casa e transformaram em um orfanato para recolherem as crianças órfãs e perdidas após a catástrofe de Smyrni, há muitas crianças por lá, talvez a sua esteja entre elas.

A senhora a respondeu apática e saiu rapidamente, sua dor já era tamanha que, mesmo compreendendo a de Eléni, não conseguiria ajudá-la com consternação e paciência. Os dias que Eléni ia ao porto eram os mais difíceis para ela, que não conseguia disfarçar a sua vulnerabilidade em relação a como se sentia e o quanto sangrava por dentro. Naquele dia, em especial, ela não conseguiu controlar a sua angústia, ainda maior por estar na companhia dos seus filhos e perceber que eles também estavam muito abalados com as memórias trazidas à tona por aquele ambiente portuário. Assim, eles perguntaram a mãe:

— *Mamá*, onde está o Niko, a *yiayia* e o *papú*? Nós abandonamos eles em Smyrni ou foram os homens maus que pegaram eles? – Essas perguntas deixaram Eléni ainda mais chorosa e sentimental.

A angústia daquele dia no porto reverberou nos dias seguintes e Eléni imergiu em um estado de desânimo que foi percebido por todos no assentamento, até mesmo pelo padre que esporadicamente os visitava para oferecer apoio moral e espiritual. Isso aconteceu porque, durante o tempo que o padre Basílio a observava em sua rotina diária no acampamento, percebeu o momento exato em que caiu em prantos, então, após pensar se deveria tentar consolá-la ou não, aproximou-se dela com uma cruz nas mãos.

— O que você está sentindo, minha querida? — perguntou-lhe com gentileza.

— Eu perdi meu caçula e meus sogros durante a tragédia que nos acometeu e não sei onde estão agora, se estão vivos, se estão mortos, se estão passando fome, sede, frio! Eu não consigo ter paz, padre.

Comovido por sua dor, Basílio ergueu a cruz que estava segurando e a colocou em sua cabeça, abençoando-a.

— Desejo que Deus toque o seu coração com o seu poder e acenda uma luz em sua alma para o seu conforto e a proteção dos seus – disse a ela com voz baixa, porém firme.

— Eu não aguento mais, padre, minha alma está ferida. Todos os dias eu me sinto ansiosa e sofro muito com uma tristeza profunda que me invade totalmente.

— Tu és uma mãe cristã, ore e confie tudo a Deus, pois ele fará com que reencontres seu filhinho e seus sogros.

— Como alguém poderia permitir o que aconteceu conosco?! Toda essa destruição, essa tragédia sombria que nos assolou na Ásia Menor.

Ciente de que ela teria o seu próprio tempo para assimilar e superar tudo aquilo, o padre a abençoou mais uma vez e saiu emocionado. Após aquele encontro, Eléni se sentiu mais inspirada e tentou se reerguer, pelo bem dos filhos que ainda estavam com ela.

Assim, com o pouco de dinheiro que tinha, comprou uma bacia grande para dar banho em Merula e Mihalis, animando-os um pouco mais, depois reuniu todas as outras crianças do acampamento para fazer-lhes companhia em várias brincadeiras elaboradas por ela. Primeiro, pediu ajuda aos outros pais para construir um balanço, pois essa era uma das brincadeiras favoritas de Merula. Feito isso, todos se revezaram para empurrar as meninas no balanço, cantando uma canção grega muito conhecida por elas, que dizia: "*Cunha bella omorfi copéla*"*.

Para os meninos dos acampamentos, Eléni propôs outra brincadeira, organizando uma roda por onde eles passavam em zigue-zague, ao mesmo tempo que cantavam em grego: "*Pernaí, pernaí i mélissa que ta melissópula*"**.

Tudo foi muito divertido naquele dia e por algumas horas eles se esqueceram de todos os fatos que os levaram até ali. Entretanto, no dia seguinte, Eléni cedeu à tristeza e novamente saiu desnorteada em busca de alguma notícia sobre Niko.

Assim como ocorreu com Eléni, o seu filho caçula e os sogros também sofreram demasiadamente no dia em que foram separados, durante todo o tempo eles temeram pela vida da nora e dos netos, sem saber se tinham conseguido escapar em segurança. As mesmas situações traumáticas os acometeram e as mesmas histórias foram compartilhadas com eles quando supostamente eram levados para o porto de Patra, em Peloponeso, na Grécia. Isso segundo o que foi dito a eles por um senhor que também se refugiava no navio, depois de ter escutado a conversa de alguns membros da tripulação. Esse senhor, inclusive, falou-lhes sobre os momentos que tinham antecedido a sua chegada ao navio, o que causou um misto de sentimentos dúbios pelos turcos.

— Os turcos tinham matado todos da minha família e já estavam se

* "Bela balança, linda menina", em português.

** "Passa, passa, abelha e seus filhotes", em português.

preparando para me enforcar quando apareceu um outro que ofereceu um valor em dinheiro para que pudesse me levar: "Eu quero levar ele para enforcar na presença de todos os meus vizinhos". Ele disse com convicção, então eles amarraram as minhas mãos e permitiram que ele me levasse. Quando chegamos na casa dele, ele tirou as cordas das minhas mãos e falou: "Você está salvo, não deve se lembrar, mas foi você quem pagou o tratamento da minha mulher que estava com tuberculose e foi salva quando eu fiz um pedido de ajuda através do Jornal do Smyrni, porque não tínhamos dinheiro, e você ouviu e nos atendeu. Vocês, cristãos, só fazem o bem, não podemos condená-los", mal ele tinha acabado de se explicar, eu o agradeci e saí correndo, ainda sem saber até que ponto foi sorte.

Naquele dia, os gregos em Smyrni que sobreviveram ao ataque tiveram parte de suas vidas entrelaçadas, não importando se se conheciam ou não; se eram parentes ou não; colegas de trabalho ou não; se se gostavam ou não, pois todos eles compartilharam da mesma experiência, independentemente da circunstância de cada um, e aquilo os marcaria e os manteria conectados para sempre.

Ainda em relação ao destino dos sogros de Eléni, ao chegarem de fato no porto de Patra, desceram do navio com o neto preso em seu colo, determinados a nunca mais soltá-lo, tendo em vista que havia a possibilidade de ele ser a única família que lhes restara. Mesmo assim, não desistiram de procurar pelos demais, sendo essa a sua primeira preocupação ao estarem em terra firme. Assim, saíram à procura deles em todos os outros navios e pontos de apoio, mas sem sucesso, eles estavam em outro lugar e sua caminhada pera o reencontro seria longa.

Os refugiados levados para Peloponeso foram abrigados em igrejas, escolas, praças públicas, enfim, em todos os lugares que pudessem ser encaixados. Foi feita uma classificação de acordo com os conhecimentos dos membros de cada família, e Niko e seus avós foram encaminhados para uma barraca fora da cidade, localizada perto das plantações de oliveiras e vinhedos. A sua maior dificuldade era pegar água com um balde em um poço que ficava a 300 metros de onde estavam, a água servia para tudo, beber, lavar a louça, se alimentar.

Por serem idosos, carregar aqueles baldes de água era um verdadeiro desafio para os avós de Niko, que, além disso, também tiveram que começar a trabalhar na colheita de azeitonas – usadas na produção de azeite e na secagem de uvas para a produção de uvas-passas – sem ter opção ou uma outra forma de auxílio. Essa foi a única maneira que encontraram para sobreviver àqueles tempos difíceis. A única parte agradável para eles nesse ofício acontecia durante o verão, quando estendiam um plástico no chão, num espaço perto das videiras, onde colocavam as uvas para secagem, que, ao começarem a desidratar, melhoravam os dias seguintes com o aroma forte e adocicado que deixavam.

Ainda preocupados com o paradeiro de Eléni e seus filhos, eles não desistiam de encontrá-los e todos os dias pensavam nos possíveis meios de procura.

— Amanhã vamos voltar ao Porto de Patra – dizia Miki a sua esposa todos as noites quando finalizavam seu trabalho árduo. — Considerando a sua idade avançada e o serviço que tinham de realizar para conseguirem sobreviver, cada dia que se passava era um dia a menos aos cuidados e proteção do neto, que corria o risco de ficar sozinho de vez antes de encontrar o restante de sua família.

Todas as vezes que iam ao porto da cidade, eles enchiam os muros e postes dos pontos principais, cujo fluxo de pessoas era maior, com a seguinte mensagem:

"Eléni Valavanis, Mihalis Valavanis e Merula Valavanis, você viu essas pessoas refugiadas de Smyrni desembarcando por aqui? Caso tenha alguma informação sobre elas, estaremos no assentamento de refugiados de Smyrni situado no endereço X."

Contudo, ninguém nunca os procurava e, toda vez que retornavam ao centro, suas esperanças eram esmagadas gradualmente. Nesses dias, até mesmo Niko, que ainda era pequeno demais para compreender o que acontecia ao seu redor, sentia o pesar de seus avós e chorava muito pedindo pela mãe. Para distrai-lo, eles davam-lhe um chocalho que compraram com o pouco dinheiro recebido da colheita no campo, pois isso costumava funcionar.

— Niko, a *yiayia* e o *papú* vão cuidar de você, nós te amamos muito! – eles diziam ao neto e, em seguida, melodiavam a música de ninar que Eléni sempre cantava para ele e os irmãos durante seus dias de paz em Smyrni: — *Fegarákimo labro féguemu na perpató, na pigueno sto skolio*[*].

Quase sempre, o sentimento de nostalgia em relação à canção era o suficiente para acalantar o neto, conduzindo-o a uma noite de sono tranquilo, pois Niko ficava imerso na melodia, instintivamente tentando se reconectar com aquela sensação de amor e segurança perdida, abrindo e

* "Minha luazinha brilhante, ilumine o caminho para a minha escola...", em português.

fechando os olhos até que dormisse. Porém, quando nem mesmo cantar o acalmava, eles tentavam adoçar um pouco a sua tristeza com um pirulito, que, embora prolongasse a sua insônia, o mantinha menos agitado, distraído com o prazer momentâneo provocado pelo doce.

CAPÍTULO 3

SEPARAÇÃO

Alguns meses após a tragédia que fez com que os gregos na Ásia Menor procurassem abrigo em outras regiões, o governo de Atenas construiu vários prédios de quatro andares, com pequenos apartamentos compostos por um quarto, cozinha e banheiro, que seriam destinados à acomodação provisória das famílias de refugiados que haviam se estabelecido na região, até que elas conseguissem se sustentar sozinhas, dando prioridade às que tivessem filhos pequenos. Por isso, Eléni, Mihalis e Merula entraram na lista para receber esse benefício, sendo designados para se instalarem no apartamento 41, localizado no bairro Kalithea.

O próprio governo realizou a mudança e disponibilizou o transporte dos refugiados instalados nos assentamentos para os locais onde seriam reinstalados, em apartamentos mais confortáveis e dignos em comparação ao lugar em que estavam. Quando Eléni chegou ao apartamento, ainda estava um pouco incrédula quanto ao que acontecia, mas os seus filhos reagiram de forma diferente, gritando emocionados assim que passaram pelo vão da parta de entrada. “Que... que apartamento bonito”, disse a criança que tinha sido violentamente expulsa da mansão na qual morava em Smyrni, já se sentindo confortável naquele cubículo.

— Mamãe, esse lugar é tão legal, aqui tem banheiro, água e luz, por favor, me diz que vamos ficar aqui?! – disse Mihalis a Eléni, totalmente emocionados.

Imersa em lembranças tristes, Eléni apenas conseguiu assentir com a cabeça, em confirmação à pergunta do filho, pois estava vagando em pensamentos profundos a respeito do caçula Niko, que ainda estava perdido. “Nós todos cabemos aqui, por que meu filho não está entre nós?”, arrebatada pelo fato, ela não parava de se questionar em pensamento. Coincidentemente, uma semana depois, a família da melhor amiga de Eléni e vizinha no assentamento também foi levada para o mesmo local onde ela e seus filhos estavam. Elas se encontraram no corredor do prédio no mesmo dia da mudança de Chryssula.

— Você por aqui! – em um tom de surpresa, Eléni falou com a amiga, embora já estivesse ansiando por essa possibilidade desde o dia em que tinha se mudado.

— Obrigada, Senhor! Foi Deus que nos reuniu novamente! Eu não conseguiria passar por tudo isso sem você – Chryssula disse à amiga durante um abraço apertado. — Eléni, você viu como os quartos são pequenos, mas limpinhos?! – continuou a conversa em um tom mais descontraído.

— Sim, mas quando penso no meu filho, no lugar onde ele deve estar, isso só me deixa ainda mais triste. Todos os dias peço a Deus que cuide dele e o reconforte onde quer que esteja – Eléni confessou a Chryssula, sem conseguir compartilhar da felicidade que a amiga estava sentindo naquele momento.

— Tenha calma, minha amiga guerreira! Eu sei que, desde o dia em que fomos expulsos da nossa terra, tem sido difícil ter qualquer expectativa de um dia voltarmos a sentir alguma alegria na vida, mas não se entregue ao sofrimento, tenha fé que um dia você encontrará o seu filhinho – Chryssula falou, compadecida pela desolação da sua amiga. Naquele momento, seus olhos também já estavam cheios de lágrimas.

Como as mulheres de Smyrni eram muito prendadas, logo as amigas transformaram as suas humildes casinhas com enfeites que elas mesmas produziram, fizeram lindos tricôs e crochês, além de também personalizar com bordados as cortinas, colchas e toalhas que conseguiram adquirir a preços mais baixos nas feirinhas do bairro. As residências pareciam casas de bonecas.

Pouco tempo depois de se acostumarem novamente com o que seria uma moradia de fato, agora que estavam estabelecidos em um lugar que lhes permitiria tentar viver uma vida de verdade e, quem sabe, conseguir se distanciar um pouco das sombras do passado, Eléni continuou costurando roupas e fazendo bordados para sustentar a família. Não demorou muito, o seu trabalho primoroso começou a ser reconhecido por todos na região. As chamas da esperança começaram a se reacender no coração de Eléni quando uma senhora muito rica e gentil, que soube da sua história por um de seus empregados, pediu a ela que fizesse o enxoval de casamento da sua neta, que deveria ser todo produzido com sedas.

O serviço foi realizado com perfeição e seu sucesso rendeu a Eléni boas recomendações, assim ela também pôde começar a trabalhar com seda. Mais trabalho significava mais contatos, principalmente entre as pessoas ricas e influentes da região, o que poderia ser-lhe útil para obter informações a respeito da situação dos gregos atacados pelos turcos na região da Ásia Menor. Além disso, mais dinheiro daria a ela condições de ir atrás dos meios necessários para trazer o seu bebê de volta quando o encontrasse.

Eléni já era uma costureira muito requisitada, trabalhava dia e noite sem parar, não só visando garantir que Mihalis e Merula tivessem o essencial para viver com dignidade como também de modo a estar preparada para quando conseguisse encontrar e trazer o seu filho caçula de volta para a família. Mesmo que Niko não estivesse mais entre eles, todos o mantinham consigo em pensamento, guardando nas lembranças cada traço do seu lindo rostinho de pele branquinha e têmporas rubras o tempo todo; o modo como seus cabelos ondulados ficavam caídos sobre a testa; o jeito cativante como ele sempre se mexia ao ouvir uma música, tentando acompanhá-la, e a forma como ele ficava atento e sorridente sempre que alguém gesticulava com ele, tentando se comunicar. Embora ainda fosse um bebê, já era evidente o quanto gostava de atenção. Com frequência, Eléni reunia-se com os filhos para se recordar de todos os momentos em que estiveram presentes na vida dele, não necessariamente para manter na memória alguém que se fora para sempre, e sim para permanecerem esperançosos de que um dia ele voltaria.

Três anos depois, no início do verão, Eléni conseguiu juntar dinheiro e comprar um terreno no mesmo bairro onde o governo tinha cedido o apartamento provisório em que morava. Assim, ela pôde construir a sua casa literalmente, pois também auxiliou os pedreiros no que foi possível, carregando baldes de água, britas e areia todos os dias até o fim da obra. Isso aconteceu mediante a ajuda dos outros refugiados, que se uniam toda vez que algum deles conseguia adquirir uma casa própria, e do governo, que incentivava a transição dos refugiados em moradias provisórias para lares próprios, doando cimento e tijolos aos que apresentavam condições de erguer sua residência e oferecendo um auxílio social irrisório àqueles que cumprissem os requisitos para conseguir alugar um imóvel. Por esse motivo, muitos deles se organizavam entre si para morarem juntos e dividirem o aluguel, o que era mais comum entre os solteiros. Assim, em três meses, o sobradinho de Eléni ficou pronto. Era confortável, apesar de pequeno, sendo composto por dois quartos e um banheiro no andar superior, uma pequena saleta na entrada do andar de baixo e uma cozinha.

À medida que os apartamentos provisórios iam sendo liberados, outras famílias eram transferidas do assentamento. O intuito não era apenas transferir as pessoas para locais mais habitáveis e confortáveis, mas também dar a elas um ponto de partida para poderem se inserir na comunidade que agora seria o seu lar definitivo, de modo a terem condições de retomar as suas atividades sociais, desenvolvendo rotinas inerentes aos seus hábitos e costumes, principalmente em relação as suas habilidades laborativas.

Além das roupas bordadas e dos enxovais que fazia, Eléni passou a costurar vestidos de noiva e a trabalhar como cozinheira em festas de casamento, sendo sua especialidade pratos com temperos típicos da Ásia Menor, que eram muito apreciados e requisitados naquele tipo festa. Mas, como ela também já tinha criado raízes e feito umas poucas amizades pela região, não só cozinhava em festas de casamento como também era convidada para elas, porém ela quase nunca ia. Em uma das únicas festas que resolveu comparecer, ela conheceu Iraklís, um homem de boa aparência, galanteador, de jeito mais altivo e roupas esnobes que foi acomodado na mesma mesa que ela. A indiscrição de Iraklís deixou Eléni um pouco sem jeito na mesa, quando ele passou para uma cadeira ao lado da dela e ficou encarando-a antes de elogiar a sua beleza sem rodeios. Talvez por fazer parte da alta classe ateniense, estando acostumado a bajulações, não fazia muita questão ou não via necessidade em ser delicado com as pessoas, e isso ficou evidente para Eléni durante a conversa que tiveram.

— De onde você é? – Perguntou a Eléni, fitando-a.

— Eu sou da Ásia Menor – Eléni o respondeu, constrangida.

Embora os refugiados tivessem sido acolhidos e assistidos pelo governo ateniense, muitos da população os viam com preconceito, considerando-os uma classe inferior em virtude das suas condições financeiras e sem aceitar muito bem a assistência que recebiam dos órgãos públicos, envolver-se com os "forasteiros" não era uma opção para esses atenienses. No entanto, esse não foi o primeiro impulso de Iraklís diante da resposta de Eléni. Encantado com a sua beleza, ele continuou a conversar com ela, que, aos poucos, foi se sentindo mais à vontade com ele, mesmo que o seu jeito direto ainda a incomodasse. Isso permitiu que Iraklís visse além da beleza de Eléni, achando-a ainda mais interessante quando percebeu o quanto era culta e requintada, por isso a convidou para irem ao jardim tomar um pouco de ar e conversar melhor, sendo franco quanto ao seu desejo de saber mais sobre ela.

De alma aberta, Eléni contou-lhe toda a sua história, falou sobre a tragédia em Smyrni, a morte do seu marido, o que teve de suportar até ali e, principalmente, sobre a dor constante em relação a ter sido separada de seu filho... "separados", era assim que ela preferia se sentir em relação a Niko, pois era inadmissível a possibilidade de ele não ter sobrevivido. Para ela, tudo se resumia a uma questão de quando eles se reencontrariam.

Porém, Iraklís interpretou erroneamente a abertura de Eléni, como se, de alguma forma, ela estivesse correspondendo-o, mas não foi por isso que ela tinha feito aquelas revelações a ele, apenas sentiu que ele seria alguém que poderia ajudá-la na busca pelo filho, caso se compadecesse da situação. De mesmo modo, ela o interpretou de forma equivocada, superestimando a sua capacidade de sentir empatia, quando na verdade ele só tinha interesse em sair com ela, por isso tentou forçar um encontro, mas Eléni recusou.

Eléni teve vários pretendentes no decorrer do tempo em que se estabelecia naquela cidade, mas sempre desencorajava todos, pois seu único intuito era encontrar Niko e criar bem os filhos.

Enquanto isso, em Peloponeso, Miki e Maria tentavam sobreviver e criar o neto ao mesmo tempo, o que, considerando a condição deles, era um esforço duplo, relacionado tanto à saúde física quanto à mental, muito embora Niko também compartilhasse das mesmas dificuldades que os avós, apresentando sinais de trauma decorrentes do que havia acontecido com ele e a família desde o início, e isso só foi piorando na proporção em que crescia, principalmente quando ele começou a estudar.

Além de ser muito inibido e não conseguir fazer amizades, Niko se comportava muito mal desde a pré-escola, tornando-se ainda mais irascível e desconfiado no decorrer dos anos. Ele não tinha tolerância com ninguém, o que fazia com que os seus avós fossem chamados na escola com certa frequência para resolver alguma confusão causada por ele; quando não era isso, ele ia para casa todo machucado por ter brigado com garotos mais velhos e bem maiores que ele.

Até quando tentavam elogiá-lo ou interagir com ele, Niko complicava a situação, devido a sua insegurança com as pessoas, convicto de que qualquer aproximação provinha da compaixão e piedade alheia. Ainda que tivesse um talento para a matemática, uma habilidade nata colocada em destaque pela sua professora todas as vezes que entregava as atividades escolares para a classe, pois ele nunca errava uma conta sequer, não reagia bem à atenção recebida por ela e aos olhares curiosos dos colegas. "Você só está me elogiando porque tem dó de mim por eu não ter pais, a verdade é que eu não sou bom em nada", Niko costumava responder, deixando claro o sentimento de inferioridade em relação aos colegas.

Já sem saber como lidar com as inseguranças do neto e a sua insolência, Niko estava com nove anos quando Miki e Maria souberam que alguns dos seus conhecidos, incluindo a sua melhor amiga Panagiota, pretendiam ir a Terra Santa, em Israel, visitar a Igreja do Santo Sepulcro, uma das três construídas por Constantino, o Grande, onde estava guardado o túmulo de Cristo, e resolveram recorrer ao que seria uma solução milagrosa para eles.

Assim, embora não tivessem condições de acompanhá-los na viagem, sem ter a chance de desfrutar da mesma emoção que imaginavam que sentiriam ao estarem perto do Cristo, esperançosos de que isso, de alguma forma, os permitiria se comunicar com ele, vindo a ouvir as palavras de reconforto pelas quais sempre oravam que lhes fossem ditas: "Eu sei quem são, vocês são meus filhos, sei de tudo sobre vocês. Fiquem tranquilos, a partir de hoje eu livro vocês e o seu neto desse sofrimento que os acompanha faz tempo", pediram a Panagiota que levassem para eles o que acreditavam ser parte do próprio Cristo, uma farpinha de madeira da cruz que ele carregara, um hábito comum na época, pois todos diziam que aquele item era capaz de operar milagres na vida das pessoas.

A farpinha foi levada por eles e entregue com muito cuidado para Maria, que, no mesmo dia que a recebeu, teve uma conversa com Niko sobre os seus anseios, mesmo sabendo que ele provavelmente não a compreenderia. Ainda assim, tinha fé que aquilo o ajudaria. Após isso, ela disse ao neto que tinha algo para dar a ele e esperava que confiasse nela, recebendo o presente peculiar que gentilmente enfiou na pele do seu antebraço esquerdo, aceitando que aquilo o protegeria de todos os males possíveis.

— Com isso, Deus vai te acompanhar e proteger por toda a sua vida, e você também será guiado para o caminho de volta aos braços da sua mãe e dos seus irmãos – enquanto dizia tais palavras ao neto, sua fé e perseverança foram tão grandes que obstáculo nenhum impediria o seu clamor de chegar ao céu. Tendo sido ouvida, a partir dali tudo seria questão de tempo.

A prece já era um costume que Niko tinha aprendido a desenvolver com os avós. Independentemente da situação, a oração estava sempre presente na sua rotina, ao se levantarem pela manhã, antes das refeições, quando iam dormir. Por esse motivo, a ação da avó foi extremamente simbólica para Niko que, assim como ela, recebeu com fé aquela farpinha, que foi fixada não apenas em sua pele, como também em sua alma.

CAPÍTULO 4

REENCONTRO

Decorridos sete longos anos do dia em que toda a família Valavanis havia sido separada, dentre todos os membros perdidos – pais, primos, irmãos, avós, tios – era de Niko, o seu frágil e delicado bebê, que Eléni mais se lembrava e sentia falta. Ela nunca tinha deixado de pensar nele e em como deveria estar bem grandinho, talvez até irreconhecível, o que só a preocupava ainda mais, fazendo com que ficasse tentando imaginar que tipo de criança ele havia se tornado.

No dia 18 de novembro de 1929, já estava quase no final da tarde quando Eléni resolveu aproveitar a folga para comprar alguns materiais de trabalho em falta no seu ateliê, uma decisão que tomara mais pela curiosidade do que pela urgência em si, pois fazia um lindo dia de inverno e se sentiu tentada a desfrutar dos reluzentes flocos de neve que vira começando a cair pela janela do seu quarto, como se sentisse que algo estivesse à sua espera lá fora. Seu primeiro destino foi o centro da cidade de Atenas, onde se localizavam as lojas com todos os materiais de costura que precisava. Animada, ela ia de vitrine em vitrine procurando os itens, entrando e saindo de algumas dessas lojas com mais sacolas do que conseguia carregar. Não satisfeita, na volta revolveu passar pela rua Ermú, situada próximo do centro, entre os bairros Síntagma e Monastiraki, um dos locais mais movimentados da região.

Passeava pela rua a passos leves e atenta ao ambiente, aproveitando cada pedaço do caminho aveludado que havia sido criado pelo clima agradável do inverno, que ela recebia com satisfação, sem se sentir incomodada com o frio que fazia, pois tinha se agasalhado adequadamente, com casaco e vestido quentes e confortáveis, além de um chapéu de camurça que protegia bem os ouvidos. Há tempos Eléni não se sentia daquele jeito, feliz por desfrutar de coisas simples como fazer compras ou assistir a atrações de rua, em especial aos shows musicais, cujas melodias geradas pelo som de violinos e saxofones a conduziam por recordações de épocas que pareciam ter ficado em outras vidas, permeadas por momentos divertidos e apaixonados, vividos, sobretudo, ao lado do seu falecido marido.

Já era noite e Eléni saía da última parada na rua Ermú, a Loja de Doces Amaranto, especializada na confecção de *loukoumades* – uma espécie de bolinho de chuva envolto por mel e canela com nozes trufadas na parte de cima – após comprar uma quantia considerável desses bolinhos para satisfazer todos os desejos dos filhos, quando, a sua frente, caminhando na direção dela, deparou-se com aquilo que, a princípio, acreditou ser uma miragem do seu irmão Anastássios entre os transeuntes, mas que, à medida que foi chegando perto, foi ficando mais real, e ela quase não acreditou quando percebeu que aquela "miragem" também a encarava com espanto. Diante um do outro, ambos permaneceram inertes, olhando-se incrédulos, com uma emoção incontida na face. Passados alguns segundos, eles se abraçaram fortemente, em meio a um misto de sorrisos e lágrimas.

Anastássios era o irmão mais velho de Eléni, que ela não tinha notícias desde a tragédia em Smyrni, pois, na época do atentado aos gregos em Smyrni, ele já estava em Paris há alguns meses, tratando dos negócios da família, por isso, depois do acontecido, também não teve como saber do paradeiro da irmã e, muito menos, do dos pais. Isso foi consequência não só das dificuldades quanto aos registros dos refugiados e os locais para onde tinham sido levados, mas principalmente por razões de ordem geográfica, já que a comunicação ocorria por meio de cartas transportadas em navios que levavam meses para chegar ao local de destino, do mesmo modo a informação também levava meses para circular de um lugar ao outro, assim ele tanto não os encontrou como soube tarde dos acontecimentos que atingiram a família e todos os gregos em sua terra natal.

Daquele dia em diante, parte da família foi restituída, e Eléni encontrou no irmão um apoio com o qual ela poderia contar pelo resto de sua vida, especialmente no ano de 1932, no momento mais aguardado por ela desde a tarde fatídica que mudara tudo em sua vida.

Numa manhã nublada e com mormaço, Eléni recebe um telegrama da Cruz Vermelha, uma organização ativamente presente nos períodos entre guerras e conflitos pelo mundo naquela época. O aviso pedia a ela que se dirigisse até o escritório da corporação com urgência.

Com um certo receio do que poderiam dizer, sem saber qual seria a sua reação diante das possíveis notícias, Eléni pediu conselhos ao seu irmão.

— Por que estão me chamando? Será que me darão alguma notícia sobre Niko e meus sogros? Eu sempre esperei por essa ligação, mas agora estou com um mau pressentimento – confessou a Anastássios.

— Calma, Eléni, não sofra por antecedência, amanhã saberemos, eu estarei lá com você – respondeu, tentando reconfortar a irmã.

Na noite anterior à reunião, Eléni não conseguiu pregar os olhos, ficou acordada imaginando mil razões para ter sido convocada daquela forma, razões boas e ruins. Na manhã seguinte, tentou agir como se nada tivesse acontecido, porque não queria dar falsas esperanças a Mihalis e Merula, muito menos ter que retornar da reunião trazendo más notícias, se fosse o caso. Então, ela preparou o café, os levou para o ginásio e depois se encontrou com o seu irmão, que a acompanharia conforme combinado.

— Anastássios, meu irmão, vamos logo, não aguento mais essa angústia.

— Sim, sim... devemos nos apressar – respondeu ele ao mesmo tempo que também tentava disfarçar o nervosismo.

Assim que chegaram no escritório da Cruz Vermelha, Anastássios foi em direção à recepção, cada passo dado embrulhava ainda mais o seu estômago, envolvido por uma série de emoções relacionadas à situação da irmã.

— Recebemos um telegrama dois dias atrás pedindo que viéssemos aqui com urgência – disse ao atendente, um pouco abalado com aquelas circunstâncias.

— Certo. Você poderia me confirmar o seu nome?

— Eu me chamo Anastássios, mas estou aqui acompanhando a minha irmã, a senhora Eléni Valavanis. É com ela que o pessoal do seu escritório deseja falar.

— Senhora Eléni Valavanis! Nossa, como a procuramos! Infelizmente, eu tenho boas e más notícias para a senhora... Os seus sogros,

Miki e Maria Valavanis, faleceram. Sinto muito pela sua perda. Após a sua separação durante a fuga de Smyrni, eles foram levados para a cidade de Patra e, durante todo esse tempo, estiveram cuidando de Niko. Ele é seu filho, correto?

— Ah, meu Deus! Meu filho, sim! É ele, o meu bebê, agora ele deve estar tão grande, mais uma tragédia na vida dele. Onde ele está? Deve estar sozinho, assustado! Me digam, como o encontraram? Como faço para buscá-lo? Ele está bem? – Eléni disse aos prantos, sem conseguir formular muito bem as perguntas, ainda em estado de choque.

— Sim, ele está bem. A assistente social de lá o encaminhou para nós. Por sorte, já fazia algum tempo que vínhamos elaborando uma lista única com os nomes de todos os refugiados trazidos para a Grécia em 1922 com os locais para onde tinham sido levados. Fomos fazendo isso à medida que os próprios refugiados iam nos procurando, como a senhora fez, ou essas informações iam surgindo pelos nossos setores de assistência social. Levou tempo, não conseguimos registrar todos os nomes dos refugiados na época em que aconteceu tudo aquilo, por isso muitos só foram encontrados a partir das situações que mencionei.

"Com os seus sogros foi assim. Embora eles nunca tenham deixado de procurá-los de forma autônoma, ainda não tínhamos uma sede da Cruz Vermelha em Patra, e os documentos dos assentamentos tinham sido perdidos em um pequeno incêndio. Desse modo, eles só conseguiram recontar a própria história e sua origem para a assistente social quando estavam no hospital. Ela os colocou em nossos registros e, assim, pôde procurar alguma associação com os outros nomes na lista depois que eles faleceram."

De volta ao Porto a partir do qual, anos atrás, a sua vida mudou abruptamente, Eléni revia todo o caminho percorrido até ali antes de reencontrar o filho perdido e só conseguia chorar e agradecer, atordoada com tantas notícias, porém feliz e comovida na mesma medida. O momento do reencontro se aproximava, o navio já tinha dado ré e encostado a popa no cais para permitir que os passageiros desembarcassem depois que a comporta se abrisse. Isso mal aconteceu e Eléni conseguiu identificar um menino de olhar perdido e andar titubeante sendo conduzido por uma mulher que presumiu ser a assistente social, pois sentiu na hora que aquela criança de mãos dadas com as dela era o seu filho. Foi nesse momento que, instintivamente, saiu correndo em direção a eles, sem confirmar se seria o seu caçula de fato, e se ajoelhou diante dele ao chegar perto o bastante. Ela soluçava de tanto chorar e isso só aumentou ainda mais a sua aflição, ciente de que Niko provavelmente não a reconheceria, por ser apenas um bebê quando se separaram, e um rosto inchado como o dela só dificultaria a sua aproximação.

Mesmo ciente que corria o risco de ser somente uma estranha para ele, sendo possível que nada o fizesse se lembrar dela, ainda que houvesse, entre eles, um elo genuíno de mãe e filho, ela o abraçou forte, para nunca mais soltar, pedindo-o perdão por ter permitido que os separassem do jeito como fizeram e dizendo o tanto que o amava.

Sabendo que algo importante estava acontecendo, mas sem capacidade para compreender a complexidade de tudo aquilo, Niko a encarava sem piscar os olhos, não conseguindo chorar de imediato, pois tinha se habituado a suprimir algumas das suas emoções mais íntimas. Ele queria retribuir a reação da mãe com o mesmo calor e afeto, uma vez que também estava feliz e emocionado, principalmente pelo fato de que não ficaria sozinho depois que seus avós se foram, mas não conseguia. Embora ainda fosse pequeno demais para compreender tudo aquilo, todo o seu ser sabia que aquela mulher que estava diante dele, que ele quis chamar de mamãe assim que a viu, não o havia abandonado e desistido de procurá-lo, e sim que tinha sido brutalmente separada dele. Era o terror da separação que o assombrava, que lhe causava pesadelos, que o fazia se retrair diante de qualquer contato físico e engolir o choro depois de tanto chorar e perceber que nada mudaria... sua mãe, seu pai e irmãos não voltariam.

Quando estavam prontos para ir embora, Eléni apresentou Niko ao tio e explicou-lhe que os seus irmãos o esperavam em casa. Percebendo como o contato físico parecia ser incômodo para Niko, Anastássios apenas deu-lhe um abraço apertado, porém rápido, deixando para outro momento os tantos beijos que também pretendia dar no sobrinho. Niko ficou ressabiado com a forma como Eléni e Anastássios o trataram, pois ele não conhecia essas pessoas. Todo aquele excesso de zelo, alegria e brandura eram demais para ele, que só estava acostumado com a companhia dos seus avós e, até então, só sabia da sua mãe, pai e irmãos pelas histórias contadas com frequência pelos seus avós. Ainda assim era como se os membros de sua família já tivessem se tornado personagens de uma história que nunca mais voltaria a ser real.

Nessa história, o seu pai fora o herói de um acontecimento demasiadamente triste, dando a vida para salvar a família das mãos de pessoas perniciosas e vazias, fracas demais para tolerar a realidade e covardes o bastante para pegar o atalho mais torpe de todos: uma boa vida em detrimento da de milhares! No entanto, mesmo diante do sacrifício de Dimitri, os acontecimentos posteriores ainda terminariam mal para o que havia restado da família desse homem, visto que Niko, o seu filho mais novo, e seus pais foram separados da sua esposa, Eléni, e de seus outros dois filhos.

Da mesma maneira, Miki e Maria também proporcionaram uma lembrança magnífica a Niko, com a qual ele poderia se confortar ao recordar e revelar, tornando-se personagens da história que um dia ele contaria aos filhos e netos, referente ao momento em que, dois dias após a morte dos avós, enquanto aguardava a assistente social no jardim da Casa de Acolhimento para onde tinha sido levado, os viu subindo aos céus em uma escadaria de mármore branca que ofuscava os seus olhos pelo tanto que brilhava e se misturava às nuvens. Maria usava um vestido longo de diáfana – um tecido fino, quase transparente – e tinha uma belíssima trança caída delicadamente sobre os ombros; já Miki estava com uma calça de linho bege-claro e uma camisa sem gola branca, ambos subiam a escada serenamente, como se estivessem em paz com a partida, cientes de que o neto reencontraria a família. A tarde era uma das mais estonteantes que Niko já tinha presenciado, com o cheiro de tulipas ao seu redor e o canto dos pássaros melodiando a despedida até alcançarem os seres grandes e com asas a esperá-los. Essa visão o acompanhou por toda a vida.

Mesmo a experiência traumática vivida por Niko dez anos atrás não o havia preparado para os sentimentos conflitantes que estava sentindo. Algo razoável, tendo em vista que era apenas um bebê quando tudo aconteceu, e não se lembrava de muita coisa, só era movido por aquela sensação de que sempre tivera, como um traço instintivo da sua personalidade que o remetia a algo que sabia ter acontecido com ele, marcando-a para sempre, mas não se recordava totalmente.

A caminho de seu lar – qualquer lugar que fosse –, Niko sentia suas emoções divididas, por um lado a felicidade só aumentava, ainda mais por saber que, além da mãe e do tio, teria mais dois irmãos para lhe fazerem companhia e nunca mais deixá-lo se sentir solitário; por outro, também se sentia angustiado e atormentado com o desconhecido.

O reencontro com Mihalis e Merula foi mais emocionante para eles do que para Niko, pois se sentiram como se parte deles estivesse sendo restabelecida com o retorno do irmão mais novo, aquele bebezinho que, anos antes, aguardaram a chegada ao mundo com muito zelo e o protegeram e amaram após o nascimento, mesmo com a pouca idade que tinham para se lembrar disso tudo com clareza. Niko apenas se sentia empolgado com a companhia dos irmãos e todas as aventuras que poderiam viver a partir dali. Não tinha memórias de antes daquele momento por ser um bebê quando se separaram e ainda era uma criança inocente e incapaz de processar toda as emoções que estava sentindo.

Quase dois anos se passaram, Niko manteve a sua personalidade independente e começou a desenvolver um ciúme preocupante quanto à relação dos irmãos com a mãe, isso porque, diferentemente deles, além de não se lembrar do pai, também ficara muito tempo afastado de Eléni. O que se agravava ainda mais na escola quando todos os colegas que compartilhavam suas histórias com os pais o faziam perceber o vazio em sua vida e a questionar o tempo tardio em que começara a construir suas próprias memórias com o restante da família. Ainda assim, embora esse fato o machucasse profundamente, ele fazia questão de ouvir a mãe e os irmãos falando sobre o pai e se encantava com todos os relatos, apesar de lamentar a sua ausência naqueles momentos únicos e especiais na companhia de Dimitri.

A adolescência de Niko ao lado dos irmãos nem sempre foi fácil e agradável, uma vez que, quando os conheceu, ele já era irresoluto demais para respeitá-los por serem mais velhos, e eles bastante inflexíveis para tentar compreendê-lo em toda a sua singularidade, principalmente quanto à falta de polidez nas relações sociais. Por isso, Niko nunca se sentiu obrigado a obedecer ou a ouvir o que seriam as "ordens" deles, em especial as de Mihalis. Como consequência disso, os dois costumavam se desentender com frequência e, em muitas dessas vezes, Niko avançava para cima do irmão mais velho sem titubear, não se importando com o fato de que Mihalis tinha quatro anos de diferença em relação a ele.

— Eu sou o seu irmão mais velho, você não pode agir assim comigo! – indignado, Mihalis asseverou o irmão caçula, dois dias após a pior briga que tiveram.

— Não posso por quê? Onde você estava quando os meninos da sua idade faziam o mesmo comigo na escola? Dando ordens, me xingando e partindo para cima de mim quando não os obedecia – Niko balbuciou em resposta, claramente afetado com atitudes como as do irmão. — Eu sempre tive que me virar sozinho quando eles agiam como você e agora não vou deixar que faça o mesmo comigo só porque é meu irmão mais velho.

Às vezes, nos embates mais intensos, Merula se envolvia, tentando apartar a briga dos irmãos, mas Niko sempre falava:

— Merula, você não é nada minha, eu te conheci agora.

— Niko, se nós não somos nada para você, então vá embora! – Merula respondia no calor do momento, sem paciência com o irmão irritadiço, totalmente diferente de como ela imaginava que ele seria.

Mesmo que Mihalis e Merula já fossem mais velhos, eram ainda muito imaturos para perceber que deveria haver um motivo para a agressividade e desconfiança de Niko. Se conseguissem se colocar no lugar dele e imaginar o que provavelmente ele havia passado, o que teria acontecido com ele antes de se reencontrarem, talvez pudessem ser mais condescendentes com o irmão da forma como ele necessitava que fossem. Por mais que compartilhassem do mesmo trauma, a situação deles fora um pouco mais suportável, devido à presença da mãe, que absorveu grande parte das dificuldades que passarem, deixando a situação mais amena, e à companhia que faziam um ao outro, algo que Niko não chegou a ter.

Embora Miki e Maria tenham se esforçado para cuidar de Niko, suprindo-o em todas as suas necessidades essenciais, a tragédia ocorrida em Smyrni os mudara, adoecendo a sua alma. Já não tinham mais ânimo para viver, e Niko percebia isso, parte dele acreditava que era um estorvo para os avós, alguém que os prendia, por isso se sentiu triste e aliviado quando eles faleceram. Em decorrência da criação que tivera em sua infância, em termos afetivos, Niko sempre sentiu um vazio no peito que apenas a sua mãe poderia preencher, e assim ela o fazia, pois o que mais tinha era amor guardado em seu coração para despejar sobre o querido filho.

A maneira que Eléni encontrou para tentar apaziguar o estranhamento entre os filhos foi fazendo com que eles tivessem a oportunidade de compartilhar entre si novas e boas memórias, levando-os para passeios e ocasiões comemorativas sempre que podia. Desse modo, todas as celebrações tradicionais, incluindo os aniversários, passaram a ser festejados pela família. Todos eles preferiam ir a uma praia que ficava na região litorânea do município de Palio Faliro, próximo de Kalithea, pois o local tinha um visual exuberante, sendo ótimo para nadar e se divertir à beira-mar. A areia era fofa, branquinha e repleta de espaços com sombra, além disso eles também podiam fazer passeios de barco até o bairro Glyfada, um lugar chique e igualmente agradável, que fazia com que Eléni se lembrasse tanto das praias de Smyrni quanto das margens do Rio Bósforo.

— Calma, crianças, não briguem! Eu tenho muito serviço para fazer, tenho que terminar esse vestido de noiva para o casamento de amanhã, e todos nós também estamos convidados para ele, então guardem as energias para a festa, caso contrário não iremos – Eléni disse aos filhos, encontrando um método muito mais convincente para separá-los de que Merula.

No dia seguinte, Eléni levou os filhos para o casamento como combinado, os quatro foram acomodados em uma mesa na lateral esquerda do salão. Quando começou uma dança grega chamada *kalamatiano*, subitamente Niko se levantou e foi a dançar com os outros convidados. Isso surpreendeu os seus irmãos, que não conheciam aquele outro lado de Niko, mais divertido e menos desconfiado. Seu jeito para a dança chamou a atenção de todos que estavam na pista, que, empolgados, batiam palmas para ele ao mesmo tempo que tentavam acompanhar o seu ritmo visceral. Depois de aproveitar a música e a companhia daquelas pessoas desconhecidas, Niko retornou para a mesa.

— Onde você aprendeu a dançar desse jeito? – Mihalis perguntou a ele num tom de admiração e orgulho.

— O vovô Miki me ensinou essa dança em Peloponeso, lá todos dançam assim, não são iguais a vocês atenienses que se acham chiques demais para danças barulhentas e extravagantes – Niko o respondeu de forma debochada e em meio a gargalhadas, feliz por, dessa vez, ser ele a compartilhar uma vivência de família.

— Isso é dança de caipira, vocês dançavam assim nas aldeias onde viviam?! – Merula disse entrando na conversa, mantendo o tom de zombaria aceitável entre os jovens daquela idade.

De repente, começou a tocar outro ritmo que Niko também conhecia muito bem por meio dos seus avós: o *zeibekiko*. Novamente, ele se levantou e rumou para o salão de dança, sem conseguir conter sua alegria e boas lembranças dos poucos momentos que viu os seus avós felizes. Já no meio da multidão, todos fizeram um círculo ao redor daquele menino talentoso e ficaram agachados, batendo palmas, enquanto ele rodopiava intensamente e com os braços bem abertos ao som da música.

"Acho que, no fim das contas, ele não é mesmo o nosso irmão, nos entregaram o menino errado, precisamos avisar nossa mãe", Mihalis disse para Merula, tentando disfarçar a brincadeira com um tom sério, mas deixando escapar um meio-sorriso. Ambos estavam apreciando cada momento de espontaneidade sincera do irmão mais novo. Embora ainda se desentendessem muito, eles se sentiam responsáveis por ele e torciam para que tivesse mais alegria em sua vida, pois claramente era o mais descompensado entre eles. Vê-lo daquela forma, com a guarda baixa e permitindo que as pessoas se aproximassem renovava as esperanças de Merula e Mihalis de que um dia o seu irmão caçula poderia, enfim, viver em paz e com serenidade, deixando todos os momentos familiares em que não esteve presente para trás e reconhecendo que ainda teria várias possibilidades para ser feliz.

Não eram só os irmãos de Niko que o observavam e se comoviam com os seus minutos de divertimento, Eléni também o acompanhava a cada passo, a cada sorriso e gesto de alegria. Assim, quando ele voltou para a mesa, ela o abraçou e o beijou, emocionada, sendo aquele um dos momentos mais afáveis entre os dois, já que Niko ainda tinha dificuldades para abrir totalmente com a família.

— Meu querido filho, você é tão lindo quanto o seu pai era e dança tão bem quanto ele dançava, eu ainda me assusto com o tanto que são parecidos! – Eléni revelou a seu caçula, nostálgica com as lembranças que ele tinha trazido à tona, enquanto os seus outros filhos se olhavam de soslaio, pois entre aqueles irmãos as emoções eram assim: amor e apatia, parceria e desavença, empatia e ciúmes.

Todavia, apesar dos conflitos habituais, o propósito da festa foi alcançado com sucesso. No fim da noite, todos tinham se divertido demasiadamente, sem uma briga sequer. Desde que Niko se reencontrara com a família, aquela tinha sido uma das poucas vezes em que os irmãos se aproximaram mais e sem ressalvas, conversando de forma descontraída, dançando e brincando um com o outro, aproveitando todo aquele tempo juntos.

Independentemente das dificuldades para lidar com o jeito arisco de Niko, tê-lo de volta ao lar libertou Eléni – e até mesmo Mihalis e Merula, à medida que foram se tornando mais conscientes – da culpa por terem conseguido recomeçar sem ele em um outro lugar. Todos eles se sentiam como se tivessem recebido licença para aproveitar a vida e seus prazeres após o retorno de Niko, podendo sonhar com as realizações que desejavam um dia alcançar em suas próprias vidas.

Porém, a relação entre Mihalis e Niko era tão volúvel quanto seus sentimentos um pelo outro, o que lhes faltava numa comunicação sincera e aberta em relação a isso era preenchido pela violência verbal e física. Não saber falar ou não ser ensinado a falar sobre as suas emoções foi algo que impactou o convívio entre eles, dessa forma, em vez de conversarem sobre suas diferenças, um sempre impunha o seu padrão comportamental ao outro, o que costumava ser compreendido como um convite ao confronto – por isso, já no dia seguinte à festa, eles brigaram novamente.

Apesar de ser menor, Niko já era mais encorpado que Mihalis e o enfrentava sem medo. Naquele ponto, não se tratava mais de um desentendimento entre irmãos ocasionado pelas banalidades da adolescência, tinha se tornado algo extremamente pessoal para Niko, que não podia aceitar o tempo que não esteve com a mãe e todo amor a mais que ela pôde dar aos seus irmãos como se sempre fosse estar atrás deles e nunca ao seu lado, por isso a sua postura irascível em relação a Mihalis e Merula. Essas emoções ficavam entaladas em sua garganta – que já tinha suprimido tanta coisa –, assim ele sempre se desentendia com eles pelo ciúme que sentia em relação ao tempo perdido. Mais uma vez, Niko sucumbia àquela sensação de não pertencimento. Quando estava com os avós, isso ocorria porque se sentia um peso para eles, e, quando estava com a mãe e os irmãos, por se sentir um estranho em seu próprio lar.

Aos poucos, os conflitos entre os irmãos estavam se tornando insuportáveis para toda a família, e o ápice desses momentos foi o dia em que Mihalis empurrou o irmão mais novo na escada. Por sorte, o pior não aconteceu, Niko quebrou apenas o braço. Na época, em agosto de 1934, Anastássios tinha se mudado para um apartamento a duas quadras da casa da irmã e aberto um café na parte de baixo, por isso, em virtude da proximidade, aconselhou-a a deixar que Niko ficasse lá com ele por um tempo.

— Eléni, o Niko está muito agressivo e rebelde, temo que o pior possa acontecer se ele e Mihalis continuarem morando juntos. Tem um quarto vazio no fundo do café, ele pode dormir lá e me ajudar no serviço – Anastássios disse a Eléni.

— Não sei se essa é a melhor alternativa, ele já não passou por muita coisa?! Mas também não acho que devemos correr o risco, permitindo que as brigas se intensifiquem ainda mais como aconteceu da última vez. Vamos fazer o teste e deixá-lo com você por esse tempo, afastá-lo dos irmãos um pouco para ver se ele se acalma – Eléni concordou com o coração partido, novamente decepcionada com a sua incapacidade de manter a família unida. Nunca tinha imaginado que a readaptação de Niko à família seria tão difícil, tanto para ele quanto para os irmãos.

Niko levou três meses para se recuperar da fratura no braço, nesse período houve uma trégua entre ele e o irmão – Niko porque estava sem forças e com o ego abalado; Mihalis porque se sentia envergonhado e culpado pela sua conduta reprovável. No entanto, ainda era visível o ressentimento entre ambos e o fato de que ainda se incomodavam com a presença um do outro, por isso Eléni manteve-se firme na decisão de afastá-los por um tempo, dando algo para que Niko pudesse ocupar a mente. Ela também tinha esperanças de que uma presença masculina, que compreendesse a dor da separação pela qual passara, fosse capaz de ensiná-lo ou inspirá-lo a ser mais resignado e disciplinado.

Assim, após se recuperar totalmente, Niko foi trabalhar e morar com o tio. Ele o ajudava em todo o funcionamento do café, no atendimento, servindo os clientes, ficando no caixa, lavando louças e até limpando o estabelecimento no fim do expediente. Porém, ainda que ele tenha aprendido a fazer um pouquinho de cada tarefa, todas eram bem divididas e cumpridas em parceria com o tio. O serviço era realizado com respeito mútuo e equidade.

Como esperado, o plano de Anastássios e Eléni deu certo. O garoto se encaixou perfeitamente naquele ambiente. Como Niko tinha muita energia para gastar, aquele seria o lugar ideal para ele. Além disso, a rotina e o contato frequente com a freguesia o fariam a se sentir mais à vontade entre as pessoas, aprendendo a se abrir um pouco mais com elas e, do mesmo modo, permitindo que elas se aproximassem dele. Isso só foi possível, de início, por meio da música que o próprio Niko tocava no gramofone a pedido do tio e espontaneamente dançava, vez ou outra, na parte central do café, alegrando os clientes com o seu ritmo sempre muito contagiante, sendo esse o único momento em que ele era mais agradável e sociável. No decorrer do tempo, Niko foi aprendendo muito sobre a vida e o que significava amadurecer e se tornar responsável pelas suas próprias ações, porém não o suficiente para acabar com a sua rebeldia. Mesmo sabendo das consequências da sua obstinação excessiva, ele simplesmente não se importava com isso.

Naquela época, a comunicação de uma forma plena não era um hábito entre as famílias, muito menos a procura por assistência especializada. Os pais não tinham o costume de conversar com os filhos sobre sentimentos, principalmente se eles fossem meninos, pois acreditava-se que deveriam aprender sozinhos, tornando-se homens com base em suas próprias experiências e vivências. Desse modo, falar sobre as emoções só os deixariam fracos e vulneráveis. Mesmo no caso de Eléni em relação aos filhos, por mais delicada e distinta que fosse a situação da família Valavanis, falar sobre os traumas vividos era uma atitude que exigia mais do que Eléni conseguiria dar a Mihalis, Merula e Niko. Cuidar, sustentar, educar, dar carinho e afeto era algo que ela não só fazia como exercia com maestria, mas não conversar sobre o que os afligia.

Equivocadamente, Eléni acreditava que seria capaz de suprir todas as necessidades dos filhos com excesso de zelo e amor, porém aquilo não seria suficiente diante das angústias que carregavam. Por esse motivo, ela não conseguia se entender direito com o seu filho Niko, muito menos compreender as razões para a sua agressividade e carência – subestimava o seu passado e o fato de que era apenas um bebê quando toda a fatalidade da tragédia de Smyrni os atingiu e superestimava a capacidade do garoto de lidar com os efeitos colaterais de tudo aquilo sozinho.

Embora Niko soubesse que não fora abandonado nem rejeitado, ele não conseguia criar vínculos afetivos com facilidade, muito menos relações de parceria e companheirismo; e acreditava que essa lacuna em sua vida só poderia ter sido preenchida pelo pai. Ele arrumava confusão com qualquer um que o intimidasse e brigava pelas coisas mais bobas, tendo o costume de se vitimizar em quase todas as brigas, sem perceber o seu descontrole e impulsividade. "Se eu tivesse meu pai aqui comigo nada disso estaria acontecendo, pois, as pessoas iam me respeitar mais". Quando Niko não pensava, falava.

Pai e respeito foram "presenças" que Niko sempre sentiu falta. Isso desestruturou o seu psicológico, afetou o seu comportamento por muito tempo e definiu grande parte das suas escolhas. Com o decorrer dos anos, ele viria a perceber o trauma que isso lhe causara, mas sem expectativas de um dia conseguir superar todos esses acontecimentos em sua vida.

CAPÍTULO 5

A INVASÃO ALEMÃ

Em abril de 1941, a Alemanha invadiu a Grécia, dando início a um dos piores períodos da história desse país. A situação beligerante instalada ocasionou mudanças drásticas em grande parte da estrutura social do país, à exceção daquelas poucas pessoas que ainda tinham condições e poder para garantir sua segurança e subsistência. A fome e miséria foram as primeiras consequências a afetar a maioria da população grega.

"*Pinão, pinão*"*, passou a ser um clamor de sofrimento ouvido em quase todas as regiões da Grécia atingidas por conflitos com a Alemanha, diretos e indiretos, pois esse país também usou de estratagemas de guerra para afetar as bases de abastecimento e comunicação entre os gregos e, assim, enfraquecê-los, de modo a triunfar sobre o inimigo. Em meio a todo aquele cenário fatídico, vozes sôfregas ganhavam força se juntando umas às outras pelos guetos e vielas, o som do desespero da população grega, faminta e com frio, ecoava pela fumaça dos destroços e se misturava ao barulho dos conflitos armados. "*Pinão, pinão*", as pessoas continuavam gritando que estavam com fome, antes dos corpos de muitas delas serem encontrados já sem vida, com os abdomens inchados, levados a óbito por inanição.

* "Estou com fome, estou com fome", em português.

Dentre as famílias que conseguiram se manter durante aquele tempo, ainda que com as dificuldades da guerra, evitando o destino trágico de muitas outras, a família Valavanis foi uma delas, pois Eléni passara muito tempo trabalhando e guardando suas economias para ajudar os filhos em seus projetos futuros, que, naquele momento, deixaram de fazer sentido, sendo a sua maior preocupação sobreviver. A reserva da mãe precavida foi o suficiente para a subsistência da família em meio a tantas incertezas, porém não seria o bastante para fazer com que todos os seus filhos se mantivessem seguros e passivos em relação ao que acontecia em seu país.

Pouco antes disso tudo acontecer, Niko, já na casa dos 20 anos, era bem habituado às ruas do bairro periférico onde morava e não só chegara a fazer amizades como também admiradores, pois muitos com a idade aproximada a dele o seguiam por sua coragem, inteligência e sede de mudança acerca das condições de trabalho desigual e do tratamento que eles, os refugiados, recebiam da sociedade ateniense. O comportamento de Niko não condizente com os padrões sociais da região era uma inspiração para os demais, o que poderia ser considerado mais como um ato de libertação e resistência, e menos como um hábito delinquente em si, pois o seu povo – os gregos oriundos de Smyrni e outras regiões da Ásia Menor – sempre fora margeado pelos atenienses, que os tratavam com preconceito nas escolas e nos estabelecimentos públicos e privados, ridicularizando-os por causa das suas tradições de origem, além de terem designado os refugiados para moradias nas periferias, ofertando-lhes os piores empregos, nos quais chegavam a trabalhar 12 horas por dia, desde o início, só sendo aceitos nos piores serviços.

Isso era ainda pior entre as crianças e os adolescentes vítimas de toda a situação gerada pelo ataque dos turcos, pois as outras crianças e adolescentes costumavam reproduzir o preconceito dos pais e da comunidade com base em razões equivocadas e irracionais decorrentes da sua inocência quando crianças, e ignorância quando jovens. Com efeito, a juventude ateniense agia dessa forma convicta de que esse era o tratamento adequado em relação aos gregos refugiados que não se submetiam a sua pretensa superioridade e se opunham a suas tentativas de exclusão. Por esse motivo, Niko se tornou um líder para os jovens marginalizados, o seu espírito rebelde passou a ser um símbolo de luta e transformação da sociedade que eles também faziam parte e por isso mereciam ser respeitados, inclusive por meio da violência. Para tanto, eles formaram uma "gangue" de rua liderada por Niko, que era respeitado por todos... Mais tarde, essa mesma gangue se tornaria uma "organização revolucionária".

Em relação às mulheres que o seguiam, a devoção a ele era ainda maior, pois a condição vulnerável dessas jovens as tornara alvos muito visados, estando mais suscetíveis a explorações de todos os gêneros. Em razão disso, Niko surgiu como um salvador para elas, oferecendo a segurança que os órgãos públicos lhes negavam, pelo menos em relação a sua integridade física, pois, quanto ao sistema público de saúde, muitos deles ainda sofriam com o descaso e a precariedade dos hospitais públicos em um momento no qual todos estavam propícios às doenças que se espalhavam rapidamente pela região, tais como cólera e tifo, entre outras.

Embora a violência também fosse um dos meios pelos quais a gangue se impunha em relação aos seus membros quando cometiam algum deslize, Niko sempre fazia questão que todos desenvolvessem princípios capazes de orientá-los a agir com justiça. Com o passar do tempo, a gangue foi aumentando e, consequentemente, os seus movimentos clandestinos também. Logo todos no bairro já sabiam quais eram os membros da Gangue Micrassia, inclusive as suas famílias. Percebendo tudo isso, Anastássios julgou ser o momento adequado para aconselhar o seu sobrinho sobre os riscos que corria, pois, pessoas da geração dele, embora compartilhassem da mesma gana de sobrevivência, tinham aprendido a superar as adversidades por meio da resignação, fugindo de situações conflituosas.

— Não faça nada que vá prejudicá-lo, os alemães não estão para brincadeiras. Confrontá-los só nos trará mais tristezas, e isso será demais para a sua mãe, que tanto já sofreu e chorou durante os anos em que foram separados por pessoas também gananciosas e com a mesma falta de escrúpulos — disse a Niko em um tom sério demais para que ele não levasse o seu conselho em consideração... ainda assim, seria em vão.

Nas entranhas de todo o território grego, facções da resistência antifascista foram criadas e se articulavam entre si, tão bem escondidas que nem mesmo os melhores rastreadores alemães, com os seus melhores cães farejadores, seriam capazes de encontrá-las, contando, para tanto, com o apoio dos demais cidadãos atenienses que não podiam ou não tinham coragem de se associar a elas diretamente. Tais grupos faziam parte do movimento pela libertação chamado Exército de Libertação Popular da Grécia – ELÁS*.

---

* Em grego: *Ellinikós Laikós Apeleftherotikós Stratós*.

Esse grupo de guerrilheiros agia sorrateiramente nos locais de ocupação alemã, sabotando seus suportes para locomoção, os suprimentos bélicos e alimentícios, além de agir de maneira organizada para identificar os pontos e movimentos estratégicos do inimigo e, assim, encontrar meios para atrapalhá-los. Quando o conflito direto era inevitável, tentavam conduzir os soldados alemães para as montanhas, onde, por terem se estabelecido e conhecerem muito bem o local, teriam mais vantagens para atacar, se defender e fugir, se fosse o caso.

Durante os primeiros meses de ocupação alemã, Niko e os demais membros da gangue não chegaram a fazer parte dos grupos de resistência, que, aliás, ocultavam a sua localização e dificultavam as chances de serem encontrados até mesmo entre os seus iguais – inclusive, o primeiro contato só costumava ocorrer se fosse do interesse deles. Isso porque, ainda que todos da gangue Micrassia também vivessem em condições um pouco precárias, suas famílias ainda possuíam melhores condições em comparação a outras menos favorecidas que as deles. Dessa maneira, tendo em vista que os familiares de Niko e seus companheiros tinham o básico para resistirem calados, a priori, os membros da gangue Micrassia não chegaram a sentir na carne as mazelas que acometiam a camada mais carente da sociedade ateniense, mas isso mudou à medida que eles foram se arriscando a ir aonde ninguém mais ia, burlando os toques de recolher e as restrições de locomoção. Assim, a comiseração pelos seus foi uma reação inevitável em relação à desgraça que os atingia, principalmente para Niko, que sentiu como se revivesse a sombra fantasmagórica do seu passado, que o afetou violentamente nos primeiros anos de vida, embora não se recordasse de como acontecera de fato, agora ela ressurgia diante dele em toda a sua inteireza, não mais como uma sombra assustadora e inexpressiva, e sim como a face personificada da maldade humana.

Diferentemente do que acontecera com a família dele e os seus conterrâneos anos atrás, dessa vez Niko poderia ajudar os que estavam sendo invadidos e agredidos em sua própria pátria. Agora, ele seria também um agente de luta e resistência; e não deixaria que novamente ações alheias a ele determinassem todos os rumos da sua vida. Independentemente do resultado, não passaria por todo aquele horror de maneira passiva, estava determinado a lutar pelo seu país, socorrendo aqueles que tanto vinham sofrendo nas mãos dos alemães. Ciente da existência do ELÁS e decidido a obter informações sobre o grupo, Niko não mediu esforços para encontrá-los, contatando Mitso sigilosamente, um dos contatos do ELÁS dentro da sociedade civil.

O encontro entre eles foi marcado em um local reservado, que ficava escondido dentro de uma taberna na Avenida Agios Konstantinos, próximo à Praça Omonia Plaz, usada de fachada pelos membros da resistência e os civis simpatizantes do seu movimento – que agiam como um apoio na cidade e até mesmo como colaboradores em potencial – para se reunirem e tratarem de questões relacionadas ao ELÁS. Os rebeldes costumavam se encontrar com os seus aliados no estabelecimento quinzenalmente – ou quando surgia algum assunto urgente. Todo o suporte para os planos e as estratégias de defesa e contra-ataque eram desenvolvidos dali, onde a resistência se fortalecia e criava conexões importantes, dividindo o espaço com barris de vinho antigo que guardavam as reminiscências dos tempos de outrora, dos dias em que aquele ambiente servia como um lugar secreto de lazer e companheirismo, recebendo pessoas selecionadas para as degustações de vinho que os seus patrocinadores organizavam.

— Esse seu jeito pomposo condiz com o que ouvi sobre você, porém você ainda é muito jovem e não sei se isso será o bastante para o que presume que estamos realizando aqui. Por que você está procurando pelo ELÁS? – Mitso o questionou, cheio de reservas.

— Eu não consigo mais apenas sentar e esperar que toda essa situação de merda acabe sem fazer nada. Meu medo é que, se não agirmos, isso simplesmente não aconteça, é por isso que eu resolvi ajudá-los no que puder, não só por ser essa a minha escolha, e sim porque acredito que seja o dever de todo cidadão grego – Niko respondeu com a confiança de um adulto ciente dos seus atos e disposto a se responsabilizar por eles.

Aquele pouco tempo de conversa foi o suficiente para Mitso. Havia algo intrigantemente pessoal na fala de Niko quando se referia à invasão que os gregos vinham sofrendo, e isso transmitiu uma sensação de entrega que fez com que Mitso concluísse que a colaboração daquele jovem irresoluto seria benéfica para a causa, embora também tenha percebido sinais de um certo desespero ao final de cada frase, como se, para Niko, aquilo fosse de fato um dever e correspondesse a uma questão de vida ou morte; se não a morte do corpo físico, a da sua alma certamente, caso ele não fizesse nada para tentar deter os alemães.

— Niko, se nós aceitarmos a sua ajuda e a da gangue que diz liderar, qual a garantia de que os seus companheiros se comprometerão com a causa da mesma forma que o seu líder?

— Todos estamos na mesma situação que você, sem muito pelo que lutar a não ser pelas nossas próprias vidas, que continuarão sendo ameaçadas de qualquer maneira. Então, se for para ser assim, vamos dificultar tudo para aqueles *malakes*[*]. *Ao menos sobre isso pode ter certeza de que estamos todos de acordo. Portanto, não se preocupe. Nós seremos muito úteis para a causa. Estamos dispostos a ajudar em tudo que precisarem, até mesmo usando armas – Niko respondeu tão convicto que Mitso não teve como indagá-lo mais.*

— Certo! Se estão decididos a lutar, melhor que seja ao nosso lado, e não se arriscando aleatoriamente sem a orientação adequada. Para a sua primeira missão, precisamos que arrumem gasolina para os nossos veículos, pois os alemães colocaram todo o combustível num lugar que não temos acesso e seria muito suspeito se qualquer um de nós tentasse se aproximar dele ou mesmo dos automóveis das forças inimigas. Jovens como vocês conseguiriam chegar mais perto sem que desconfiassem – Mitso falou já com um tom de ordem.

Passaram o restante da noite se conhecendo melhor e alinhando os próximos movimentos. Mitso aproveitou para explicar um pouco mais sobre a operação para Niko, mas sem entrar em muitos detalhes, pois assim seria mais seguro para todos os envolvidos. Finalizaram a reunião quase de madrugada e, depois de acertarem os pormenores da missão, como os contatos e locais de entrega, despediram-se com um abraço caloroso e sussurraram um para o outro: "Zito i Elláda"[**]. Em seguida, saíram sem olhar para trás, caminhando devagar, mas sem parar, cientes de que não poderiam falhar, pois não haveria uma segunda chance caso não agissem exatamente conforme o combinado. Mesmo assim, todas as suas ações seriam extremamente perigosas a par-

* "Idiotas", em português.

** "Viva a Grécia", em português.

tir dali. Durante o momento em que se dirigiam em direções contrárias, ambos torceram para que tudo desse certo, a fim de que eles pudessem comemorar juntos a libertação da Grécia.

Reunido com a sua turma, Niko repassa a missão e compartilha o plano para a aquisição de combustível.

— A partir de agora, galões e mangueiras vão ser nossas armas. Vamos pegar toda a gasolina dos tanques dos automóveis alemães, até a última gota, e deixá-los sem nada. Pegaremos até mesmo os seus cavalos, se tivermos a chance! Como eles já estão acostumados a nos ver rondando por aqui, vão demorar a desconfiar da gente, essa será a nossa vantagem – Niko disse a todos os que estavam ali de forma categórica.

Agindo com muita perspicácia, aos poucos a gangue de Niko foi transformando a vida dos alemães em um verdadeiro inferno. Agiam na surdina, percorrendo as ruas de Atenas pela madrugada e carregando todo combustível possível. Eles conseguiram agir disfarçados por um período considerável. Antes de darem um fim a essa situação, os soldados alemães quase enlouqueceram com esses saques, sem saber quando eles aconteciam, se os seus caminhões e carros estariam com o tangue cheio toda as vezes que se afastassem deles ou se teriam combustível o suficiente para completar as missões.

Em 25 de novembro de 1942, os guerrilheiros do ELÁS executaram a maior operação da Segunda Guerra Mundial, tendo como meta interromper o transporte ocorrido pela linha férrea, vindo da Alemanha, passando pela cidade de Thessaloníki e atravessando a Grécia Central até parar no Porto de Pireus, onde os soldados alemães desembarcavam as armas bélicas transportadas e as reembarcavam em navios que seguiriam para o exército do General Rommel, no Norte da África. Este foi outro local de invasão extremamente estratégico, pois o petróleo em abundância naquelas terras começou a ser usado para alimentar a máquina de guerra alemã. Sabendo disso e temendo que Hitler tomasse o Canal de Suez, no Egito, uma via marítima importante para o comércio internacional por onde passavam todos os navios que circulavam entre o continente africano e os demais, Churchill ordenou que o exército inglês fosse para lá, com a missão de impedir as operações da Alemanha ali estabelecidas. Assim, simultaneamente a outras investidas imperialistas, Alemanha e Inglaterra iniciaram um período de muitas batalhas no Norte daquele continente. Por esse motivo, as armas alemãs que saíam de Pireus eram extremamente importantes para a vitória dos alemães na região.

O ELÁS incumbiu alguns dos seus membros mais qualificados com a missão de explodir a ponte ferroviária sobre o Rio Gorgopotamos, situado bem no meio de duas montanhas colossais belíssimas, que atribuíam ao local um visual pitoresco, atravessando a Grécia Central pela região sudoeste da cidade de Lamia. Porém, embora isso parecesse algo fácil – apenas instalar os explosivos e acionar o detonador –, acabou se tornando uma das ações mais desafiadoras para aqueles rebeldes, considerando que muitos deles eram pessoas comuns, civis sem treinamento tático algum, à exceção de alguns ex-soldados e ex-policiais, ao contrário dos 105 soldados alemães e italianos que protegiam o local fortemente armados, inclusive com metralhadoras.

Os destemidos guerrilheiros ficaram escondidos por dias em uma caverna próximo da ponte, cujas dimensões chegavam a 211 metros de comprimento e 40 metros de altura, observando, analisando e esperando a hora certa para atacar. A ocasião perfeita aconteceu às duas horas da madrugada de um dia frio e com o céu anuviado, típico do mês de novembro. O chefe dos guerrilheiros, Aristoklis Belissarios, ordenou que a maioria desceria pela montanha e atacaria os guardas, criando uma distração e abrindo caminho para que os especialistas pudessem passar despercebidos e armar os explosivos. "Ataquem e sigam sempre em frente, sem dar nenhum passo para trás, a vida de muitos depende de nós, temos que ser bem-sucedidos nessa investida!", disse aos seus subordinados, inspirando a todos.

Após o seu discurso, 130 homens do ELÁS se dirigiram para a ponte e atacaram os 105 soldados que estavam de guarda, sem ter certeza se a vantagem numérica lhes traria algum benefício prático. Talvez não só por isso, mas a sua tenacidade e perseverança foram os elementos diferenciais que deram a eles o impulso necessário para dominarem aqueles soldados e, assim, conseguirem cumprir a ordem que lhes foi dada.

Os membros do ELÁS que sobreviveram ao contra-ataque dos soldados na ponte durante a invasão se comoveram profundamente quando, finalmente, conseguiram explodi-la. Lágrimas quentes escorreram pela sua face em sincronia com os destroços que caíam. Foi como se a divindade tivesse abençoado todos eles naquele momento, ressignificando as suas concepções sobre a beleza oculta da vida ao contrapor um cenário de extrema violência a um dos ambientes mais inebriantes de Lamia, pintado em tons esverdeados e banhado pelo Rio Gorgopotamos, cuja temperatura ambiente chegava a 44°C no verão. Contudo, embora a água continuasse geladíssima nessa estação, era tão límpida e potável que uma parte dela era encanada e redirecionada para uma pia de mármore com torneiras modeladas em forma de cobra, colocada em um local de acesso público na cidade, matando a sede dos transeuntes e oferecendo um refresco para os dias quentes.

A vitória na Ponte Gorgopotamos representou uma grande conquista não só para os gregos que lutavam por seu país como também para todos aqueles que sofriam ao redor do mundo com as invasões alemãs, pois a derrocada da ponte interrompeu a saída de armas da Alemanha que passavam pela Grécia e iam até o Porto de Pireus, permitindo que os inimigos carregassem os seus tanques, metralhadoras, bazucas e outros equipamentos bélicos, e os enviassem para outros pontos nos quais mais batalhas terríveis eram travadas.

O êxito do ELÁS foi noticiado em jornais do mundo inteiro. Isso, inclusive, motivou milhares de gregos a terem coragem de participar da resistência de forma ativa, estando mais dispostos com relação aos riscos. Quanto aos que já faziam parte dela, estes realmente comemoraram os eventos do "Dia da Ponte" em clima de festa, como o grupo de Niko. No instante em que os seus companheiros souberam da vitória, reuniram-se em um local isolado, por causa do risco de serem pegos, e festejaram com entusiasmo e muita bebedeira. Em um momento raro, cantaram livremente o hino da Grécia sem medo das consequências e se divertiram a noite toda, abraçando-se e dançando juntos o *rebétiko*. Como resultado, essa derrota começou a enfraquecer a Alemanha, atrapalhando os seus avanços na Segunda Guerra Mundial, o que levantou o ânimo dos aliados gregos, fazendo com que se reagrupassem para novas estratégias ofensivas.

Ponte de Gorgopotamos que foi explodida pela resistência grega.
Adobe Stock, 2023.

Persistindo o problema do furto dos combustíveis, os soldados alemães receberam ordens para investigar e executar os responsáveis assim que os encontrassem. Então, montaram uma operação na qual grupos diferentes com soldados disfarçados vigiavam os movimentos uns dos outros de modo a flagrar os ladrões ou fazer um levantamento dos suspeitos. A gangue de Niko rapidamente foi colocada no topo da lista e não demorou muito para que fossem pegos. Durante a confusão gerada no momento do flagrante e a tentativa de apreensão dos que estavam furtando o combustível, Niko conseguiu abrir caminho para vários dos seus companheiros fugirem, porém, para seu infortúnio, ficou para trás e não conseguiu se salvar, sendo imobilizado de forma violenta pelos soldados alemães que já estavam prestes a fuzilá-lo quando um oficial alemão gritou:

— Parem! Uma morte rápida seria pouco para o transtorno que esse maldito nos causou. Vamos prendê-lo e enviá-lo para o campo de concentração em Auschwitz, lá ele vai nos compensar melhor, trabalhando para nós até o seu último suspiro.

A vilania do oficial estava tão evidente em sua fala mordaz que amedrontou até mesmo os companheiros de Niko, que os espiavam da esquina da rua. O oficial mal chegou a concluir a ordem, e os jovens já saíram correndo, assustados demais para se arriscarem a permanecer ali e serem pegos também, ao mesmo tempo que se sentiam profundamente magoados e envergonhados por estarem abandonando o companheiro. A partir daquele dia, não conseguiriam mais comemorar as conquistas do ELÁS como antes, independentemente das batalhas que viessem a vencer, pois cada vitória os lembraria dos sacrifícios que tiveram que ser feitos para que alcançassem o seu objetivo. Com o tempo, aprenderiam que esse era um efeito colateral muito comum em relação aos movimentos revolucionários e de resistência.

Embora não tenha percebido que eles permaneceram por lá, Niko pôde sentir quando os seus amigos começaram a se afastar, algo retido em seus sentidos, referente a um som, cheiro e movimentos específicos? Quem sabe?! A questão é que sua própria vivência fez com que ele desenvolvesse uma estranha capacidade de pressentir quando a separação em relação a alguém que amava era iminente. Junto ao fato de que não seria mais fuzilado, isso fez com que ele se lembrasse da sua avó, especificamente do dia em que ela colocara um fiapo de madeira da cruz de Cristo em seu antebraço esquerdo. "Com isso você será abençoado e protegido por Cristo", recordou do que Maria lhe dissera enquanto os soldados o arrastavam pelo braço.

A caminho das áreas polonesas anexadas pela Alemanha, Niko revia toda a sua jornada e os horrores vividos e se indagava se Auschwitz conseguiria aterrorizá-lo ainda mais do que os traumas do seu passado, se os alemães seriam piores do que os turcos... Qualquer uma das hipóteses lhe causavam náuseas e o fazia questionar as razões para a sua existência. Arfou!

Exausto de tanto sofrimento e revoltado com a efemeridade de sua vida, frequentemente sendo levado de um lugar para outro, sem poder apenas se fixar em paz em um canto qualquer. O único reconforto ao qual pôde se apegar referiu-se ao fato de que, daquela vez, por mais temeroso que pudesse ser, estar ali tinha sido escolha dele, um risco que assumiu desde o dia em que entrara no porão daquela taberna perto da Praça Omonia Plaz para se encontrar com Mitso.

Mesmo para Niko, que já tinha sido vítima da crueldade humana, a realidade do campo de concentração foi chocante. Embora possuísse uma certa noção sobre como a Alemanha costumava agir com os seus inimigos, o que presenciou naquele pedaço do inferno foi algo inimaginável, decorrente, inclusive, do sigilo que o governo alemão mantinha em relação ao que ocorria nesses campos, não permitindo que nada fosse divulgado ou chegasse ao conhecimento das outras nações.

Niko vislumbrou uma planície sem fim cercada com grossos arames farpados e galpões em toda a sua extensão, feitos de madeira, janelas com barras de aço e grandes chaminés de tijolos ao centro, com uma sensação excruciante, que foi se tornando maior à medida que era conduzido ao local onde ficaria. As condições dos dormitórios eram totalmente insalubres e sem estrutura alguma. Os prisioneiros ficavam abarrotados ali dentro, eram muitos para pouco espaço, o qual ainda compartilhavam com percevejos e pulgas. Seus companheiros de prisão já estavam extremamente debilitados, mantidos em beliches de concreto, tendo que usar banheiros coletivos que se resumiam a bancadas nas laterais do galpão com buracos e chuveiros em outros espaços, além de toda a fome, maus-tratos e abusos físicos e psicológicos sofridos diariamente.

Assim como todos os judeus, inclusive poloneses, levados para os campos de concentração, Niko também passou pelo processo de pelagem, que consistia na raspagem de todos os pelos do corpo, cabelos e sobrancelhas, sob o argumento de que seria para a sua própria higiene, evitando que transmitissem doenças, quando, na verdade, aquilo serviria para outros fins. Os alemães usavam os pelos para encherem os travesseiros e derretiam a gordura do corpo deles, expelida durante o processo, para fazerem o combustível que seria usado nas câmeras de gás.

A maioria dos presos eram obrigados a exercer trabalhos forçados relacionados a produções industriais nas áreas da mineração, metalurgia e militar. No entanto, Niko fora designado para abrir covas coletivas nos locais para os quais os corpos eram levados. Além disso, também viria a receber ordens de carregar os cadáveres dos judeus que não resistiam àquele lugar ou que eram assassinados ao bel prazer dos soldados alemães, e empilhá-los ali, sem um enterro digno ou identificação para que, um dia, viessem a ser encontrados por aqueles que os amavam.

Dentre muitos naquela mesma situação, só Niko levaria consigo a informação referente ao modo e ao lugar onde as vidas dos prisioneiros haviam sido tiradas tão precocemente, submetidos a um fim cruel e desumano, apenas ele conseguiria orar por cada companheiro de prisão no local em que a sua lápide deveria ser colocada, pedindo aos anjos que acolhessem os seus espíritos, ajudando-os a descansar em paz. Faria isso até que as suas forças se extinguissem, o seu corpo não respondesse mais ao seu comando e lhe restasse somente a morte, algo que, por vezes, chegara a ansiar na sua estadia ali, pois quase todo dia temia que fosse o último, mesmo que ainda tivesse um pouco de fé acerca da derrocada da

Alemanha, pondo fim a tudo aquilo, a sensação era de que, daquela vez, ele não escaparia, muito menos resistiria.

Com o passar do tempo, Niko foi compartilhando com alguns prisioneiros não só as atrocidades às quais eram submetidos como também as suas histórias de vida, criando vínculos, memórias e adquirindo um certo reconforto para conseguirem suportar aqueles campos, se é que isso seria algo possível. Toda vez que chegavam a um novo amanhã, tornavam-se menos estranhos um para o outro e mais companheiros a resistirem juntos, sofrendo o mesmo infortúnio. O diálogo fluía melhor com os seus conterrâneos – judeus nascidos na Grécia que por isso também falavam grego –, esses moravam e tinham sido pegos pelos alemães em Tessalônica.

— Mas você não é judeu, por que eles te trouxeram para cá? – perguntou um desses judeus gregos a Niko na primeira interação que tiveram.

— Eu também queria saber! Só porque peguei um pouco de gasolina emprestada, eles não gostaram! – Niko respondeu em meio a um sorriso de soslaio, quando ainda lhe restava alguma expressão facial.

Niko foi prisioneiro em Auschwitz do fim de 1942 até o início de 1945. Nesse período, aprendeu a lidar com os alemães, observando os seus trejeitos e as suas preferências, para poder compreender o que os aborrecia ou chamava a sua atenção e, assim, orientar-se em relação ao seu comportamento, de modo a se manter quase invisível, longe da fúria dos soldados, evitando eventuais atritos, já que ele era um homem altivo e de estopim curto e temia a sua própria reação numa situação extrema de humilhação e violência. Foi a primeira vez que ele sentiu a necessidade de ser obediente e subserviente, ainda que seus algozes fossem da mesma estirpe dos valentões contra os quais ele lutara a vida inteira, no momento, sobreviver era mais importante do que agir conforme os seus instintos. Assim, optava por se comportar de forma mais dócil e se esforçava para se comunicar com os soldados em alemão tal como preferiam – nesse caso "se comunicar" significava saber responder aos comandos deles no seu idioma. Desse jeito, Niko foi obtendo algumas pequenas vantagens que se sobrepunham a sua desvantagem como forasteiro, prisioneiro em uma terra estrangeira.

Nessa rotina, ele foi sendo deixado de lado e a sua execução foi protelada até ser marcada para março de 1945. Por sorte, ou não, soube dela pelo seu próprio "carrasco", um soldado alemão que, por razões misteriosas da vida, tornou-se um amigo nas linhas inimigas. Antes da guerra, ele estudara a história da Grécia e admirava o país, talvez por isso tenha se compadecido de Niko e se aproximado o bastante para criar essa estranha amizade.

— Niko, sinto muito, mas tenho que te falar isso, para que tenha tempo de preparar o seu espírito... Recebemos ordens para executar os prisioneiros do seu grupo em março – revelou, com as têmporas enrubescidas demais para a sua posição como se lamentasse profundamente a informação dada.

Niko começou a rezar, mesmo sabendo que, uma hora ou outra, a sua vez chegaria, pois aquele era o único modo de sair dali... morto. No fim de fevereiro e início de março, ele observou que os soldados tinham começado a agir de forma estranha, realizando operações incomuns na madrugada. Então, num dia qualquer, às 2h00 da manhã, um pouco antes da sua execução, Niko chegou a escutar um barulho de carros sendo ligados e acelerados apressadamente, mas não foi o suficiente para despertar a sua curiosidade, voltou a dormir. Às 5h30, quando os prisioneiros se levantavam para os trabalhos diários, diferentemente do habitual, eles não ouviram o toque de despertar nem viram um soldado sequer chegando para fazer a chamada, apenas um silêncio perturbador lhes fez companhia. Todos os prisioneiros ficarem inertes, em choque, com medo de que os alemães tivessem decidido que eles não eram mais úteis para os seus planos, tendo se tornado um estorvo, então só puderam esperar pelo pior, um massacre, uma bomba, enfim, algo que resolvesse o problema de uma vez só.

De repente, a sensação de estar despencando num poço sem fim passou quando alguns deles tiveram coragem de espiar pelas janelas. Com isso, concluíram que, na verdade, pelas coisas que haviam ficado para trás como se não tivessem tido tempo de carregá-las – bolsas, utensílios e armamentos no chão, portas dos alojamentos usados pelos soldados escancaradas, rastros de automóveis sobrepostos uns aos outros, portão principal aparentemente aberto –, tudo indicava uma retirada rápida, então suspeitaram que o local tinha sido abandonado às pressas, pelo menos foi o que mais quiseram acreditar. "Os alemães abandonaram o campo de concentração", gritaram extasiados, em coro, como um louvor ao fim que presumiram estar próximo, no qual, ao contrário do que pareceu no começo, eles estariam vivos. Porém, nem todos comemoraram com gritos, pois estavam fracos demais, só conseguindo expressar sua felicidade levantando as mãos e balançando levemente.

Mais tarde, ouviu-se muito barulho e sons de automóveis chegando bruscamente. Por um instante, os prisioneiros se entregaram a um sentimento ambivalente de medo e esperança, sem saber quem eram as pessoas que estavam lá fora, seriam eles seus salvadores ou os seus carrascos? A dúvida causou-lhes arrepios na espinha! Não muito tempo depois, as portas começaram a ser arrombadas, e a fala em outro idioma que veio em seguida foi a mais bela e melodiosa que eles ouviram em muito tempo.

— Don't be afraid. We are americans and we came to set you free[*] *– disse o oficial americano de forma suave, cordial e com uma postura humilde e acessível, esperando que aqueles que não o compreendessem ao menos pudessem sentir que se tratava de um aliado deles pelos seus movimentos e tom de voz.*

O oficial e os demais soldados americanos ficaram consternados com o estado deplorável no qual aqueles prisioneiros se encontravam e saíram em seu socorro, oferecendo alimento, atendimento de primeiros socorros e até mesmo um ombro amigo para que pudessem desabafar as suas lamúrias. Mesmo sem forças para tanto, Niko se ajoelhou melindrosamente e agradeceu a Deus por meio de sussurros enquanto apertava o seu braço esquerdo com tenacidade, uma mania que ele sempre costumava reproduzir, sem perceber, nos momentos de maior gratidão. Então, ao ver aquela reação, um tenente de nome Tassos, supondo que o ex-prisioneiro estivesse sentindo algum desconforto ou dor extrema no braço, foi em sua direção. Niko, quando conseguiu enxergar o nome que estava escrito na tarjeta de identificação da farda do soldado, logo pensou que pudesse se tratar de alguém com raízes gregas. De fato, era um soldado greco-americano, que também sabia o idioma de Niko. Assim que ele se apresentou e notou a origem de

* "Não tenha medo. Nós somos americanos e viemos libertar vocês", em português.

Niko, disse involuntariamente: "Ola kalá?"[*], e começou a conversar com ele na sua língua materna.

— Por que vocês demoraram tanto para vir aqui? – Niko perguntou a Tassos em um tom jocoso de cobrança, tentando disfarçar os resquícios do desespero que esvaía.

Tassos não soube o que falar, temendo que qualquer resposta pudesse soar insensível para a condição em que os prisioneiros se encontravam, não sendo capaz de reconfortá-lo mais do que com o simples fato de que os soldados americanos lá. O socorro tinha chegado até eles, e isso era o que importava, não dava mais para lamentar os eventos passados e, consequentemente, as perdas. Dali em diante Niko e seus companheiros deveriam se concentrar em tentar recuperar a sua vida, sentindo-se novamente donos de si, com a dignidade restaurada.

— File mou![**] *Agora vocês estão a salvo, vocês estão a salvo! – foi a única frase que Tassos conseguiu vociferar. — Se quiser, você pode ir para a América comigo, lá eu tenho família, minha mãe o hospedará com alegria – finalizou, admirado com a coragem e audácia daquele jovem ao enfrentar os seus opressores sagazmente, mesmo estando em desvantagem e correndo os riscos que correu, vindo a sofrer as consequências das suas escolhas, e, ainda assim, ter tido forças para resistir e sobreviver.*

O convite foi feito porque ele temia que Niko não tivesse mais um lar na Grécia para retornar, pois a probabilidade de toda a sua família e amigos estarem mortos era grande.

— Muito obrigada, meu amigo! Mas eu não posso deixar a minha pátria

---

* "Tudo bem?", em português.

** "Meu amigo!", em português.

e, muito menos, a minha família – Niko respondeu-lhe com convicção, como se soubesse que a sua família estava segura e o esperava.

Libertado daquele longo pesadelo, Niko ainda passou algumas semanas se recuperando nas bases de apoio médico na Polônia antes de voltar para casa algumas semanas depois, no mês de maio. Já era primavera em Kalithea, por isso o extenso campo de margaridas ao entorno da casa de Eléni estava no auge da beleza e formava um tapete amarelo que resplandecia a luz do sol de um modo que aquecia o dia. No momento em que a porta se abriu e Eléni viu o seu caçula entrando por ela com algumas margaridas colhidas quando fez uma pausa para chorar silenciosamente, mais uma vez, ela teve certeza de que Deus realizava milagres em sua vida... ela já tinha aprendido a esperar por eles quando se tratava de Niko.

— Quase cheguei a pensar que havia perdido você para sempre dessa vez, mas eu mantive a minha fé e rezei por esse momento todas as noites desde o dia em que foi preso! – revelou ao filho durante um abraço apertado.

No dia seguinte, assim que o avisaram sobre o retorno de Niko, Mihalis foi imediatamente para a casa da mãe. Diferente dela, que nunca tinha deixado de ter esperanças, ele já havia perdido as suas há tempos, pois chegou a lutar na linha de frente contra o algoz do irmão e tinha conhecimento acerca do modo como a Alemanha tratava os inimigos e prisioneiros de guerra, não havendo motivos imagináveis para que os soldados alemães viessem a poupar a vida de Niko. Inclusive, uns dias antes daquela manhã milagrosa, Mihalis tinha estado no norte da África, especificamente no front do Egito, onde lutou ao lado dos aliados ingleses contra os alemães. Lá, eles também só tinham conseguido alcançar a vitória depois de longos conflitos árduos, permeados por muitas derrotas. Depois que vencerem, foram condecorados por seu esforço em campo, o que estava evidente no uniforme militar que Mihalis usava, todo preenchido com medalhas de guerra, como a Cruz de Guerra e a Lírio de Ouro. Ele ainda recebeu muitos certificados, entregues tanto pelos ingleses como pelo governo grego, em sinal agradecimento pelo seu heroísmo nas missões, que completara com eficiência e devoção à causa.

Assim como o irmão, Niko também retornou para a Grécia como um herói e grande patriota. Sua bravura ao lutar contra os alemães quando ajudou a resistência foi reconhecida em todo o país, assim o Estado lhe concedeu privilégios que seriam úteis para a sua reinserção e readaptação na sociedade, os quais foram resguardados em uma lei criada somente para definir os benefícios que Niko receberia, dentre os quais estabeleceu-se que jamais lhe faltaria emprego na Grécia. Isso foi ratificado em um documento, algo semelhante a um certificado, entregue a Niko pelo próprio governador de Atenas, determinando que qualquer estabelecimento público ou privado que fosse procurado por ele estaria obrigado a admiti-lo como funcionário caso apresentasse o "certificado" que havia recebido.

CAPÍTULO 6

A GUERRA CIVIL NA GRÉCIA

O sentimento de mal-estar causado pelo terror dos conflitos bélicos no mundo infelizmente não foi vencido ao mesmo tempo que a Segunda Guerra Mundial. O torpor depois de longos anos de guerra permaneceu cravado na carne e na memória daqueles que os vivenciaram. "Superar" tornou-se uma nova batalha individual, travada no íntimo de cada uma das vítimas e sobreviventes. A ferida não cicatrizada do Imperialismo não foi totalmente curada, pelo contrário, deixou todos ainda mais sensibilizados e perdidos em suas próprias crenças e ideologias. Para alguns países como a Grécia simbolizaria o fim da ganância política e da ocupação externa e o início da ganância desperta em seus iguais. Dali em diante eles lutariam entre si pelas mesmas questões relacionadas ao poder e ao seu território, um passando por cima do outro – e, pior ainda, sofrendo com intervenções externas, porém de forma mais indireta, por meio de estratégias de manipulação sorrateiramente bem articuladas entre os seus aliados.

Muitos países europeus haviam sido assolados pela guerra, por isso as suas estruturas e instituições encontravam-se colapsadas no pós-guerra. As consequências desse fato na Grécia implicariam grandes desafios à população, pois se recompor corresponderia a um período de devastadoras querelas políticas e sociais. Enquanto o país recomeçava e se redescobria como nação, os cidadãos gregos também se redescobriam como pessoas, entretanto isso só viria a deixar o clima ainda mais tenso, já que os ânimos nacionalistas estavam começando a ser influenciados por forças externas.

Adotando uma política de alianças com governantes que fossem mais adequados aos seus interesses e suscetíveis a sua interferência, Estados Unidos e Inglaterra tinham dado início a uma campanha de regresso do monarca da Grécia, manipulando camadas sociais e políticas da população para apoiarem a restituição do rei George II ao trono, que havia se refugiado em Alexandria, no Egito, junto com o restante da sua família, durante a guerra. Tão logo se iniciaram, os impasses quanto ao sistema político se espalharam rapidamente por todo o país, algo que, a exceção daqueles motivados por ambições individuais, também decorria da pressão gerada pelos grupos e partidos políticos mais influentes e poderosos em prol do sistema ao qual estavam habituados e mais lhes beneficiaria, tendo a figura do rei como o seu chefe de Estado e um primeiro-ministro como o chefe de Governo. Ou seja, a questão problemática tinha relação com as ressalvas e o medo do desconhecido referentes ao governo que poderia ser formado após a retirada das tropas alemãs caso a ordem social tradicional e os privilégios garantidos a grupos específicos não fossem mantidos.

Assim, o caos e a instabilidade, ainda não superados, estavam prestes a serem revividos. Por essa razão, Niko resolveu renunciar aos benefícios civis que havia recebido do governo de Atenas para se alistar no serviço militar, decidido a fazer contribuições válidas para a reconstrução da sua nação. Naquele momento, o exército lhe pareceu o melhor meio para tanto, uma vez que se mantinha como uma instituição alinhada e harmônica.

Todavia, o seu breve período de identificação consigo mesmo e com o seu lugar no mundo durou pouco. Ele estava prestes a sentir que tinha feito a escolha certa, cumprindo bem a sua jornada militar como soldado, quando o seu mundo virou de cabeça para baixo, mais uma vez. Por mais que tentasse se afastar da tragédia, era como se as Myras (μοίρας) já tivessem alinhado o seu destino com acontecimentos assim. Teria que se resolver com elas se quisesse realmente ter uma vida diferente ou fugir do seu alcance, ir para um lugar longe do seu domínio, onde outros deuses, santos e divindades pudessem protegê-lo e permitir que tivesse um pouco de paz em sua vida.

Então, no dia em que tudo mudou, ou voltou a ser como de praxe, tragédia atrás de tragédia, a noite não estava receptiva, faltava-lhe o brilho das estrelas, e não havia nada no caminho além da neblina quando, outra vez, Niko sentiu um arrepio na nuca – uma das formas de o seu "superpoder" alertá-lo para algo que aconteceria em seguida e provavelmente o obrigaria a se separar daqueles que amava – e "bum", viu-se envolvido num acidente de trânsito a serviço do exército. Aconteceu durante uma missão em Tessalônica, enquanto dirigia um jipe militar na companhia de mais quatro soldados. Alguma coisa surgiu bem na sua frente, ele quase não conseguiu ver o que era antes que já tivesse passado por cima do que deveria ser apenas "um vulto", fruto da sua imaginação devido à pouca visão do local, mas que, na verdade, tratava-se de uma pessoa, um homem embriagado que surgiu na frente do automóvel de forma súbita, sem que Niko tivesse tempo de desviar, só conseguindo frear bruscamente. Ainda assim, foi tarde demais para evitar o atrito com o capô do carro.

Desesperado, Niko desceu do carro muito rápido e correu para ver o que ele tinha acertado, torcendo para que fosse algum animal ou um objeto largado na rua. "Não! Mais uma morte não... tudo menos isso! Senhor, eu te suplico!", pensava enquanto se aproximava do que claramente era um corpo estendido na estrada. Ao chegar perto o bastante para confirmar o que já sabia, a cena revirou o seu estômago, deixou a sua visão turva e ele não conseguiu se aguentar, caiu com os joelhos no chão, bem ao lado daquele que se fora por sua culpa. Por pouco não vomitou em cima dele, engatinhou de modo a conseguir percorrer uma distância segura e colocou violentamente para fora todo o conteúdo do seu estômago, mesmo assim isso não foi o suficiente para expelir a decepção de si mesmo, além da mortificação profunda pelo que tinha acabado de causar àquele homem. Tudo começou a se emaranhar em seu âmago, fixando-se nele como uma erva daninha. Outras pessoas também foram até lá e, percebendo a angústia de Niko, disseram:

— Niko, não se preocupe. Todos nós aqui somos testemunhas do que aconteceu. Ele surgiu do nada, estava difícil de enxergar qualquer coisa nessa neblina, você não teve culpa! Não deu tempo de fazer nada! – falaram com voz mansa, tentando reconfortá-lo.

Certamente, aquele acidente tinha remexido as suas recordações e o levado para onde nunca tinha pretendido retornar – foi o que pensaram, pois sabiam da sua trajetória antes de se tornar militar.

Mesmo cientes das circunstâncias do acidente e do fato de que não tinha sido culpa de Niko, dali em diante os soldados o conduziram para o quartel, conforme exigia o protocolo militar, onde seria decidido sobre a necessidade da sua prisão provisória até o julgamento e, por conseguinte, o local onde ele o aguardaria. Inexplicavelmente, quando algo de ruim tendia a acontecer na vida de Niko, suas chances de concretização eram descomunais e, em virtude disso, a ocorrência do pior cenário possível, inevitável. Desse modo, sem conseguir escapar da sua sina, aquele homem, calejado de tantos infortúnios, foi reconduzido para Gedi Kulé, uma das piores prisões de Tessalônica – uma fortaleza construída desde os tempos em que a região ainda fazia parte do Império Otomano, sendo transformada em prisão no ano de 1896.

As muralhas suntuosas que circundavam a fortaleza guardavam, dia e noite, noite e dia, as almas incorrigíveis daqueles que para lá eram conduzidos, isso porque simplesmente era quase impossível sair dali vivo, não havia brechas para fugas em sua estrutura, a maioria dos presos no local eram sentenciados ao corredor da morte, à prisão perpétua ou só vinham a falecer antes disso, em razão do flagelo sofrido no cárcere. No entanto, entorpecido pela cólera em relação a si, por ter se colocado numa situação que jamais desejara reviver, sem conseguir se perdoar por isso, para a sua surpresa, Niko não se intimidou com aquela prisão. Mesmo que as suas muralhas perecessem ter sido erguidas por gigantes, que continuavam ali a observá-los sem descanso; mesmo que os carcereiros fossem mais assustadores que os prisioneiros, e estes ariscos como animais encurralados, talvez como um jeito de se rebelar contra o modo como eram tratados, nada mais o abalaria, depois de tudo que passara.

Como esperado, a primeira confusão não demorou a acontecer, tendo início logo no dia que Niko chegou, quando foi recepcionado em sua cela com uma caneca esmaltada arremessada subitamente em suas costas assim que se virou e ficou parado de frente para as grades, analisando o ambiente. Stavros, um dos outros dois prisioneiros que dividia a cela com ele, foi quem o agrediu com o objeto. Se houve uma razão ou não, ele não se incomodou em dizer, apenas vociferou "fui eu", do canto esquerdo do cubículo em que estava, enquanto fumava o seu haxixe, no mesmo instante em que o novato se virou e perguntou, com fúria no olhar, quem tinha feito aquilo.

Curiosamente, estava evidente que ambos ansiavam por uma briga, não de forma pessoal, e sim porque nada mais importava, nem a segurança, nem a vida, nem o fato de que a estadia ali poderia ser longa ou breve. No caso de Stavros, a estadia se encerraria no dia seguinte, ocasião em que seria cumprida a sua pena de morte por ser um desertor. Foi isso que um outro prisioneiro gritou ao pedir a Niko que o soltasse, quando ele agarrou o seu agressor pelo pescoço, descontrolado e com as mãos pesadas. Compadecido pela sua situação, ele o largou sem dizer nada, como se tivesse feito um corte no tempo e descartado o momento anterior, depois foi se juntar aos outros prisioneiros. A tensão terminou tão rápido quanto começou, e logo todos já estavam ali, sentados no chão, compartilhando suas histórias de guerra e de vida pregressa, inclusive Stavros.

Pela manhã, o desertor saiu sem dizer adeus, com a cabeça erguida, uma certa indignação corando as suas têmporas, porém sem arrependimentos. Fora fuzilado sem ter tempo de olhar para os céus e clamar para que ao menos os de lá o perdoassem e o recebessem em seus portões. Stavros não fora o único a implicar com Niko, os dias que se seguiram foram repletos dos mesmos riscos e ameaças. Quando chegava à noite, dormia sem saber se acordaria ou se voltaria a dormir no outro dia.

O julgamento de Niko aconteceu quase três meses depois da sua prisão provisória. As acusações basearam-se na conduta culposa por negligência, tendo em vista que o clima nebuloso não justificaria a desatenção de Niko, mas o depoimento dos outros soldados que estavam com ele, embora não tenha sido o bastante, ratificou o que foi confessado pela esposa da vítima, que depôs a favor do acusado, revelando que o seu marido era um alcoólatra que sempre se colocava em situação de risco quando bebia, não tendo sido a primeira vez que se jogara na frente de um carro por descuido, sendo isso o que provavelmente teria acontecido no dia do acidente, pois a espancou e saiu correndo de casa, que ficava próximo ao local onde tudo havia acontecido. O veredicto foi dado após 2h30 de julgamento, e Niko foi declarado inocente.

Com isso, Niko foi libertado e readmitido no serviço militar, porém as coisas já estavam bem diferentes. O exército não era uma instituição tão uníssona quanto se acreditava. Em seus grupos organizacionais, subgrupos com crenças e convicções distintas se ocultavam e se preparavam para o momento do embate. Acerca do contexto político, bandeiras já haviam sido erguidas, inclusive dentro do exército. Desse modo, os militares também se dividiram entre aqueles que apoiavam a monarquia e os que eram contra. Analisando todas essas questões, mais uma vez Niko pendeu para o lado que ficava margeado em relação à situação. Dentre essas ramificações no exército, uma parte revolucionária insurgiu em oposição aos que eram a favor do retorno do rei, o Exército Democrático da Grécia – DES*. Tal como o ELÁS, que se mantinha ativo e operante no pós-guerra, o grupo se reuniu nas montanhas e começou a aceitar e a

* Em grego: *Dimokratikos Stratos Elladas.*

treinar jovens, homens e mulheres, de 17 a 19 anos, que demonstrassem interesse em fazer parte do movimento, e rapidamente tornou-se o bando de guerrilheiros mais poderoso no país.

Entre embates burocráticos e políticos, as pessoas que gritavam, literalmente, pela volta do rei, que se reuniam nas ruas clamando pela restituição do seu antigo sistema, principalmente em Atenas, venceram. O rei George II retornou, reassumiu o trono e voltou a dividir o poder com o primeiro-ministro, após eleições e plebiscitos questionáveis. Não concordando com isso, parte da população refugiou-se nas montanhas, estabelecendo o seu próprio sistema de governo, em paralelo.

O povo nas montanhas estava sob o comando e a proteção dos líderes das guerrilhas, em especial o ELÁS e o DES. Em razão disso, para evitar que o seu poder crescesse ainda mais com a descentralização política iniciada, o governo ordenou que os guerrilheiros se desarmassem e aceitassem a legitimidade da monarquia que tinha sido retomada, evitando outro desastre numa nação desfalecida demais para aguentar mais um conflito bélico. Temendo isso, a contragosto, o grupo do ELÁS, por meio do seu líder, convenceu os outros guerrilheiros a procederem conforme indicado pelo governo em Atenas. Assim, eles assinaram um acordo de paz e de colaboração para a reconstrução do país.

Esse acordo seria celebrado em Atenas, sede do novo governo, num evento público anunciado para toda a população como forma de impor a sua autoridade e poderio. Na ocasião, os membros do ELÁS deveriam entregar as suas armas ao exército e reconhecer a legitimidade do governo atual. Aqueles homens, outrora resolutos, realizaram a entrega do símbolo da sua luta em meio a lágrimas, inconformados e sem nenhum resquício de orgulho para fazer com que sentissem a necessidade de escondê-las. Estavam decepcionados com a situação, ao menos isso eles ainda tinham o direito de manifestar.

Muitos olhos curiosos estavam presentes naquele evento, inclusive os membros do DES, disfarçados obviamente. Toda aquela celebração, quase que ritualística, transmitia um clima de ruptura e o prelúdio de tempos sombrios. Cada arma depositada no chão movimentava o vento impregnando-o com o gosto de sangue, sentido mais fortemente entre aqueles que sabiam o que viria a seguir, pois muitos dos que tinham lutado pela libertação da Grécia jamais aceitariam que o seu antigo rei, aquele mesmo homem que se refugiara no Cairo quando as coisas ficaram difíceis, retornasse para o mesmo lugar e posição que renunciou no instante em que resolvera abandonar o seu povo a sua própria sorte.

Então, como pronunciado desde o dia em que o rei indigno colocara os pés no território para o qual ele havia dado as costas, teve início uma Guerra Civil na Grécia de grande escala – de um lado, o governo monarca com sede em Atenas; de outro, os guerrilheiros com base em Tessalônica, apoiados por grupos sociais de outros segmentos, como alguns partidos de esquerda. De 1945 a 1949, a Grécia seria impactada por um período fatídico de relações conflituosas tanto em escala nacional – os conflitos armados entre o governo e a resistência – quanto familiar e íntima, pois famílias, amigos, vizinhos e antigos conhecidos também se dividiriam em movimentos pró e contra a monarquia, inclusive aderindo à violência. Enquanto o governo monarca dispunha de quase 230.000 mil soldados em seu exército, considerando o apoio recebido da Inglaterra e dos Estados Unidos, nas montanhas os guerrilheiros se reuniam em um total de 100.000 pessoas dispostas a lutarem pela liberdade e autoafirmação do povo grego.

Por todo esse tempo, Niko serviu como membro do DES, quase sempre sendo designado para a função de sentinela nas missões que realizavam – ou quando montavam acampamento num local estratégico situado atrás de uma montanha perto do Monte Olimpo. Aos poucos ele foi se aperfeiçoando nessa ocupação como se estivesse em um estranho estado de simbiose com a mata. Destemido e ousado, apesar dos perigos naturais do lugar em que estavam, com predadores bem mais assustadores à espreita, Niko conseguia alcançar os pontos mais altos das montanhas, tornando-se uma das melhores sentinelas do movimento.

As situações mais desafiadoras ocorriam durante a noite, quando tinha que ficar ao relento, em meio ao frio extremo, sem poder recorrer a uma faísca de fogo sequer para se aquecer ou espantar os lobos que torcia para que estivessem apenas querendo fazer-lhe companhia. Talvez não por isso, mas era como se, instintivamente, os animais o reconhecessem como um sobrevivente, um predador só pelo fato de estar vivo, e o respeitassem como um igual, sem de fato oferecer-lhe perigo. Assim, ele foi se assimilando ao ambiente e, quando estava em serviço, era ágil, sorrateiro, silencioso e voraz, tal como aqueles animais noturnos que lhe faziam companhia. No entanto, diferente disso, nas horas de folga se comportava como o verdadeiro herói que a vida o tornara, ainda que à força, espirituoso, confiante, e acessível, levantando o ânimo dos seus companheiros com suas histórias e experiências de guerra, incentivando momentos de diversão e descontração para que eles não se esquecessem pelo que lutavam.

Embora o grupo tenha resistido por um bom tempo, resguardando-se e protegendo-se nas montanhas por quatro anos, não conseguiram superar as vantagens do inimigo, mais bem provido em suprimentos e armamentos, e com o triplo de soldados em relação ao DES. Então, estes foram vencidos. A monarquia venceu o governo paralelo estabelecido nas montanhas e o destituiu. Os líderes do movimento foram presos para servirem de exemplo e abafar qualquer tentativa posterior de insurreição, e o restante das pessoas foram obrigadas a retornarem para os seus lares.

De volta a Kalithea, mesmo que quatro anos haviam se passado, para Niko foi como se nada tivesse mudado. Para o bem ou para o mal, sua mãe, tio e irmãos tinham se acostumado com a forma taciturna pela qual ele peregrinava em suas vidas, com a sua efemeridade no convívio do lar. Mihalis e Anastássios estavam casados com lindas esposas e sua irmã e mãe agora trabalhavam juntas, tendo ampliado os negócios e se tornado mulheres muito atarefadas. A roda da vida tinha girado para todos, porém, em relação a Niko, ela ficava indo e voltando, sem finalizar uma volta completa. Foi quando ele começou a se sentir sozinho e compreendeu que não dava mais para tentar consertar o mundo, precisava apaziguar-se internamente, construir uma família e, enfim, viver em paz e com tranquilidade.

Aderindo ao costume da época, Niko decidiu que recorreria ao *proksenio*, o ato de arrumar casamento com a ajuda de uma casamenteira que se incumbiria de encontrar a mulher certa para o pretendente. Isso não seria muito difícil para Niko, pois, ainda que tenha passado por muitas situações que não desejaria a ninguém para completar a sua jornada como um guerreiro dedicado ao seu país, toda essa caminhada o fizera ser reconhecido, principalmente em Atenas, como um verdadeiro herói nacional. Esses fatos sobre a sua vida eram uma comprovação de caráter, força e coragem, atributos valiosos para qualquer pai que pretendesse casar a sua filha. De acordo com a tradição grega relativa ao casamento e para os padrões daquela sociedade, a condição de Niko seria a melhor possível. Com certeza, ele era um bom partido e seria um marido valente e bem preparado para cuidar de sua família e prover o seu sustento.

Assim, foi indicado a ele que procurasse uma senhora de nome Déspina, uma casamenteira muito famosa por conhecer várias famílias na região cujas filhas já estavam na idade de se casar. Niko esperava encontrar uma moça que tivesse uma família acolhedora e gentil como a dele, que se importasse mais com questões relacionadas ao caráter do que à origem, aos bens ou às condições financeiras. Claro que isso deveria ser relevante, mas seria uma consequência, e não um objetivo.

Os tempos começavam a mudar. Posição social e poder continuavam sendo importantes, porém não para aquele homem que dedicara a sua vida a lutar contra a opressão e a discriminação. Por isso, ele desejava não só uma mulher correta, fiel, abnegada e zelosa como também alguém que fosse instruída e sagaz o bastante para cuidar dos filhos e dele, compreendendo a sua intempestividade e seus momentos de melancolia como uma consequência natural da vida que vivera, já que ele era um homem de poucas palavras e, provavelmente, não conseguiria se abrir com ela quanto a isso.

Após se reunir com Déspina, o retorno ocorreu mais rápido do que esperava. Duas semanas depois, ela o procurou.

— Niko, eu encontrei uma jovem ideal para você. Estou marcando um jantar com a família dela para o próximo sábado, às 20h00.

Inclusive, o pai dela vai dar como dote um valor em dinheiro — disse-lhe enquanto tomavam um chá da montanha* na varanda da casa de Eléni.

Comparado ao que já tinha enfrentado em toda a sua vida, aquilo não poderia ser considerado algo intimidador; no entanto, não era assim que Niko se sentia. O grande dia tinha chegado e com ele um frio incomum na barriga, que fez com que passasse o dia inteiro apreensivo. Mesmo assim, determinado e destemido, ele colocou o seu melhor terno, a gravata mais bonita e saiu rumo ao que esperava que viesse a mudar a sua vida. No primeiro encontro, foi combinado que Déspina o acompanharia para apresentá-lo formalmente à família de Efigênia. Na sala de estar dos sogros em potencial, ele se sentou de um lado, acompanhado por Déspina, e os demais presentes se sentaram do outro lado. Niko buscou experienciar a noite como um ensaio para como seria uma vida a dois com Efigênia, atento a cada movimento dela, como se portava e ajudava a mãe na recepção, ou não ajudava, como pôde observar. Isso o deixou decepcionado, embora tenha achado a jovem bonita.

Durante o jantar, conversaram um pouco sobre a guerra que tinha dividido o país, mas sem entrar em detalhes relacionados à participação de Niko, pois este não dera espaço. O dote da moça também foi um assunto para o qual deram atenção, dessa vez sendo específicos quanto ao valor que dispunham, no entanto, do mesmo modo, Niko não pareceu muito interessado. Ao fim da visita, ele se despediu de todos com muita cordialidade, porém sem dar indícios de que voltariam a se ver. No caminho para a casa de Déspina, pois, como o cavalheiro que era, tinha feito questão de acompanhá-la em segurança

* *Tsái tou vounoú*, como conhecido na Grécia.

de volta para o seu lar, ela o questionou sobre o que havia acontecido para deixá-lo tão indiferente.

— Essa moça não vai ser uma boa dona de casa. Você acredita que ela me ofereceu uma laranja sem descascar? Como seria isso no futuro?! – Niko disse com seriedade, caminhando mansamente pelas ruas de terra batida e canteiros com árvores olho de pavão enquanto observava as casas com curiosidade, perdido em pensamentos a respeito de como seria o convívio e a rotina daquelas famílias.

Ainda que fosse um homem respeitoso e estivesse decidido a ser um provedor cortês e gentil, aquele episódio de fato fora o suficiente para o seu desinteresse. Para os padrões e costumes da época, era requisito que uma mulher soubesse ser uma dona de casa aplicada, além de ser subserviente ao marido. Quando a esse tipo de expectativa, Niko não se distinguia da regra.

Compreendendo a questão e mais inteirada em relação às vontades de Niko, Déspina chegou a lhe apresentar outras duas moças, porém em vão, ele também não se interessou por nenhuma delas.

— Déspina, essas mulheres não tocaram o meu coração. Não digo que elas não sejam adequadas, só que isso não foi o bastante. Já perdi tempo demais nessa vida. Eu só vou aceitar namorar e me casar com aquela que conseguir tocar a minha alma – revelou-lhe, categórico.

Insistente como toda boa casamenteira, Déspina não desistiu, convencendo Niko a acompanhá-la numa viagem a Kalamata. Lá residia uma jovem sobre a qual ela tinha recebido ótimas referências. Em relação ao que se esperava de uma esposa adequada, ela cumpria todos os requisitos, mas também era conhecida por ser um pouco diferente devido ao seu comportamento ponderadamente curioso e divertido, o que julgou ser um atributo que se equilibraria bem com o jeito introvertido de Niko.

Assim seguiram em missão... Um pouco desanimado com as experiências anteriores, Niko nem se deu ao trabalho de usar outro terno e gravata, repetindo aquele usado quando fora conhecer a primeira pretendente. A lua cheia os recebeu naquela cidade desconhecida, tornando o caminho para a residência da família Mentis ainda mais charmoso e agradável. Entretanto, o melhor estava por vir. A casa deles ficava perto do mar, por esse motivo, da varanda da frente, um pouco antes de adentrarem o recinto, puderam contemplar a bela vista de uma linha branca formada pela lua que se estendia da beira do mar até o ponto em que se transformava em oceano.

Quando Niko viu Maria, nada mais importou. Todos os requisitos da lista que ele ficava repassando em sua mente desde o dia em que resolveu que se casaria simplesmente desapareceram, só conseguia pensar: "Maria; Maria; Maria". Naquele instante, ele foi surpreendido por um sentimento novo e inexplicável a respeito do qual passara muito tempo se equivocando por acreditar que poderia ser objetivado. Como consequência, compreenderia depois que uma laranja nem passaria perto de ser um obstáculo entre ele e a mulher que um dia viesse a amar.

Maria, em plenos 19 anos, era uma moça radiante, realmente linda, com cabelos cumpridos castanhos escuros cujas ondas pareciam querer competir com as do mar noturno. Enquanto eram apresentados, Niko ficou perplexo com tamanha beleza, observando-a com os olhos arregalados. Desde o primeiro momento que a viu, sentiu algo especial por ela, e isso só se intensificou quando a sua mãe Penelope revelou aos presentes que a família dela tinha migrado de Smyrni, na Ásia Menor, para a Grécia, sendo uma das vítimas do terrível incidente provocado pelos turcos anos antes. Déspina já sabia desse fato, mas tinha optado por não contar a Niko, pois isso poderia deixá-lo predisposto a criar uma situação que se desenvolveria melhor se ocorresse de forma espontânea. Como esperado, ele ficou contente e comovido simultaneamente, já que as circunstâncias da coincidência os aproximavam em decorrência de motivos tristes.

Todos desfrutaram do jantar, conheceram-se melhor e compartilharam planos para o futuro como se aquele fosse o primeiro encontro de muitos outros que viriam. Na volta para a pousada onde pernoitariam, Niko e Déspina tiveram a oportunidade de conversar bastante. Embora ela estivesse mais confiante em relação ao comportamento de Niko na ocasião, não se sentia totalmente segura em razão do dote que o pai de Maria não dispunha para o seu futuro casamento.

— Niko, o que achou dessa moça? Eu não quis desencorajar você antes que se conhecessem, mas há um problema... O pai dela não soube como te dizer e, por isso, me pediu que fizesse isso por ele. Eles não têm um dote para a filha – Déspina revelou com cuidado, mas ansiosa para saber como Niko reagiria.

— Essa moça, a Maria, mexeu comigo. Senti meu coração acelerando a noite toda, fiquei até um pouco incomodado com a sensação. Não quero saber de dote, não preciso dele, só queria saber se ela gostou de mim da mesma maneira como gostei dela – respondeu, já vislumbrando uma vida totalmente diferente para si.

Supostamente, o fato de não terem um dote para a filha teria sido uma consequência da má administração dos bens da família antes de começar a perder as suas posses. Gianis, o pai de Maria, era um mercador, dono de vários barcos e com funcionários trabalhando para ele na pesca de peixes, polvos e lagostas, e também na distribuição desses produtos pelos estabelecimentos da cidade. No entanto, ele gostava de esbanjar, gastar com bebidas, apostas etc. Se isso foi o suficiente para a sua falência, ele nunca chegou a confirmar para a esposa e os filhos. Porém, sempre fora evidente para eles que uma hora ou outra a falta de parcimônia cobraria o seu preço. Recomeçar do zero após perder quase tudo foi um verdadeiro desafio para Penelope e Gianis, que ficou mais difícil à medida que foram tendo outros filhos.

Maria foi a segunda filha mulher de um total de 11 irmãos. Nascera em Kalamata, mas, ainda bem pequenina, quando tinha dez anos de idade, mudou-se para a ilha de Elafonisos, onde moraria com os seus avós paternos, Kalliope e Ioanis, no intuito de fazer-lhes companhia e auxiliá-los em seus afazeres. O lugar era um pedaço do paraíso na terra, com praias magníficas de finas areias brancas rodeadas por águas de cor azul-turquesa. Os avós de Maria retiravam quase todo o seu sustento da criação de cabras para o comércio de leite e queijo, um ofício que a garota aprendeu bem rápido. Em pouco tempo, já pastorava os animais e acompanhava o avô em aventuras a bordo do seu barco até a cidade de Neapolis, onde vendia os seus produtos.

Aquela jovenzinha enérgica e de imaginação fértil nunca se cansava de percorrer toda a ilha catalogando curiosidades que logo se tornariam mistérios fantasiosos na sua cabeça. Deixava as partes mais empolgantes para as férias, quando recebia a visita do seu irmão mais novo, Kontogiani, companheiro de peripécias desde Kalamata. Os dois tinham uma conexão especial, como se compartilhassem do mesmo mundo secreto de fantasias onde não permitiam que nenhuma outra pessoa entrasse. Em suas aventuras, as tartarugas gigantes, típicas da região, transformavam-se em cavalos-marinhos com os quais eles apostavam corrida e as gaivotas eram guardiãs de ovos mágicos que davam super força àqueles que deles se alimentassem. Na verdade, essa parte dos ovos era só uma artimanha de Maria para fazer com que o seu irmão os comesse, pois sempre o achava muito magro e, talvez em razão da sua mente infantil, acreditava que eles o deixariam mais forte e saudável. Coisas assim eram o que costumavam acontecer quando permitiam que aquelas duas crianças ficassem livres pela ilha, à mercê da criatividade para aventuras que se estendiam por todo o lugar.

Aqueles foram anos inesquecíveis para Maria. Viver solta na natureza moldou a sua personalidade, tornando-a cativante e independente. Desbravar montanhas, nadar sem temer o mar e descansar ao ar livre fizeram com que ela aprendesse a seguir o fluxo natural dos acontecimentos e das suas próprias vivências, sendo resiliente e prestativa. Nesse ritmo fluido é que as coisas foram acontecendo e se desenvolvendo entre ela e Niko após o dia em que se conheceram. Ele permaneceu uma semana em Kalamata, e, durante esse tempo, se viram quase todos os dias. Quando retornou para a sua cidade, estavam namorando, mas o sentimento de que em breve se casariam já era uma inquietação pungente em seus corações, deixando-os empolgados e ao mesmo tempo ansiosos. Um mês se passou até que se viram novamente, dessa vez em Kalithea. Maria o visitou e aproveitou a oportunidade para conhecer Eléni e o restante da família, que a jovem já considerava como "minha nova família", como foi pensando durante toda a viagem para a cidade do namorado, sem conseguir refrear as expectativas criadas em sua mente.

O fato estava claro para qualquer um que os observasse juntos e a consequência era uma presunção óbvia, aqueles dois se amavam e se completavam. Assim, em 1950, Niko e Maria se casaram – após seis meses de um romance aventureiro, em meio a muitas viagens um para a cidade do outro. A cerimônia de casamento foi simples, porém simbólica, realizada com a ajuda e a colaboração dos membros de ambas as famílias. Foi um momento de comunhão no qual eles puderam celebrar a vida, as origens e reafirmar as suas tradições por meio daquela união que se firmava. Nesse dia, inclusive, Kalliope inaugurou uma nova tradição familiar, presenteando a neta com uma valiosa lira* de ouro 24 quilates que, posteriormente, se tornaria uma herança entre as mulheres da família – Maria a passaria para a filha, que passaria à filha dela... e assim por diante.

Como o documento recebido do governo após a Segunda Guerra Mundial ainda estava vigente, Niko sentia-se seguro para retornar à vida de civil, sabendo que não teria dificuldades relacionadas a questões financeiras. Dessa forma, os recém-casados resolveram que ficariam em Atenas

* Naquela época, os gregos costumavam investir em poupanças adquirindo liras esterlinas de 24 quilates, moedas de ouro puro, de modo a guardá-las para eventuais necessidades. Geralmente, também serviam como dotes. No caso de Kalliope, foi ela quem adquiriu esse bem por meio de reservas econômicas feitas no decorrer de toda a sua vida, com o intuito de repassá-la às mulheres da sua família, que deveriam usá-la como um pingente em seus colares. A curiosidade sobre essa moeda é que, embora corresponda a um bem particular adquirido por meio de compra, faz parte do tesouro nacional dos países que têm essa lira como moeda, por isso os seus compradores ficam condicionados a devolvê-las ao respectivo país de onde a tenham adquirido em caso de necessidades decorrentes de situações de guerra, calamidade pública etc.

e se mudaram para uma casa perto da de Eléni. Pouco tempo depois de se organizarem e estarem adaptados, tiveram dois filhos, a mais velha, Dimitra, e o mais novo, Dimitri, que chamavam de Táki. Tamanho era o amor que Niko sentia pelo pai, o qual não chegou a conhecer, que resolveu dar o nome dele aos dois como uma forma de manter viva a lembrança de Dimitri, mas associada às outras memórias que construiria a partir dali com os seus filhos. Assim, ele poderia levar o pai consigo para a sua nova vida, deixando, contudo, o passado triste que o consumira para trás.

Escolheu trabalhar em uma empresa que fabricava chocolates no turno da noite, pois a remuneração era maior. A empresa permitia que os funcionários ficassem com os produtos que seriam descartados por algum defeito, geralmente por problemas no formato, e isso era o que mais animava Dimitra em relação ao emprego do pai. Toda manhã, na hora mais adocicada do dia, ela esperava pelo pedacinho de chocolate que Niko dava a ela escondido, momento esse muito especial de parceria entre pai e filha, uma vez que, se Maria soubesse, nenhum deles escaparia do puxão de orelha que receberiam. Doces apenas nos finais de semana, essa era a regra da casa, já que em excesso eles não seriam bons para as crianças.

Ao contrário do que acreditava quando resolvera mudar de vida, a mente de Niko continuava anuviada, atormentada por constantes *flashbacks* de um tempo distante, que, no entanto, ainda ressoava em seus dias atuais, causando-lhe terríveis ataques de pânico e momentos de nervosismo, agitação, impaciência e hipervigilância. Mesmo que tudo estivesse bem, que ele e sua família estivessem em paz, que o país estivesse razoavelmente estável, ele simplesmente não conseguia se livrar do medo referente ao fato que tudo poderia se esvair de uma hora para a outra. Quanto mais poderosas as pessoas fossem se tornando, mais insaciáveis ficavam, e gente assim poderia até ser vencida nas lutas que viessem a travar em decorrência da sua ganância, porém não antes de causarem desastres irreparáveis. Nesse sentido, a própria experiência o fez acreditar que sempre haveria um outro Hitler, um outro Mustafa Kemal, um outro rei George II, o bastante para envolver milhares de almas inocentes em um círculo repetitivo de sangue, violência e morte. Entre um e outro destruidor de mundos em potencial, tudo era questão de tempo, em consequência disso eles sempre ressurgiriam trazendo o fim antes que as suas vítimas conseguissem escapar, pois eram os corpos que o mal vestia quando resolvia andar pela terra.

Niko acreditava que a Grécia ainda estava longe de se reerguer por inteiro, como se toda a destruição a qual fora submetida ainda não tivesse completado o seu ciclo, de modo a permitir que ela se nutrisse novamente para ser capaz de adubar uma nova vida e proporcionar um novo começo para a nação. Certamente, isso ainda aconteceria, e a alvorada do amanhã chegaria para uma Grécia calorosa e revigorada, porém Niko não tinha mais condições de esperar por isso e decidiu de que se mudaria para outro país. Por sorte, uma oportunidade surgiu na América do Sul, por meio de um acordo de cooperação firmado entre a Grécia e o Brasil.

As primeiras indústrias automobilísticas começavam a ser instaladas no Brasil e, com isso, surgia a necessidade de mão de obra profissional especializada na operacionalização de máquinas, bem como de mão de obra barata para o cumprimento de serviços gerais e auxílio na construção dessas indústrias. Em relação ao primeiro grupo, os empregos foram oferecidos a imigrantes gregos, com a condição de que tivessem famílias com filhos pequenos, restando os demais serviços aos migrantes nordestinos. O transporte dos imigrantes gregos seria pago pelo governo brasileiro, além de ser fornecida uma moradia provisória no prédio da imigração, composto por um quarto para cada família.

No entanto, nesse prédio também ficavam os migrantes nordestinos, porém em um local diferente, um pouco mais desconfortável, uma vez que eram todos alojados num mesmo espaço, tendo que dormir em redes, muito embora eles já tivessem esse hábito. Na hora das refeições, havia a mesma diferença de tratamento. As mesas do refeitório eram destinadas aos gregos, com garçons a seu dispor, ao passo que os nordestinos recebiam as suas refeições em marmitas, sem ter sequer um lugar específico para se sentar.

Então, em 1956, Niko se mudou com a sua família para o Brasil, onde trabalharia numa empresa alemã fabricante de máquinas e prensas para a indústria automobilística. Embora viesse a se adaptar bem no novo emprego, principalmente pelo fato de que sabia um pouco do idioma alemão, surpresas boas e ruins o aguardavam nessa nova jornada a se iniciar para ele e seus familiares.

PARTE 2:
A FAMÍLIA APOSTOLOPOULOS

CRONOLOGIA

- Mitso nasceu em Atenas, no ano de 1911, sendo o segundo filho do casal Apostolos e Dimi.
- Quando tinha sete anos, os seus pais se separaram. Isso aconteceu após uma tentativa frustrada de se mudarem para os Estados Unidos, uma vez que apenas Apostolos conseguira adquirir o visto e viajar para o país. A mesma autorização não foi possível para Dimi, que, à época, sofria de catarata, condição listada no rol dos motivos que impediam a imigração para os EUA, pois não havia tratamento nem cura para a doença. Assim, permaneceu sozinha com os dois filhos na Grécia após se divorciar de Apostolos, que decidiu não voltar ao país de origem para ficar com a família.
- Dois anos depois, Dimi seguiu com a vida, casando-se com Leonardo, um dentista de família nobre de Atenas, com quem, posteriormente, teria mais dois filhos, Kosta e Lambro.
- Aos 25 anos, Mitso entrou para o corpo de bombeiros localizado na corporação do bairro Peristeri, em Atenas.
- Após alguns poucos anos trabalhando como bombeiro, Mitso se mudou com a mãe, os irmãos e o padrasto para uma casa perto da famigerada Praça Omonia Plaz, situada no centro de Atenas.

- Assim como Mitso, Lena era uma moradora nova no bairro, que tinha ido passar um tempo indeterminado com a família do irmão. Se por solidão, amor à primeira vista ou identificação pela mesma condição que a dele, não soube ao certo, porém, como se conseguisse intuir pelos seus gestos que a jovem também era uma forasteira, Mitso se atraiu por ela no instante em que a viu andando pelas ruas do bairro. Na ocasião, seguiu-a de forma discreta, mas, na verdade, estava à flor da pele, movido por seus impulsos e desejando encontrar a oportunidade ideal para poder interagir com ela ainda naquele dia.

- A partir de então, o romance de Mitso e Lena se iniciou com algumas idas e vindas, uma mistura de curiosidade e insegurança peculiares em relação às expectativas que ambos tinham para um relacionamento. Primeiro Mitso agiu de forma impulsiva demais quanto aos parâmetros esperados para alguém da sua idade, e Lena com uma certa afobação em relação a ele. Mas, por fim, tudo se resolveu tão rápido quanto se gostaram, e eles se casaram em questão de semanas.

CAPÍTULO 7

VIDA DUPLA

A primeira casa em que Mitso e Lena moraram, no início do casamento, além de alugada, era bem pequena, mas eles não chegaram a ficar muito tempo por lá, em razão da profissão de Mitso. Como bombeiro num momento extremamente crítico para Atenas, em plena Segunda Guerra Mundial, ele passava muitas noites fora de casa, cumprindo longos e cansativos plantões na corporação, dividindo a atenção entre as vítimas da guerra e a preocupação com a esposa sozinha em casa durante aqueles dias atribulados. Temendo pela segurança da jovem e bela Lena – como carinhosamente gostava de chamá-la –, Mitso resolveu que seria melhor morarem na casa dos seus pais, um grande e bonito sobrado de dois andares, cujo portão era constituído por grades decorativas de ferro que se estendiam de uma ponta a outra do prédio.

No térreo, abaixo da escada que dava acesso aos andares superiores, havia apenas uma espécie de porão, no qual, anos depois, o filho de Mitso descobriria a existência de armas escondidas pelo avô. Subindo a escada, havia um corredor com dormitórios dos dois lados e uma sala grande ao fim. O espaço da frente era uma área externa onde Leonardo construíra o seu consultório odontológico em separado. A cozinha ficava no último andar, juntamente com outra sala pequena e o quarto de Mitso e Lena, e, nesse andar, havia outra escada para o terraço. O terraço era um espaço com pouca estrutura. Havia apenas uma sala, que Leonardo costumava usar para fazer experiências com objetos eletrônicos, principalmente rádios comunicadores amadores. Do local, durante a noite, dava para avistar um grande e luminoso letreiro com a palavra "*OXI*"* colocado na fachada da Igreja Likavito, situada no famoso monte Likavito, em resposta à Itália quando mandaram a Grécia se render durante aqueles tempos de guerra.

Ainda que a Grécia estivesse ocupada pela Alemanha, Mitso não abria mão de costumes triviais, arriscando-se a sair e se distrair com os amigos, pois também via nisso uma forma de afronta à invasão que sofriam. Por isso, em mais uma de suas folgas, resolveu ir com eles a uma taberna para tomarem vinho, o ideal para o tempo frio que fazia. Na conversa, comentou com os amigos sobre o seu padrasto e suas "paixões extraoficiais", revelando que ele adorava eletrônica, era uma espécie de radioamador, e comunicava-se clandestinamente com várias pessoas pelo mundo. Não tão inocentemente assim, almejando saber o que seus amigos pensavam sobre o momento que viviam, aproveitou a ocasião para fazer uma brincadeira sobre o *hobby* de Leonardo, dizendo que isso seria mais viável se fosse utilizado a favor da resistência, equilibrando as coisas em relação aos ataques alemães.

Na mesa ao lado, um outro grupo ouvia e observava a conversa, quando, num certo momento, uma pessoa se levanta, vai em direção à mesa onde os amigos interagiam distraídos e pede para falar com Mitso em particular. A sós, confidencia a ele que faz parte da resistência grega e

* "Não", em português.

que, por obra do acaso ou não, precisava de um radioamador para mandar mensagens em código aos ingleses, seus aliados.

Após a conversa, Mitso e a pessoa desconhecida marcam outra reunião no porão da mesma taverna em que estavam – onde meses depois ele também se reuniria com Niko. Passados cinco dias, todos comparecem na reunião, tanto os membros do ELÁS quanto os aliados ingleses, representados por espiões disfarçados no país, para formalizarem a entrada de Mitso na resistência como novo apoio civil. Deram várias instruções a Mitso sobre o funcionamento das atividades na cidade e os pontos para contato, instruindo-o a captar as posições dos alemães pelo radioamador do seu padrasto e repassar as informações em código para os seus aliados, além de mediar o contato entre eles e o ELÁS. Embora parecesse simples, ele deveria tomar muito cuidado para não ser pego, pois toda a sua família seria envolvida, ainda que não fizesse parte daquilo, razão pela qual era essencial que mantivesse segredo até mesmo deles.

Com o tempo, as reuniões passaram a ser feitas em sua casa, um dos tantos paradoxos das situações de guerra. Ainda que fosse extremamente perigoso para os membros da sua família que residiam ali, era exatamente a ignorância sobre esse fato que serviria como o disfarce ideal, tornando o encontro mais natural naquele ambiente do que seria se continuasse a ocorrer no porão da taberna. Mesmo que nem todos tivessem condições de lutar pela causa, se ela fosse perdida, todos também perderiam. Então, ainda que perigoso, Mitso compreendia que não havia outra opção para a sua família, o risco já era iminente independentemente da sua inércia. Diante disso, ele resolveu que tomaria todas as decisões difíceis, atuaria como um "bispo" naquele jogo de tabuleiro pela vida, cuidando da defesa e do ataque e assumindo a responsabilidade dessas escolhas sem se arrepender depois.

A participação de Mitso seria crucial para o ELÁS não só em relação ao que demandavam, mas também em decorrência da sua posição privilegiada. Como bombeiro, ele tinha informações em primeira mão sobre os incêndios causados pelas forças alemãs, o que poderia ser muito útil aos rebeldes, inclusive para mapear a localização das tropas inimigas e seus deslocamentos.

Nesse ritmo, Mitso vivia uma vida dupla: espião nas entrelinhas da sua profissão e nos seus hábitos cotidianos, e cidadão comum no restante do tempo. Em fevereiro de 1942, nasceu seu primeiro filho, Toli. A mesma igreja que vinha empunhando toda a simbologia patriota do povo grego também foi escolhida por Lena e Mitso para receber o primogênito do casal no sacramento do batismo, com a esperança de que isso reverberasse em seu âmago desde sempre, mantendo-o no caminho certo diante das injustiças do mundo.

Desse dia em diante, sempre que Mitso tinha a oportunidade de ensinar algo a Toli, fosse por uma curiosidade espontânea de criança ou mesmo por uma circunstância pertinente, ele o levava para o terraço e mostrava a Igreja Likavito, explicando-lhe sobre as consequências das emoções que levavam os homens a brigarem entre si e reforçando que a igreja era a personificação da união do povo grego, como uma das primeiras instituições a se erguer contra as forças imperialistas e dizer "não" às suas tentativas de conquista territorial e submissão enquanto nação.

A missão como espião, pai e companheiro era custosa, pois tudo ocorrera ao mesmo momento: amor/família, tragédia/guerra, família/amor.

Apesar de Lena e Mitso serem relativamente maduros quando se conheceram, a relação em si não pôde ser maturada no fluxo apropriado para os relacionamentos. À época, a guerra começava a abalar as estruturas da Europa. Em razão disso, as pessoas já se condicionavam a escolhas apressadas. Na efemeridade de um amanhã ameaçado, viviam um dia intensamente após o outro, esse era o extremo ao qual haviam chegado. Tempo é o que não tinham para perder, muito menos dar ao seu algoz, deixando de aproveitar os dias por medo dos avanços do inimigo. Tudo foi rápido entre o casal, e a relação se sustenta por um amor puro e genuíno.

Decorridos dois anos e oito meses do nascimento de Toli, a Grécia continuava ocupada pela Alemanha, o que mantinha o país em um estado crítico de guerra, mas que já estava prestes a acabar, devido às conquistas recentes do ELÁS que vinham impulsionando a ajuda da sociedade civil, intensificada pelos avanços dos países que os apoiavam. No entanto, as normas excepcionais impostas pelas tropas alemãs ainda estavam vigentes, interferindo na vida financeira e social da população grega. O mais prejudicial para a família Apostolopoulos, naquele momento, era o toque de recolher durante a noite, pois coincidia com os horários de "carga dupla" de Mitso, dividido entre as missões, o trabalho e a família, que agora precisava ainda mais dele, pois Lena já estava prestes a dar à luz ao segundo filho.

Como temido por eles, Mitso estava de plantão no corpo de bombeiros quando tudo aconteceu. As ruas estavam vazias, somente soldados alemães em marcha fúnebre, acompanhados por outros em ostentosos jipes da SS nazista, incumbidos de fiscalizar o toque de recolher. No sobrado, estavam também as duas primas de Mitso: Ana, de 18 anos, e

Leli, de 16, que estudavam em Atenas, mas eram de uma vila a oeste da Grécia, Andritsena.

Lena começou a sentir as dores do parto, mas ir para a maternidade estava fora de questão, pois ninguém podia circular nas ruas àquela hora. No quarto com Lena, as jovens e a sua sogra Dimi se preparavam para receber o bebê que viria naturalmente ao mundo, como a consequência mais pura e inerente da força de uma mulher. Dimi pediu a Ana e Leli que trouxessem panos limpos e secos, além de uma bacia com água para limpeza do local e também das mãos, visto que naquelas condições uma assepsia adequada não seria possível. Todas permaneciam apreensivas, principalmente quando as contrações foram intensificando, o que souberam pelos gritos de Lena, que já não se aguentava mais de tanta dor.

Enquanto Ana falava: "Respire fundo e seja firme", e Leli reforçava: "Vamos, faça força!", o bebê já apontava naquele mundo tão jubiloso quanto temerário. Aliviadas pelo que parecia estar correndo bem, apesar das dificuldades, o bebê nasceu depois de alguns minutos, quando Ana gritou: "É um menino!". Ouviu-se um choro vigoroso e, em seguida, um sorriso alegre resplandeceu no rosto de todas. No fim, e por sorte, tudo correu bem. Três meses depois, chamaram um padre da Igreja Ortodoxa Grega para batizar o bebê, cujo nome seria Haralabi. Na ocasião, estavam presentes todos os parentes de Mitso e um companheiro do movimento de resistência, que os membros da sua família desconheciam.

O amigo, de nome Leônidas, foi um dos primeiros integrantes do ELÁS ao qual Mitso se afeiçoou. Quando se conheceram, ele já era um soldado velho e amargurado, porém audaz e insubmisso na mesma proporção, com feridas profundas de guerra e a ausência de um braço, que perdera para ela. Um verdadeiro líder e uma inspiração para os companheiros. Em sinal do respeito que tinha por toda a sua trajetória e almejando uma comemoração simbólica, que celebrasse a força arrebatadora daqueles homens unidos por um mesmo ideal, Mitso o pediu que apadrinhasse o seu caçula, convicto de que seria a pessoa mais adequada para proteger, ensinar e cuidar dele em sua ausência. O batismo de Haralabi marcava um início não só para ele, mas também para toda a Grécia, pois a Segunda Guerra Mundial finalmente chegava ao fim. Desse encerramento, um broto de vida surgia e se abria, trazendo esperança após um período tempestuoso e inóspito. A mesma força que o trouxe ao mundo expulsou os nazistas e seus aliados da Europa. Deus os amparava no momento certo, e isso era algo para ser relembrando e celebrado. Com isso, Mitso também se desligaria da vida dupla, deixando de fazer parte do ELÁS para se dedicar totalmente à família.

CAPÍTULO 8

INFÂNCIA EM ATENAS

Haralabi, já com dois anos, talvez por morar com muita gente – seus pais, avós e todos os tios – era uma criança muito mimada, exageradamente festejado por todos, que costumavam fazer vista grossa com o seu temperamento agitado e travesso, o que acabou se tornando um hábito inevitável. Tal displicência só veio a ser considerada pela família como algo grave no dia em que ele conseguiu sair de casa. Na ocasião, a sua mãe estava no terraço do sobrado quando notou a ausência dele e gritou lá de cima:

— Mitso, o Haralabi está aí em baixo com você? Aqui comigo ele não está, veja se encontra ele por aí, também pode ser que esteja brincando no quarto da avó.

— Não está comigo – Mitso respondeu.

— Então deve estar no quarto de Kosta ou Lambro – disse Lena torcendo para que fosse isso, com o sexto sentido de mãe dando sinais de que esse não seria o caso.

— Também não está com eles – Mitso vociferou apreensivo, após ter verificado rapidamente no quarto dos irmãos.

Em seguida, eles procuraram por todos os cantos do sobrado, antes de Lena descer desesperada para o andar térreo, chamando todos para que os ajudassem a procurar o caçula nas redondezas do bairro. Como temia, Haralabi não estava na entrada da casa. Eles foram procurar além do portão, na calçada da frente e nas regiões próximas, mas também não o encontraram. Em pânico, Lena ficou pálida e congelada, e Haralabi foi dado como desaparecido.

Os pais saíram desesperados para pedir ajuda na delegacia de polícia. Chegando lá, todos entraram apavorados nos corredores que davam em direção a uma sala e, no fundo dessa sala, de longe avistaram Haralabi em cima de uma mesa com doces e balas em volta, brincando com um policial. Houve um alívio muito grande. Quando o chefe de polícia viu a mãe, a chamou em sua mesa e lhe disse: "Sente-se, minha senhora... Como pôde se descuidar tanto do seu filho? Como deixou que saísse para a rua tão pequenininho assim?! Nunca mais faça isso".

O sermão do chefe de polícia deixou Lena mortificada por um período breve, porém não o bastante para o que requeria as suas responsabilidades como mãe e dona do lar. Quem era ele para questionar as suas competências? Quanto tempo de sua vida havia designado para cuidar dos filhos, do marido e de todos os demais moradores da casa, lavando, passando, cozinhando e fazendo uma infinidade de afazeres que simplesmente não se realizariam sem ela? Provavelmente nenhum, por isso manteve-se abalada a ponto de ficar em estado de alerta quanto ao seu filho, e nada mais que isso.

Na sala do terraço, em seu laboratório nada secreto cheio de válvulas e circuitos, Leonardo reunia vários amigos para experiências com eletrônicos, envolvendo montagens e remontagens de rádios amadores. Haralabi, agora com três anos, era o orgulho do avô e, em uma das reuniões, foi convocado para se juntar ao grupo seleto, que se encontrava reunido na "sala secreta". Haralabi colocou um banquinho no meio do local e, sem que precisasse pedir, subiu nele para contar a história que o seu avô havia ensinado sobre Ésopo da Grécia antiga, 600 a.C., a fábula do corvo e a raposa.

— Vários animais viviam na floresta, entre eles o corvo e a raposa. O corvo, sempre querendo levar vantagem sobre os outros, roubou um pedaço de carne e foi para um galho com ele na boca. Lá embaixo, estava passando uma raposa que viu o corvo no galho. A raposa, muito atrevida, falou para o corvo: "Corvo, você não tem voz e não sabe cantar". O orgulhoso corvo abriu as penas e começou a cantar. Nisso, ao abrir a boca, a carne caiu e a raposa abocanhou o pedaço depois de dizer: "Corvo, corvo... voz você tem, mas miolo não".

Todos os amigos de Leonardo bateram palmas após ouvirem aquela criança de três anos contando-lhes histórias. Desde esses tempos, ainda bem pequenininho, Haralabi foi se habituando aos espaços de trocas e conversas científicas, confuso e relapso na proporção certa para a sua pouca idade, mas cada vez mais curioso e interessado à medida que crescia e conseguia compreender os assuntos abordados. Participar dessas reuniões com o avô influenciou Haralabi de várias maneiras, endossando a sua perspicácia e transformando-o num rapazinho eloquente e bem articulado.

A Segunda Guerra Mundial se ramificou em outros conflitos bélicos internos na Grécia antes que Haralabi e Toli pudessem ter uma infância comum e apropriada para a idade, mas, com 9 e 12 anos respectivamente, isso se tornou uma realidade possível. O país entrava numa fase embrionária de solidificação enquanto uma nação uníssona e próspera. Atenas se abria para o mundo, uma cidade cosmopolita, diversificada e com encantos a serem revelados. Agora, todas as ruas, becos e monumentos do bairro guardavam aventuras e descobertas em potencial, os quais aqueles dois irmãos explorariam com determinação e afinco.

No final da rua onde moravam, havia um grandioso teatro, o Teatro Real, frequentado por famosos e personalidades de demasiada influência social e política, como os membros da família real, atraídos por apresentações artísticas de alto nível. Dentre os artistas que faziam parte da casa, estava Mikis Theodoraki, um dos mais estimados, criador da música "Zorba, o grego" e de peças teatrais como as de Nico Kazantzakis, mais conhecido por sua obra principal: a tradução para o inglês e o francês dos textos "Odisseia" e "Ilíada", de Homero. Sua fama correria o mundo, sendo conhecido por muitas pessoas, inclusive grandes estadistas, como Churchill, Stalin e o imperador chinês, Mao Tsé-Tung.

Quando Haralabi passava nas proximidades desse teatro, sempre parava para espiar os artistas ensaiando peças e músicas pela janela. Era uma visão onírica, como se ainda estivesse nos sonhos para os quais costumava ser lavado durante as noites, sendo transportado para dentro do teatro, onde dividia o palco com os mesmos artistas que o inspiravam. Um pouco mais adiante de sua casa, localizava-se a Igreja Agios Konstantinos, onde seu irmão Toli fora batizado. De perto, ela era ainda mais bela, com uma elegante escadaria de mármore, com corrimões do mesmo material de cada lado, usados de escorregador pelos dois travessos, que subiam e desciam como se estivessem num parque de diversões.

Atrás da igreja, seguindo pela entrada da escadaria, havia um pátio de mármore xadrez preto e branco muito bonito, com um espaço semelhante a uma quadra, cujo portão de acesso sempre era trancado pelo padre quando saía. Porém, como ele era gradeado, dava para saltar, e era isso que Haralabi, Toli e seus amigos faziam, clandestinamente, depois do expediente. Pulavam a grade e jogavam futebol por lá até escurecer, só parando quando não dava mais para enxergar a bola.

A igreja possuía uma torre de cada lado, onde ficavam os sinos, e Haralabi, às vezes, gostava de subir a escada em caracol que dava acesso a ela para admirar a cidade do alto. Como o sino ficava bem ao seu lado, não resistia à tentação e sempre o tocava, depois descia correndo as escadas, achando graça, pois sabia que o padre apareceria em seguida, ressabiado a procurar o culpado.

Nos finais de semana, a igreja costumava ficar em festa. Essa era a parte mais agradável para os irmãos: os casamentos realizados nela. Na solenidade do casamento grego, os noivos se posicionavam no altar, com os parentes e convidados ao redor. Em um dado momento, após o padre declará-los casados, ele dava uma volta com eles pelo altar, num ato que simbolizava os primeiros passos do casal na nova vida. No momento da volta dos recém-casados, os convidados jogavam arroz e confetes de amêndoas neles, ocasião em que os irmãos Haralabi e Toli sempre davam um jeito de estarem entre os convidados que ficavam mais próximos dos casais, para recolher os confetes de amêndoas logo após a cerimônia. Alguns eles pegavam no ar antes mesmo de caírem no chão.

Eles passaram a ser conhecidos do padre, pois em todos os casamentos ficavam entre os convidados aguardando o momento dos confetes de amêndoas. Por vezes o padre os olhava torto no início da cerimônia. Certo dia, Haralabi viu de longe o padre puxando a orelha do seu irmão e ficou observando a cena, até que o viu arrastando Toli disfarçadamente para um quarto no fundo da igreja, o trancou e foi embora. Haralabi se apavorou e saiu correndo para casa. Chegando lá, avisou o avô, que se dirigiu para a igreja a passos pesados e furiosos para resolver o assunto, momento em que Toli foi libertado da clausura.

Haralabi seguia uma rotina de passeios contínuos pelas proximidades do bairro, pois recuperar o tempo perdido era o seu principal objetivo. Parecia um jovem adulto afoito para conhecer o mundo. Ao lado de sua casa, nas mediações onde era seguro circular sozinho, por onde quase todos conheciam ele e a sua família, havia uma praça ocupada por mesas das tabernas locais e garçons em todos os cantos. Próximo a essas tavernas, localizava-se um *ouzeri*, casa típica na Grécia especializada na venda de *ouzo* – bebida própria da região feita à base de anis. Lá dentro havia uma pequena pista de dança onde as pessoas dançavam músicas gregas. Quase todas as vezes que passava na frente desse lugar, Haralabi não se aguentava e movimentava-se copiando os passos de *zeibekiko* dos adultos que via dançando no centro do salão, empolgado com o som do *bouzouki*.

Quando não era isso, passava as tardes na companhia do seu fiel companheiro, aprontando uma peripécia atrás da outra. Um dos dias mais divertidos para eles foi quando um caminhão carregado de melancia estacionou na calçada da sua casa e os envolveu em horas de muita diversão. Até então, o dia transcorria arrefecido, sem muita emoção, mas o pensamento foi o mesmo quando viram o automóvel. Um olhou para o outro como se confirmassem que estavam prontos para uma aventura. Toli subiu no caminhão, pegou uma melancia e passou para o irmão segurar.

— Nossa, como é pesada, não consigo carregar – Haralabi observa.

Em seguida, Toli desceu e o ajudou a carregá-la para o térreo da casa deles, caminhando rápido para não serem pegos pelo dono do caminhão, porém de forma silenciosa, para que as pessoas dentro da casa não ouvissem que os seus músculos se enrijeceram. Mas havia um problema: não tinham como abrir a melancia sem uma faca e não tinham como subir na cozinha para pegar uma, pois todos ficariam sabendo do crime.

— Como faremos? Assim vamos ser pegos de qualquer jeito! – Haralabi diz, sentindo as chances de serem castigados se aumentando.

— Joga no chão que ela vai abrir! – Toli respondeu com certa convicção.

Então, Haralabi fez como indicado pelo irmão mais velho. O barulho foi estrondoso, mas nada da melancia se partir.

Frustrados, os irmãos iniciaram uma discussão barulhenta sobre como abririam a fruta, chamando a atenção do avô, que apareceu na janela e disse:

— O que vocês estão fazendo aí com essa melancia? Onde pegaram?

Leonardo desceu para o andar térreo e logo presumiu qual seria a situação.

— Vão devolver já para o dono e nunca mais façam isso! Por acaso vocês a plantaram para se acharem no direito de colhê-la? Vocês só podem colher o que plantam, e isso vale para tudo na vida! – o avô vociferou a lição.

Haralabi e Toli, com muita dificuldade, voltaram para o caminhão e devolveram a melancia. Após o ocorrido, ainda ouviram sermões sobre o ocorrido por muito tempo.

Na Grécia, durante o Natal, as crianças tinham a tradição de bater à porta das famílias e perguntar se queriam que elas cantassem canções natalinas, e ao fim recebiam dinheiro em sinal de agradecimento. O que deveria ser um costume inocente entre elas era uma competição acirrada nos bastidores, pois acreditavam que quem se saísse melhor receberia mais "gorjeta". Desejando se destacar e receber ainda mais dinheiro, Haralabi e Toli compraram dois triângulos de metal que serviriam como instrumento musical e começaram a visitar as casas vizinhas do bairro, ensaiados e harmonizados. Numa dessas casas, quando tocaram a campainha, uma mulher apareceu à porta e eles a perguntaram, em grego, se poderiam cantar.

Com a permissão da dona de feição gentil, eles começaram a tocar os triângulos e a cantar: "Papai Noel vem vindo...". Os dois estavam bem afinados e mais pessoas da casa se aproximaram para ouvi-los. Findada a cantoria, foram bastante aplaudidos e receberam uma bela quantia em dinheiro. Os irmãos saíram muito felizes. A noite estava favorável para todos os envolvidos. Pela tradição, as crianças levariam sorte para a família visitada e esta as recompensaria com um dinheirinho.

Após passarem por várias casas, no final do dia eles se sentaram, tiraram o dinheiro do bolso e começaram a contar.

— Nessa última casa que passamos, você parou de cantar, você ficou com vergonha e só eu cantei. Você só tocou o triângulo, acho que eu devia receber uma parte maior – Haralabi falou, mais esperto do que justo.

No entanto, antes de iniciarem uma briga, eles se resolveram e dividiram o dinheiro, indo às compras na esquina da rua.

Em 1952, a sorveteria local acabava de lançar um sorvete jamais visto, de palito com casquinha de chocolate por fora e um recheio branco cremoso por dentro, eles já conheciam está delícia e foram com o dinheiro arrecadado direto para a sorveteria. Enquanto os irmãos iam entusiasmados atravessar a rua, vinha um táxi em alta velocidade, o irmão atravessou a rua, mas Haralabi não teve tempo de reagir e, apesar de o motorista ter freado, foi atropelado pelo carro. Toli saiu correndo o mais rápido que pode para casa chamar seu pai Mitso, que era bombeiro e acostumado com emergências.

— Pai! Pai! Corre! O Haralabi foi atropelado na rua Zínonos!

Mitso, sargento do corpo de bombeiros de Atenas, Grécia, acostumado a atuar durante a ocupação nazista na Segunda Guerra Mundial, salvou pessoas em incêndios, estabilizou pessoas feridas em explosões, desabamentos de lugares por bombas, usou sua técnica para retirá-las, atendeu inúmeros atropelamentos, tirar pessoas das ferragens enquanto pegada fogo no carro. Com todas essas técnicas, nunca pensou que ia ter de atender seu filho.

Ao chegar no local, o pai encontrou o filho deitado no asfalto, cercado por pessoas preocupadas, avaliou a situação e decidiu que não podia esperar pela ambulância. Com cuidado e experiência, o removeu em segurança e colocou Haralabi no táxi e falou para o motorista:

— Acenda o farol alto, toca a buzina continuamente, eu vou te orientando o caminho para o hospital.

Durante o trajeto, outros motoristas entendendo a situação foram abrindo caminho. Chegando no hospital ele foi atendido e submetido a exames e constatou-se que não havia lesões internas, apenas escoriações leves e que não precisaria ficar hospitalizado.

Chegando em casa, Mitso decidiu fazer algo especial, foi até a sorveteria local e comprou dois sorvetes do lançamento de 1952, um para Haralabi e outro para seu irmão.

— Que sorte ter um pai que é bombeiro em uma situação dessa.

Abraçou seu irmão e agradeceu por correr e avisar o pai.

Nos cinemas de Atenas, estava em cartaz o filme grego "Ματομένα Χριστουγεννα" (Natal Sangrento), que tratava da história da chacina que os nazistas faziam na Grécia na Segunda Guerra Mundial.

Toli ficou muito mais empolgado para assistir a esse filme do que o irmão mais novo, porém Toli venceu pelo cansaço, insistindo e chorando todos os dias até que seu pedido fosse atendido.

Depois de muita insistência, Mitso comprou o ingresso de Toli, com o dinheiro recebido no Natal, e os dois foram ao cinema.

Decidida a não deixar que o filho caçula ficasse sem também ir ao cinema, Lena em outro dia comprou ingressos de um filme de comédia chamado "Kokovíos". Com isso, mãe e filho tiveram uma das tardes mais especiais na companhia um do outro. Haralabi nunca tinha visto sua mãe rir tanto; repetiria novamente só para ver aquele sorriso quente e acolhedor quantas vezes fosse possível.

Na manhã seguinte, Haralabi e seu amigo Andonis tiveram a ideia de andar de metrô, pois nunca haviam andado. Eles pegaram o metrô na Omonia Plaz e desceram no Monastiraki. Ficaram andando pelas ruas da Plaza quando perceberam que estavam perdidos, não sabiam voltar para casa. Em casa, os pais de Haralabi estavam preocupados, pois não sabiam onde ele estava.

— Como nós vamos voltar para casa? Eu não sei voltar, e logo vai começar a escurecer – Andonis fala.

Já estavam cansados, com fome e sem saber o que fazer quando começaram a se preocupar de verdade – até então estavam entorpecidos pela adrenalina da aventura. Pouco tempo depois, um homem os reconheceu perambulando na rua, parou-os e falou para Haralabi:

— Você não é o neto do Dr. Leonardo, o dentista? Eu já vi você na sala do seu avô. O que está fazendo aqui tão longe de onde moram? Vamos já, vou levar vocês de volta para casa.

O homem, que era cliente do dentista, levou os garotos de volta para a casa do Dr. Leonardo. Os pais de Haralabi o agradeceram de um jeito contido, pois não seria nada agradável se resolvessem expressar a demasiada aflição que sentiram minutos atrás temperada pelo alívio ao vê-lo chegando com os meninos.

— Foi muita sorte vocês terem sido encontrados por um homem bom – observaram, com muitos sentimentos manifestos no olhar, de uma forma tão lúcida que mesmo aqueles jovens garotos, inocentes demais para os perigos da vida, conseguiram compreender ao que estavam se referindo.

Entre dezembro e abril, um hiato se criava na vida daquelas crianças insaciáveis, sedentas por novas aventuras, e isso só mudava quando a Páscoa chegava. Essa data sempre fora muito importante na Grécia, comemorada por todas as famílias, inclusive a Apostolopoulos. Durante esses feriados, a casa dos avós de Haralabi, na Rua Kumunduro, nº 13, em Atenas, costumava reunir toda a família nos sábados de Aleluia. À meia-noite, todos na casa se reuniam no balcão da área externa na parte da frente para ver as pessoas saindo da igreja com velas acessas em suas mãos e entoando cânticos religiosos. Mitso e seus familiares também faziam o mesmo lá de dentro. Antes disso, um padre saía na porta da igreja anunciando a ressurreição de Cristo, momento em que soltavam fogos de artifício e todos se abraçavam, saudando a verdadeira ressurreição do Cristo, depois seguiam com a procissão. A tradição entre os gregos nessa data era fazer a refeição após a meia-noite, depois da celebração. Nesse momento, finalmente, podiam encerrar o jejum de 40 dias sem comer carne, alimentando-se com um prato típico chamado *mageritsa*, uma sopa de verdura com miúdos de carneiro, ao molho *avgolemono*, feito com limão e ovo.

Em noites assim, quando podia ir dormir tarde, Haralabi adorava ser colocado na cama por sua avó Dimi, que se deitava com ele e ficava contando histórias até o sono chegar, confortando-o em seus braços e chamando o sono com uma voz suave. Dessa forma, ela começou mais uma:

— Em 1200 a.C., a bela Helena era a mais bonita de todas as mulheres, esposa do rei grego de Esparta, Menelau. Certa noite, um homem, líder do povo de Troia, chamado Páris, a raptou e levou para Troia. Menelau reuniu todo o exército de Esparta e declarou guerra contra Páris de Troia, iniciando-se uma guerra para trazer Helena de volta. Em torno das muralhas, houve uma batalha que não conseguia vencer, então ele preparou um presente que deixou do lado de fora dos portões de Troia, um cavalo de madeira com soldados escondidos dentro dele. Após Páris achar que Menelau havia reconhecido a sua vitória, deixou o cavalo entrar, abriram os portões e colocaram o presente para dentro. Quando começaram a festejar e se embriagar, os soldados saíram do cavalo e conseguiram tomar a cidade, pegar Helena e levá-la de volta para Esparta.

Haralabi não sabia que a avó estava contando para ele a famosa história de Ilíada de Homero, e tudo bem para ela que o neto não compreendesse ainda a riqueza daqueles ensinamentos. A intenção era que aquelas lições incompletas ficassem registradas em sua mente como uma espécie de apofenia, transmitindo-lhe informações úteis em situações necessárias.

O melhor da Páscoa era o que ela proporcionava: família reunida e muita disposição dos adultos para gastar tempo e dinheiro com as crianças. Principalmente o tio Lambro, que se divertia levando-os para passear em sua lancha nas folgas dos feriados. Embora Lambro desse a opção de fazerem outras coisas, a escolha era sempre a mesma: andar de lancha. Cortar as ondas brancas e transformá-las em espumas reluzentes, essa era uma espécie de magia que os intrigava e envolvia. Depois o tio os levava para uma taverna localizada próximo ao mar azul da Grécia. Inclusive, em um desses passeios, foi a primeira vez que Haralabi e Toli experimentaram costelinha de carneiro na brasa com batatinha frita. Eles adoraram, o sabor era algo de outro mundo, de outra terra... inimaginável de tão delicioso. Dali em diante a batatinha frita se tornou um adversário à altura da lancha, e Lambro tinha que se desdobrar para proporcionar os dois prazeres aos sobrinhos.

Agosto era o mês de férias escolares na Grécia, e Lena reiteradamente aproveitava o período para ir com os dois filhos à casa de sua mãe em Pirgi, sua cidade natal. A cidade situava-se na pequena ilha de Evia, uma região pacata habitada por poucas pessoas, aos moldes das regiões interioranas da época, sem muitas casas ou estabelecimentos para lazer e muito menos carros, somente cavalos e burrinhos.

Aquela ilha escondia um portal sazonal para outro mundo, descoberto por Haralabi, Toli e seus primos Jorge, Maria, Cristina, Stéfanos e Kosti, que o guardavam e o mantinham em segredo na ausência do restante do grupo. Os seus avós tinham plantações de uva e muitas árvores, como oliveiras, amendoeiras e a melhor de todas: a figueira. Esta, quando o sol estava prestes a se pôr, transformava-se em um local místico, abrigando ninfas em seus galhos e se estendendo rente ao céu, quando as suas folhas adquiriam um aspecto vítreo tornando possível enxergar a vida secreta da ilha por meio delas. Ninguém sabia, mas cada fruto daquela figueira dava aos seus guardiões mais sete anos de vida, por isso eles os consumiam com parcimônia e não permitiam que ninguém se alimente deles, a não ser os seus avós, por uma questão óbvia.

Maria tinha a mesma idade que Haralabi, talvez por isso costumavam andar juntos, sendo a dupla oficial um do outro nas aventuras. George, avô deles, tinha uma égua manca na qual eles custaram a ter coragem de andar, até o dia em que todas as opções de brincadeiras seguras se esgotaram.

— Vamos andar um pouco na mula manca? – Haralabi disse para a prima, com uma expressão tranquila.

Os dois encorajaram um ao outro, então apoiaram os pés no joelho da égua, segurando na crina para se erguerem e conseguirem subir no lombo do animal. Em seguida, foram passear pelos campos e montanhas. Em um certo momento do caminho, eles não conseguiram mais comandar a égua e ela começou a se dirigir para uma montanha que havia ali perto.

— E agora, o que vamos fazer? – Maria questionou assustada.

— Segure-se firme que não dá para fazer nada, ela não está obedecendo a rédea! – Haralabi respondeu de uma forma altiva e segura, sem saber por que, apenas reproduzindo o jeito que o seu pai fazia com a sua mãe quando acontecia algum imprevisto.

— Olha lá para baixo! Está muito alto e estou ficando com medo – Maria gritou quando a mula começou a andar na direção de um precipício.

— Calma, Maria, não olha para baixo, não tenha medo.

A égua não errava o caminho, ia na beirada, mas sempre firme e certa, sem nenhum escorregão, apesar de ser manca. Só ao fim daquela marcha esbaforida as crianças perceberam que na verdade estavam fazendo o caminho de volta para casa, quando então puderam respirar aliviadas, decidindo que nunca mais voltariam a fazer aquilo.

Nesse verão, fazia muito calor na casa dos seus avós, que ficava no alto de uma montanha, em uma região na qual não havia casas vizinhas por perto, somente um curral cercado de carneiros e cabritos. Na noite anterior ao dia em que voltariam para a cidade estava ainda pior. Lena, não aguentando o calor de 38 °C que fazia dentro de casa, aproveitou para colocar uma cama para fora, em um gramado ao ar livre, para dormir junto com os dois filhos no último dia de viagem, era sempre muito criativa quando se tratava de alegrar a vida dos seus garotos. O ambiente estava totalmente tranquilo, e a lua cheia, acompanhada pelo céu repleto de estrelas, iluminava-os.

Como em todas as aldeias e cidades pequenas sempre tinha uma lenda sobre algum louco perambulando pelas montanhas à noite, da qual todos tinham conhecimento e inevitavelmente se recordavam em momentos como aquele. Ao se lembrar dessas histórias, Lena pegou uma faca e colocou embaixo do travesseiro, só por precaução. Após os três deitarem-se na cama, a noite se tornou inesquecível, prazerosa, diferente e até mais segura. Na manhã seguinte, acordaram com o cantar do galo e com os sinos que ficavam presos nos pescoços dos carneiros. Era chegada a hora da despedida. Mal sabia Lena e os meninos, mas essa despedida se resumiria mais a um "adeus" do que a um "até logo".

CAPÍTULO 9

O NOVO MUNDO

Insatisfeito com algumas decisões do alto-comando da corporação onde trabalhava, Mitso resolveu que seria melhor pedir exoneração do corpo de bombeiros, não só pela diminuição dos acidentes com incêndios e demais incidentes, como também pelas injustiças que vinham sendo cometidas em relação a alguns dos seus companheiros de serviço, demitidos sem justa causa após atuarem como verdadeiros heróis durante a guerra e, posteriormente, em outros conflitos bélicos na Grécia. Isso foi o estopim para uma situação que já vinha sendo insustentável para Mitso, estagnado pelo caos e pela densidade do seu ambiente de trabalho. Assim, ele resolveu se desligar da corporação como forma de protesto, pretendendo viver de um jeito mais saudável, fisicamente e mentalmente.

As guerras que se arrastaram pela Grécia até que a população pudesse ter certeza do fim de toda aquela situação beligerante, antes de pensar em vislumbrar um novo começo, foram demais para alguns milhares de cidadãos gregos, que não conseguiram mais esperar, optando por imigrar para outros países. Por isso, o país vivia um momento de angústia coletiva, no qual o desespero daqueles que partiam deixava os que permaneciam ainda mais ancorados no caos, inseguros quanto a sua decisão de ficar e sem ânimo o bastante para movimentar as engrenagens necessárias enquanto nação para reerguer o país. Por ora, a esperança era como uma força hipotética da natureza humana, um dos aspectos da capacidade de sobrevivência que faltava à população grega, exausta e convalescida.

As estações ferroviárias personificavam perfeitamente esse cenário, sempre repletas de muitas pessoas indo, sem perspectiva de retorno. Ao que tudo indicava, seria mais fácil se arriscar em um novo mundo do que tentar mudar o seu próprio. Assim, amigos, familiares, conhecidos ou aqueles que não tinham mais nada a perder ou alguém para se despedir partiam com pouca bagagem, mas muita coragem para abandonar suas vidas e recomeçar do zero. Eram tantos gregos indo embora que parecia que a Grécia precisaria de mais do que investimentos materiais para se reerguer, pois seu povo estava se esvaindo pelas vias férreas. Eles se abarrotavam dentro do trem e quase todos que conseguiam ficar próximos à janela costumavam colocar suas cabeças para fora dela, sorvendo o ar de sua pátria pela última vez, a pátria que um dia os acolhera e servira com gentileza.

— Lena, estou cansado, extremamente cansado deste país e de tudo o que tem acontecido aqui. Seria loucura tentarmos a vida em outro país, como muitos dos nossos conhecidos fizeram? – Mitso questionou a esposa no mesmo dia em que se desligou da corporação.

— Mas já não é tarde demais para isso? Fiquei sabendo que os Estados Unidos não estão aceitando mais imigrantes!

Reflexivo, Mitso pensou em como teria sido a sua vida caso o seu pai tivesse conseguido fugir com ele e o irmão para os Estados Unidos quando ainda eram crianças. O fato acontecera logo depois que a sua mãe se casou com Leonardo. À época, Apostolos já tinha se estabilizado na "América" e ficou inconformado quando soube disso. Assim, ele voltou escondido para a Grécia e armou um plano para raptar os filhos e levá-los embora consigo. Pagou um amigo que trabalhava num navio cargueiro que ia para os EUA e se encontrou com Mitso e Stelios escondido. O pai lhes contou sobre as coisas maravilhosas que tinham no país em que estava e os convenceu de que eles iriam adorar se mudar para lá. Então, disse aos filhos que, no dia seguinte, após o pôr do sol, os esperaria na esquina da casa deles, reforçou que se tratava de um segredo entre eles, persuadindo-os a não o revelar para ninguém, principalmente para a sua mãe, pois ela não entenderia. Como combinado, assim que observaram o sol atravessando o céu de leste a oeste, pegaram umas roupas sem que ninguém notasse e já estavam indo ao encontro do pai quando Mitso não resistiu e inocentemente voltou para se despedir da mãe, que ficou atônita e furiosa ao saber o que estava prestes a acontecer, trancando todos dentro de casa.

Aquela não era uma lembrança que ele gostava de compartilhar, pois embora parecesse uma história inocentemente engraçada, a princípio, fora a última vez que viu o seu pai, sobre o qual nunca mais teve notícias.

— Eu sei de muitas pessoas que se mudarem para outros países e melhoraram de vida... Foi assim com o meu pai, quem sabe o mesmo não poderia acontecer com a gente? – um pouco consternado, Mitso indagou novamente a esposa, depois de revelar a ela toda a história do seu pai biológico.

— Tudo bem, meu querido marido, minha felicidade é a sua felicidade. Se você já não suporta mais a Grécia, eu vou com você para qualquer lugar do mundo! Só não sei se conseguiremos ir para os EUA, mas tem um outro país, o Brasil. Esses dias eu li no jornal que esse país fez um acordo com o nosso, facilitando a ida de imigrantes gregos para lá, que já vão com toda a viagem paga, recebendo acomodações temporárias, e o melhor de tudo: com um emprego garantido!

— Brasil? Onde será que fica esse país?! Vá depressa, pegue o mapa, vamos verificar – Mitso disse a Lena.

— Olha só como é grande! Quase maior do que os Estados Unidos! – Lena disse, começando a se sentir confortável com a ideia de se mudarem.

— Sim... e veja só, Lena, também fica na América!

Na época, as pessoas ainda tinham uma ideia equivocada a respeito do continente americano, sem saber que a "América" se dividia entre a América do Norte, Central e do Sul. Por isso, eles ficaram boquiabertos quando viram a localização do Brasil e toda a sua extensão territorial.

Com a decisão tomada, nos dias seguintes eles organizaram toda a documentação e se dirigiram ao consulado para a realização da etapa final: a entrevista. Asseados e impecavelmente bem-vestidos, agora teriam que causar uma boa impressão para que a sua família fosse selecionada.

— Crianças, quero que se comportem muito bem diante do Cônsul, vocês conseguem?! Isso é tudo que precisamos para que ele nos aprove – Lena disse aos filhos num tom categórico.

— Tem que falar com Haralabi! – Toli respondeu, implicando com o caçula como um típico irmão mais velho.

Tudo ocorreu bem durante a entrevista, os meninos foram educados e comportados, e os pais bem articulados na conversa com o cônsul. Ao fim, eles foram aprovados e já saíram de lá com a autorização para viajar. Mitso achou melhor ir na frente para conseguir organizar a mudança e arrumar um lar definitivo para a família, porque queria evitar que eles passassem algum perrengue nas acomodações provisórias disponibilizadas pelo governo brasileiro. Quatro meses depois, Lena recebeu uma carta do marido confirmando que estava tudo certo para a sua viagem ao Brasil.

A partida de Mitso fora apenas o início de uma ferida que se abria e viria a machucar ainda mais os outros membros da família que permaneceriam na Grécia até o dia em que Lena e os meninos também fossem embora, quando a dor seria insuportavelmente lancinante. Assim, o dia da partida chegou, tão rápido e abrupto que nem puderam vê-lo se aproximando. Leonardo, Dimi e seus filhos não conseguiram disfarçar a tristeza que sentiam. Lena, Toli e Haralabi também se sentiam do mesmo modo. Despedir-se era difícil mesmo tendo sido uma escolha deles. Enquanto desciam as escadas do sobrado com as malas, os outros os esperavam lá embaixo. Lágrimas pesadas escorriam por seus rostos de um modo que embaçava a visão de Lena e os meninos, o que só aumentava a aflição, já que não sabiam se, no futuro, aquela acabaria se tornando a última vez que se veriam, devido à distância e custo dessas viagens.

A pedido de Lena, os sogros não os acompanhariam até o porto, pois Dimi não estava bem de saúde, e isso poderia ser demais para ela. Então, eles se despediriam ali mesmo.

— Onde quer que vocês estejam, não se esqueçam da sua origem, tenham orgulho de serem gregos – Dimi fala aos netos enquanto ajeita as roupas e os cabelos dos dois. — Nós amamos muito vocês e sentiremos muita saudade!

— *Yiayia**... – Haralabi coloca as mãozinhas suadas de tanto nervosismo no rosto da avó e fala — Nós vamos voltar, não se preocupe!

---

* "Avó", em português.

Pequeno demais para compreender o temor que pairava sobre os adultos naquele momento, Haralabi não sabia, mas aquela seria de fato a última vez que se veriam. Quando ele conseguiu retornar para a Grécia, anos mais tarde, em 1980, os avós já haviam falecido.

— Se puder, não deixe de proporcionar uma boa educação aos meninos, isso será essencial, principalmente em um país desconhecido – tentando se manter firme e com a postura altiva que se esperava de um patriarca como ele, Leonardo disse a Lena, ainda no dia da partida.

Por mais singelo que fosse o conselho, as palavras do sogro sempre acompanhariam e orientariam Lena, pois ela sabia que toda a família teria que se esforçar em dobro para conseguir se sobressair em um país estrangeiro, a respeito do qual nada sabiam em relação à forma como tratavam os forasteiros. Isso só ficou bem mais evidente quando chegaram ao porto de Pireus e se espantaram com a quantidade de gregos que imigrariam com eles. Infelizmente aquilo também significava que eles se tornariam competidores no novo mundo.

Eles iriam no navio Nea Hellas, uma embarcação um pouco mais antiga, porém extremamente formosa e resistente, que já tinha feito muitas viagens para os EUA e levado grupos distintos a vários lugares do mundo, inclusive soldados durante a Segunda Guerra Mundial, razão pela qual quase chegou a ser afundado algumas vezes pelos nazistas. Antes de embarcarem, Elissávet, a mãe de Lena, conseguiu alcançá-los e encontrá-los na multidão. Mesmo que já tivessem se falado no começo da semana, ela não suportaria não se despedir da filha e dos netos, por isso fizera uma viagem surpresa de Pirgi para lá, sem saber se chegaria a tempo.

Elissávet trazia consigo uma cesta com figos secos, pedaços de tipos diferentes de queijo, azeitonas e o doce preferido dos netos: *mustalevria*, à base de suco de uvas frescas com nozes, sua especialidade. Como toda mãe zelosa, ela esperava que esses alimentos abastecessem a filha e os netos durante a viagem, deixando-os fortes para o que viria a seguir. No entanto, aquele gesto era um ato simbólico para lembrá-los que, ainda que estivessem indo embora, poderiam levar a Grécia consigo, por meio de tradições e costumes. Se fizessem isso, estariam sempre supridos por suas raízes, não importando o lugar que estivessem.

— Façam uma boa viagem... e sucesso no novo mundo! Que a Virgem Maria esteja com vocês durante toda a sua jornada, nunca se esqueçam da Grécia, de seu povo e de suas raízes – colocou a mão no coração de Lena e concluiu, olhando fundo nos seus olhos — Sempre estaremos aqui com vocês! – Uma lágrima escapou pela face de Elissávet, porém um sorriso sincero a aparou. Sabia que a filha estava fazendo isso pelo bem da família, e isso era o bastante para que se sentisse orgulhosa e feliz por ela, ainda que a partida a estivesse agredindo violentamente por dentro.

Quando já estavam dentro do navio, lá de cima Toli conseguiu ver que a sua avó brandia um lenço branco e acenava para eles enquanto ainda estavam ancorados, e Lena o explicou que se tratava de um gesto para desejar-lhes boa sorte. Eles precisariam disso, pois dali em diante se iniciaria uma aventura em alto-mar que levaria 30 dias para ser concluída.

Assim que o navio ligou os motores, preparando-se para zarpar, a maioria dos tripulantes no convés que estavam próximos às grades começaram a jogar serpentinas para os parentes e amigos lá embaixo – de modo que ambos segurassem em suas pontas por alguns minutos, antes da partida, como uma forma simbólica de se despedirem pela última vez. Um tubo com serpentina rolou até os pés de Haralabi, que rapidamente o pegou e correu para a popa, puxando a mãe e o irmão pelo braço. No início, eles resistiram um pouco, sem conseguir ver o que Haralabi carregava consigo, mas logo depois perceberam e o ajudaram na sua empreitada para se despedir da avó da mesma maneira que todos ali. No último instante, quando o navio estava quase saindo, mas ainda permanecia no cais, ele jogou a serpentina e Elissávet pegou a ponta dela na primeira tentativa, olharam-se com afeto e em silêncio deram "adeus" mais uma vez.

Em seguida, o navio foi se movimentando e se afastando do cais. À medida que isso acontecia, as serpentinas estendidas do convés até a plataforma onde se encontravam as outras pessoas iam se rompendo, cobrindo a lateral da embarcação. De certa forma, esse gesto representou os laços que seriam rompidos a partir daquele momento para muitos familiares e amigos, ou mesmo com a própria Grécia. Alguns laços seriam apenas interrompidos por um período incerto, outros se encerrariam para sempre. Essa foi a realidade de muitos que passaram por aquela situação.

Durante a viagem, ainda viveriam momentos marcantes, principalmente no percurso em que adentrariam o Canal de Corinto* – situado num estreito entre dois grandes paredões com cerca de 45 metros de altura, atravessado por uma linha férrea. A passagem das embarcações naquele lugar costumava ser uma verdadeira atração para os locais, por causa da distância entre os navios e a borda do estreito, que quase podia ser tocada pelos tripulantes. Por ficarem numa

---

* Uma via fluvial de seis quilômetros de extensão que atravessa o estreito de Corinto ligando o Golfo de Corinto ao Mar Egeu.

altura acima do convés, a multidão de curiosos que assistia aos navios passando – na ponte e nos dois lados da margem – adorava interagir com os passageiros, saudando-os como se fossem seres de outro mundo sendo transportados em naves estranhas. Para Toli e Haralabi, aquele momento foi um verdadeiro deleite, possibilitando-os emoções relacionadas a sua partida por uma outra perspectiva. Durante os minutos em que atravessavam a "fenda", eles puderam se desligar dos pensamentos referentes ao que deixavam para trás e se animar com o que os aguardava na outra ponta do estreito.

— Para onde estão indo? – gritou uma senhora de cima da linha férrea.

— Para o Brasil! – respondeu-lhe um homem com uma voz entusiasmada.

— Onde é isso?

— Na América!

Em seguida, a multidão seguiu gritando frases como "boa sorte" e "boa viagem". Mas aqueles que ouviram "Brasil" em resposta às suas perguntas voltaram para as suas casas ainda mais curiosos e confusos.

Os longos dias em alto-mar seriam extenuantes, principalmente para as crianças, o grupo mais vulnerável a bordo. Por isso, todos os adultos, inclusive os membros da tripulação, se empenharam para amenizar as condições difíceis da viagem. O que temiam se tornar um caos, em virtude da delicadeza e da peculiaridade da situação, transformou-se em uma viagem intrigantemente agradável para a garotada. O navio transportava famílias de outros países, como Itália, Espanha e Iugoslávia; e isso, em termos de divertimento, foi uma das razões para que tudo ocorresse bem.

Para as crianças, representou não só a oportunidade de se divertir com a adrenalina e a empolgação da viagem em si, como também a de fazer amizade com crianças de outros países, numa interação propícia à curiosidade e respeito aos hábitos e trejeitos das pessoas de outras culturas.

Grupos de crianças com muita energia e um navio inteiro para transformarem em um campo de diversão se formaram. Até mesmo o capitão se alegrava com a harmonia e o companheirismo entre as crianças, por isso as estimulava organizando disputas esportivas e brincadeiras entre elas. A mais desafiadora, portanto, a preferida dele, era quando amarrava algumas maçãs com barbantes e as pendurava em hastes baixas o bastante para serem alcançadas pelas meninas e pelos meninos. O vencedor seria aquele que conseguisse mordê-las sem usar as mãos, e o prêmio seria um pirulito retirado diretamente do arsenal pessoal do capitão. Ávido por doces como era, Haralabi certificou-se de se tornar um competidor difícil de vencer desde a sua primeira tentativa, saindo vitorioso em quase todas as vezes que jogava, o que fez com que as regras a respeito da ordem de participação no jogo fossem revistas e alteradas pelo "árbitro". A estratégia do garoto era: balançar a maçã com a testa para abocanhá-la firmemente quando fizesse o movimento de retorno ao centro. Sua precisão era certeira e difícil de ser reproduzida pelas outras crianças, ainda que já tivessem compreendido a lógica.

Esses "pequenos navegantes" se mantiveram ocupados durante toda a viagem. Sempre havia algo novo no navio e no mar e até mesmo sendo ensinado por algum adulto, para atrair a atenção deles. As possibilidades de brincadeiras eram infinitas, considerando as tradições e os costumes distintos. Além disso, o fato de não se entenderem muito bem verbalmente, em razão dos idiomas diferentes, assegurava ainda mais o estado de paz e sincronia, pois assim não se ofenderiam nem se estranhariam tanto em relação às suas diferenças, podendo se relacionar melhor com base no ponto que tinham em comum: a vontade de se divertir e ter companhia para tanto. Desse modo, as crianças desenvolveram uma outra forma de comunicação não verbal, por meio das brincadeiras que faziam, o que as permitiu estabelecer uma amizade sincera umas com as outras.

Depois de aproximadamente 30 dias de hiato entre o mundo que foi e o que viria, todos no navio avistaram as terras sobre as quais muitos ali nem tinham ouvido falar antes de surgir a oportunidade de se mudarem para lá. No topo de um morro colossal, uma imagem semelhante a de um homem com vestes brancas os aguardava de braços abertos, pressagiando boa-sorte em seus novos caminhos, um verdadeiro acalanto a todos que ainda estavam com receio em relação à decisão tomada meses atrás. Toda a atmosfera do ambiente era agradável e a sua beleza se escancarava diante daqueles olhares intrigados e curiosos. Viver bem se tornava uma realidade cada vez mais possível, à medida que se aproximavam do porto. No outro dia, durante o desembarque, Mitso já aguardava ansioso pela sua família.

Eles iriam para a capital ainda naquela noite, por isso Mitso não se demorou muito nos afagos do reencontro. Preocupado com o horário, logo os conduziu para a alfândega, onde apresentariam os documentos. Haralabi ficou em choque ao ver que o seu pai já conseguia dialogar com aquelas pessoas estranhas no idioma local. Em razão disso, não conseguiu esperar que concluíssem o assunto, puxou a sua camisa com pressa e disse:

— Pai, você sabe falar brasileiro? – perguntou-lhe, achando sensacional a sua nova habilidade.

— Sim – Mitso respondeu ao filho em meio a uma gargalhada. — E em breve você também saberá.

Do porto de Santos até a capital, a viagem seria longa, mas agradável. O Brasil, aquele jovem e desconhecido país escondido na América, os encantaria bem mais com o visual estonteante da Serra do Mar, local por onde passariam de trem rumo à vida que estavam prestes a iniciar, uma verdadeira aventura até mesmo para os mais corajosos, em virtude da rampa dos trilhos quase que na vertical durante a subida. Para Mitso, a sensação foi duplamente emocionante, pois pensou no dia em que chegara sozinho ao Brasil naquele mesmo porto e, dali em diante, fez a mesma viagem que agora fazia com toda a sua família. Recordou-se da sua reação e de todos os outros imigrantes ao verem aquela terra madura, de um verde quente e reluzente, bela naquilo que tinha e no que faltava, uma vez que isso poderia vir a ser uma oportunidade para todos eles de participarem e contribuírem para com o crescimento do país.

CAPÍTULO 10

BRASIL, BRASILIDADES, BRASILEIROS

Toda a Família Apostolopoulos chegou ao seu destino, São Paulo, torcendo para que a estadia ali fosse breve. De um jeito estranhamente em sincronia, aquele lugar, onde convergiam estrangeiros de todos os países e migrantes internos de todos os estados, parecia ter espaço para todos os que iam para lá, ainda que as condições fossem precárias. Se pela falta de opção ou não, a verdade é que as pessoas se embrenhavam ali como se não houvesse um outro lugar para voltar, como se nenhum outro lugar no mundo fosse recebê-los em suas diferenças e peculiaridades como aquele, pois, nesse sentido, o próprio Brasil era um país peculiar, um país que, desde o momento em que os de fora o avistaram, tornara-se um território quase que de todos, ao seu bel-prazer, exceto dos que já estavam por lá. Embora isso não fosse refletir na situação particular de Mitso e de sua família, que ainda passariam por maus bocados para se adaptar à nova moradia e conseguir se sobressair, já lhes oferecia uma certa vantagem em relação a outros migrantes nativos que, assim como eles, esperavam conseguir mudar de vida naquele gigante de concreto que crescia na Região Sudeste do país.

Ainda que cada país, Grécia e Brasil, estivesse enfrentando problemas estruturais para se estabilizar, e esse tipo de dinâmica não fosse algo novo para os imigrantes europeus, os enfrentamentos eram diferentes. Enquanto os países da Europa enfrentavam problemas para se restabelecer, o Brasil ainda se estabelecia enquanto nação em desenvolvimento. O caos era maior e mais complexo, e o que decorreria dele ainda seria algo desconhecido para todos. Não havia uma referência ou um parâmetro, o progresso se arrastava pelas cidades de forma orgânica e contingente. Arranha-céus disputavam a paisagem com ruas de terra e esgoto correndo pelas calçadas. A grande massa de pessoas perdia parte significante do seu tempo em trabalhos que lhes desgastava fisicamente, inviabilizando momentos de lazer e outras atividades mais cognitivas.

Esse fluxo turbulento de descoberta e crescimento causou um estranhamento demasiado na Família Apostolopoulos, principalmente nas crianças, acostumadas com construções clássicas e harmônicas e uma maior identificação social a respeito dos seus costumes e tradições. Por isso, foi um choque toda aquela diversidade, aglomerada em tantas diferenças e singularidades. Nas primeiras semanas, Haralabi e Toli choraram muito, equivocados quanto à concepção de "será por pouco tempo", dita pelos pais a eles todas as vezes que reclamavam do lugar onde estavam.

Eles foram morar de aluguel no bairro Vila Prudente, na Rua Coelho Barradas. Muitas famílias operárias tinham se instalado naquela região, a maioria de origem lituana, italiana e russa. A casa era pequena, mas confortável, com apenas dois quartos, uma cozinha e um banheiro, decorada com alguns itens que Lena trouxe da Grécia para que pudessem manter a memória da terra natal, como a miniatura do Templo de Parthenon, que ficava em um dos pontos mais altos de Atenas e dava para ser visto por todos os atenienses, sobretudo por Mitso e a família, já que moravam próximo à Acrópoles, onde o templo situava-se. No mês de agosto, alto verão, o lugar ficava ainda mais mágico, quando recebia a noite quente e a lua aparecia amarela, quase vermelha, clareando a noite dos amantes, pois, nesses dias, as portas do Parthenon eram abertas gratuitamente, e os namorados, incluindo Mitso e Lena, no momento em que se permitiam ser só isso, eram os que mais desfrutavam dessa benesse. Além disso, Lena também tinha levado os preciosos discos de vinil de Mitso, dos cantores Gounaris, Tsitsanis e da soprano Maria Kalas – que já havia sido considerada a maior cantora de todos os tempos, chegando a se apresentar nos maiores teatros do mundo – os bordados típicos de lá, todo o seu enxoval e as liras de ouro, um presente de seu pai que mais tarde serviria para comprar uma casa no mesmo bairro.

Por sorte, na frente da casa também havia um espaço que poderia ser transformado em jardim; e assim Lena o fez, dando preferência para roseiras e um manjericão. O passatempo com as plantas seria um dos poucos motivos que deixariam Lena mais confortável naquele país de terras tropicais, sendo a razão para uma amizade vindoura com as matriarcas de outras cinco famílias gregas que moravam nas redondezas. Inclusive, com o tempo, essas mesmas senhoras desenvolveriam outras atividades para que todos, incluindo seus filhos e maridos, pudessem se reunir, revivendo, de certa forma, as raízes gregas. Em relação aos outros costumes nativos, ela veio a ter muitas dificuldades para se adaptar, principalmente em relação à comida.

— Que estranho! – disse Lena, encarando o seu prato de comida. — Aqui eles parecem ter uma comida oficial: feijão-preto com arroz.

Eles comem isso em toda refeição como se fosse algo obrigatório. Eu não consigo entender! – ela concluiu, confusa.

— Lena, quando menos esperar, você já terá se acostumado com essas diferenças, ainda mais quando se desapegar do que tínhamos lá e der uma oportunidade para o que temos aqui, como as frutas em fartura. Você não adorou aquelas bananas e abacaxis que compramos outro dia? – Mitso falou com a esposa, tentando ser positivo.

— Meu querido esposo, isso continua não sendo o suficiente se comparado às verduras em falta. Hoje fui à feirinha do bairro e não encontrei nada do que gostamos, espinafre, quiabo, peixe... As pessoas daqui não comem peixe, você acredita?! Só tinha umas poucas sardinhas enlatadas! E mais, eu também não consegui encontrar azeite no mercado. Pelo que me disseram, é mais comum usarem o óleo de milho e algodão por aqui, e, mesmo assim, ainda tem que levar uma garrafa para eles encherem – Lena disse com a voz contida para que sua fala não viesse a assumir algum aspecto de ingratidão.

De fato, as mudanças no paladar eram muito difíceis de lidar, ainda mais para eles, que estavam acostumados com a comida mediterrânea, à base de peixes, verduras e legumes, alguns, à época, escassos no Brasil. Na década de 1950, as feiras livres não tinham muita opção, talvez em decorrência da grande movimentação de pessoas, que iam e vinham até se fixar em algum lugar, para que, assim, pudesse se formar uma comunidade propícia a um comércio sólido. Com o tempo, isso foi acontecendo, principalmente à medida que os migrantes foram se estabelecendo nos bairros, o que contribuiu para que tudo se aprimorasse e diversificasse nessas regiões, com variedades ofertadas de acordo com as preferências e costumes de cada grupo.

Os imigrantes italianos e japoneses se concentraram nos campos e começaram a plantar como forma de empreender, já que não havia muitas opções de alimentos perecíveis. A partir daí, outras verduras e legumes foram sendo produzidos e vendidos nas feiras, mas a procura por peixes continuava, pois o povo local não tinha o hábito de se alimentar com peixes e frutos do mar. Mais tarde, o governo começou a fazer campanhas de incentivo ao consumo desse alimento, citando as variedades de vitaminas necessárias para o corpo humano encontrada em peixes e, assim, as culturas gastronômicas foram se encontrando, o que tornou a vida de Lena relativamente mais fácil. Nesse ritmo, Lena, Mitso e seus filhos foram se adaptando à nova moradia aos poucos, considerando que ainda era muito difícil de se entrosar com os brasileiros.

Ansiosos para voltar a estudar e ter a oportunidade de interagir com outras crianças, na esperança de que as diversões pudessem ser como nos dias em que viajaram de navio para o Brasil, mas sem capacidade para compreender as implicâncias da condição de estrangeiros, Haralabi e Toli foram matriculados num colégio de freiras chamado Vila Zelina. Já no primeiro dia, sentiram-se forasteiros numa terra desacostumada com algumas diferenças – no caso deles, a mais marcante correspondeu ao idioma. As primeiras semanas foram as mais duras para os irmãos, principalmente para Haralabi, que tinha um nome mais "estranhável", por assim dizer, e ficava muito constrangido todas as vezes que a professora – ainda com dificuldades para pronunciar o nome do aluno novo da maneira correta – o chamava para responder a lista de presença. Aquele era o momento em que ele ficava em evidência, e os seus coleguinhas se aproveitavam disso para oprimi-lo mais implacavelmente, olhando-o de soslaio com risos impassíveis escondidos em seus rostos. Isso de forma conjunta, já que, além desse momento específico, eles sempre zombavam de Haralabi quando o garoto não conseguia falar da forma correta, não deixando passar uma palavra sequer pronunciada de um jeito diferente por ele.

Como consequência disso, Haralabi costumava evitar interagir com os colegas, com medo de falar mais algum termo incorretamente, mais um que entraria para a lista de deboches em relação a ele, tais como cachorro, amanhã e, ironicamente, São Paulo; os quais ele pronunciava como "cachoro", "amana" e "Sao Pablo", dizeres que sempre o precediam na escola de uma forma nada positiva.

As singelezas das diferenças culturais, por vezes, eram impercebíveis até mesmo entre os adultos no ambiente escolar, como na vez em que a própria professora de Haralabi protagonizou uma situação que só pioraria a condição do menino quanto aos preconceitos que sofria por agir e ter origem distinta. Aconteceu durante uma atividade rotineira, quando ela pediu aos alunos que desenhassem e colorissem paisagens do mar, e Haralabi coloriu o mar no seu desenho com a cor azul, mas foi corrigido por ela que – talvez por desconhecer o fato de que o mar poderia ter cores variadas a depender da sua localização – em um lapso de raciocínio desfavorável, o corrigiu afirmando que ele não era azul, e sim verde.

Na ocasião, a professora chegou a perceber a ocorrência do seu "deslize didático" com certa rapidez, compreendendo que a posição em que colocara o seu novo aluno, embora trivial, a princípio, era ainda mais exclusiva no tocante às dificuldades que enfrentava para se adaptar a um país totalmente diferente. Mas foi tarde demais, e aquilo só margeou Haralabi em relação aos colegas, ratificando os devaneios infantis destes acerca do espaço que "ocupavam" e "dominavam" e o receio quanto a permitir que alguém de fora compartilhasse do que tinham, temendo uma aproximação com alguém de raízes desconhecidas e trejeitos peculiares em comparação aos seus.

Por sorte, as coisas foram diferentes para os irmãos no bairro onde moravam. Lá, as crianças, desde o início, mostraram-se mais receptivas e amigáveis, tendo-os recebido com gentileza, assim como todas as outras pessoas que viviam na região. Um pouco de curiosidade típica da vizinhança com uma pitada de empolgação em virtude do que poderiam aprontar com mais integrantes para o seu grupo de traquinarias, fazendo frente junto às crianças dos outros bairros, provavelmente teria sido o motivo principal para essa conduta. No entanto, isso também poderia ser uma consequência do próprio ambiente, bem mais inclusivo e coletivo, talvez por um sentimento de identificação em razão do "território compartilhado" comparado ao ambiente da escola e ao clima intimidador decorrente das próprias diferenças em relação aos alunos e aos locais de onde vinham.

Com o tempo, quase três anos de muita dedicação à causa, os meninos cumpriram todos os requisitos para fazer parte da "organização oculta" da garotada do bairro, tornando-se integrantes oficiais do grupo, cujo único propósito era se divertir e dar mais dor de cabeça para os pais. Craques nos jogos semanais com bolinhas de gude, pião e futebol – para o descontentamento de Lena, que não conseguia deixar de se preocupar com a segurança dos filhos, por causa dos perigos da rua, inclusive pelo fato de que brincavam descalços – seu passatempo também lhes rendeu um certo reconhecimento, e Toli foi escolhido para jogar futebol no Clube Itamarati. Esses momentos de lazer e socialização foram inestimáveis para os irmãos, pois lhes possibilitou as primeiras experiências relativas ao sentimento de pertencimento da nova comunidade a qual começavam a fazer parte.

As semanas eram corridas e havia poucas opções e oportunidades para distrações, enquanto os pais se relacionavam somente com as outras famílias gregas da vizinhança, realizando encontros aos domingos para cozinhar pratos típicos do seu país de origem e ouvir discos gregos, Haralabi e Toli passavam todos os feriados e finais de semana possíveis no salão do clube de futebol Itamarati, onde Toli agora era um membro oficial e Haralabi seu fiel companheiro e fã número 1. O presidente do clube era dono de um caminhão que usava para transportar máquinas, mas também servia para transportar os garotos do time para os bairros vizinhos, onde ele costumava marcar jogos com outras equipes.

A intenção era animar os jogadores e elevar a autoestima desde aquele primeiro momento, proporcionando-lhes uma viagem agradável e descontraída. Assim, ele levava não só os meninos do time como também outros garotos do bairro para servir de torcida. Todos iam na carroceria do caminhão cantando e se divertindo durante o percurso. "Verde e vermelho, verde e vermelho, esse é o nosso sinal de guerra... é o Itamarati que estremece a terra!", a criançada cantava o hino do time animada, despertando os olhares de todos por onde o caminhão passava.

O ano de 1958 foi especial para os irmãos – agora dois rapazinhos – de muitas maneiras, por causa do nascimento do irmão caçula,

Yorgos, junto ao ano da Copa do Mundo. O futebol era uma paixão que vinha efervescendo não só em seus corações, mas em todo o meio esportivo, considerando que só se falava dos jogos da Copa. As pessoas comentavam sobre futebol 24 horas por dia, principalmente os mais jovens, todos envolvidos no que, para Toli e Haralabi, pareceu ser o assunto mais em comum entre eles, independentemente se eram nativos, migrantes ou estrangeiros.

Embora o país ainda não estivesse nem próximo de ser o favorito, contentando-se caso conseguisse algum destaque como coadjuvante, em virtude da derrota frustrante na Copa anterior, na qual o Brasil perdera a final em casa, no Maracanã, para o Uruguai, o gosto pelo futebol entre muitos brasileiros era maior do que todas as probabilidades de perderem. Se, por um lado, essa falta de expectativas continuava abalando a população, por outro, a sua confiança em relação aos jogadores do time do Brasil era maior do que as chances de eles virem a fracassar, equilibrando a balança da torcida esperançosa pela vitória. Assim, em meio a tantas diferenças, o Brasil foi só um durante grande parte daquele ano, pelo menos entre as pessoas apaixonadas por futebol. Só uma voz ecoava, dizendo: "Sim, o primeiro lugar é possível dessa vez".

Tanto perseveraram e desejaram que o sonho se tornou realidade. Após a final contra a Suécia, os brasileiros gritaram euforicamente: "A taça do mundo é nossa!", sendo esse um acontecimento marcante para a nação, o que faltava para unir todos os demais – mulheres, crianças e até os idosos – em um sentimento patriótico sólido. Haralabi e Toli acompanharam o jogo junto com a turma do Itamarati pelos alto-falantes da Praça Santa Elena, que em dias normais transmitia músicas para os locais. Talvez por uma benção dos céus, um prelúdio do que estava por vir, a final aconteceu num domingo, assim aquele dia, que seria um momento de descanso, terminou em clima de festa e comemoração.

O início do jogo não foi muito atraente para aqueles que não se interessavam pelo esporte, ainda mais quando o primeiro gol foi feito pela Suécia, que acertou mais um logo em seguida. Porém o Brasil, ao fazer o primeiro gol, começou a virar o jogo, e isso foi deixando todos atentos e apreensivos, ainda mais porque a transmissão pelo rádio era ruim, às vezes a voz sumia e havia muita variação. Mesmo assim, unidos pelas expectativas criadas quando o time brasileiro começou a virar o jogo, toda a população ouviu a transmissão até o final e foi surpreendida com um placar favorável de 5x2 para o Brasil, quando o país se tornou campeão da Copa do Mundo pela primeira vez. Haralabi e Toli, já muito emocionados com os lances de Pelé e Garrincha, pularam e gritaram de alegria. A partir daquele momento, eles perceberam que de fato o Brasil também já tinha se tornado a sua casa, ainda que tudo fosse diferente, ainda que tivessem muitas fases de adaptação para superar, eles já eram parte de tudo aquilo, de toda aquela nação enorme, múltipla e estranhamente amigável.

CAPÍTULO 11

DESTINO

Para os trabalhadores que chegavam aos montes em São Paulo, principalmente para a classe operária, a forma mais comum de transporte era por meio de bondes ou ônibus, que ficavam constantemente lotados em todos as linhas, atrasando a todos e tornando a locomoção uma verdadeira disputa entre aqueles que fossem mais ágeis e espertos. Para conseguir pegá-los, muita gente se pendurava na porta dos ônibus e bondinhos, que não tinham catraca e a cobrança era realizada por um cobrador que ficava andando entre os passageiros com um bloco de passagens e o bolso cheio de dinheiro para o troco. Além disso, em virtude dessa aglomeração e do caos que causava, era comum alguns passageiros não pagarem o bilhete, mesmo havendo fiscais que subiam nos transportes e pediam os comprovantes durante as viagens.

Essa foi uma rotina extremamente cansativa para Mitso, não só fisicamente como também mentalmente, devido ao ritmo acelerado e conturbado da cidade em crescimento. Como já tinha ido para o Brasil com um emprego certo, ele não tivera muito tempo para recalcular os seus hábitos e pensar nas mudanças que deveria fazer para se adequar e digerir as consequências disso. Em relação ao seu emprego na empresa alemã instalada no Brasil, tudo fora súbito e inesperado, especialmente no dia que em encontrou o seu velho amigo de guerra na verdadeira parte sul da América que, outrora, nem sabia que existia. O mais excepcional de tudo foi que isso aconteceu na mesma fábrica em que ele trabalhava.

Em mais um dia repetitivamente qualquer, enquanto trabalhava em sua máquina um pouco escondido por trás dos equipamentos de segurança, uma pessoa com traços familiares, que também usava o mesmo equipamento, passou por ele. Intrigado, Mitso não resistiu, saiu em disparada atrás dele, sem refletir a agressividade do seu movimento, e retirou os óculos do colega operário desconhecido, que não era tão desconhecido assim, no fim das contas. Para a surpresa de ambos, aquele era ninguém menos do que Niko, seu ex-companheiro que não via desde que fora levado pelos alemães, conterrâneos dos que, curiosamente, estavam proporcionando aquele reencontro, mais um para a enorme lista de Niko.

Mitso e Niko tiveram que retirar os óculos de proteção e se desfazer da sua crença nas tramas objetivas da vida para acreditarem que aquele momento estava de fato acontecendo, que se encontrar naquele lugar, mediante aquelas circunstâncias, seria algo realmente possível. Só então eles puderam apreciar a oportunidade que, certamente, somente poderia estar sendo articulada pelo destino ou qualquer que fosse o nome que isso recebesse, pois, um homem qualquer, ainda que bem-intencionado, não poderia assumir a responsabilidade por aquilo.

— Por essa eu não esperava, que surpresa mais agradável revê-lo depois de tantos perigos que passamos! Estou feliz em ver que está vivo! Só soube de você quando foi resgatado do inferno onde te enfiaram, mas depois que você retornou para a resistência, eu não tive mais notícias suas! – Mitso disse a Niko enquanto os dois se abraçavam. — Como você está? Você está aqui com a sua família? Onde estão morando? – fez uma pausa após essas perguntas, dando um tempo para o velho amigo respondê-las, antes das tantas outras que tinha em mente.

— Não tem sido nada fácil, estamos completamente isolados no bairro onde moramos, as crianças ficam sozinhas o dia inteiro, quando não acaba sobrando para a dona do sobrado, que mora no andar de cima, é ainda pior.

— Como assim? – perguntou Mitso, com a testa franzida.

— Ah, como não tem ninguém para olhá-las, nós as deixamos trancadas em casa, mas, como deve ser muito estressante, elas têm criado situações complicadas. Se não passam o dia subindo no guarda-roupa para ficar batendo no teto com uma vassoura, perturbando a vizinha, elas ficam o tempo todo procurando formas de sair de casa. Outro dia, as crianças conseguiram fazer um buraco na tela da janela e sair para o quintal, foi fascinante para elas, que se depararam com um lugar bem diferente do que estavam acostumadas, um milharal interminável, bem no meio do bairro, cheio de brinquedos quebrados; e aterrorizante para nós, que ficamos pensando nas várias formas que podiam ter se machucado – Niko concluiu, sem conseguir disfarçar sua frustração por toda a situação no geral, que na verdade, até aquele momento, ele já estava arrependido da decisão que tomara.

Quase dois meses depois de muitas conversas nos intervalos do trabalho e encontros rápidos após o expediente, Mitso e Niko se aproximaram bastante, tornando-se grandes amigos. Com a intenção de que isso também pudesse acontecer com as suas esposas e filhos, Mitso sugeriu a Niko que se mudasse para a Vila Prudente. A sua ideia foi bem recebida pelo amigo e, um mês depois, eles já eram vizinhos. Como esperado, Lena e Maria também desenvolveram uma amizade genuína. Não se desgrudavam, frequentavam constantemente a casa uma da outra e se ajudavam bastante. Faziam tudo juntas, especialmente quanto tinham que ir à feirinha. Combinavam, sistematicamente, como se fosse um verdadeiro passeio, alinhando as rotas das compras e escolhendo outros lugares para visitar no percurso. Dessa forma, não se sentiam solitárias ou, ainda, não se percebiam tanto em suas diferenças, principalmente quando estavam com as outras vizinhas, que se reuniam para falar sobre plantas e trocar as mudinhas que tinham.

De início, ainda que seus pais e mães tivessem se tornado íntimos rapidamente, o mesmo não podia ser dito em relação aos filhos, pois, além dos empecilhos decorrentes da diferença de idade entre eles – sendo os filhos de Niko bem mais novos do que os de Mitso – as indisposições próprias da adolescência já começavam a despontar em Haralabi e Toli. Então, vez ou outra, eles costumavam não demonstrar interesse nos assuntos dos pais e se recusavam a cooperar só para reproduzir os hábitos equivocados daquela fase confusa. Por isso, não se mostravam amigáveis e pacientes com Táki e Dimitra, o que agradaria a sua mãe e facilitaria as coisas para Maria, porque, dessa forma, eles poderiam ajudar as crianças a se ambientarem melhor ao bairro, à medida que fossem crescendo, como uma espécie de irmãos mais velhos com os quais eles sempre poderiam contar.

O dia mais evidente em relação a isso aconteceu quando Maria pediu a Haralabi para passear com Dimitra pelo bairro. Já com quase 6 anos, espoleta que era, ela começava a sentir-se muito agitada e incomodada por ficar mais dentro de casa, haja vista que Niko e Maria nem sempre conseguiam proporcionar momentos de lazer e diversão para os filhos. Durante a semana, ainda que dessa vez fosse diferente em relação à vizinhança, especialmente em relação aos familiares de Lena, com os quais Maria podia contar para dar um suporte aos filhos, Dimitra e Táki continuaram ficando sozinhos em casa, sempre de camisolão, a portas trancadas. A ordem era não sair para fora até que seus pais retornassem do serviço. Sua mãe preparava o almoço de manhã bem cedo, servia as porções dos filhos em pratos tampados com outros pratos e os deixavam em cima da mesa, de forma prática e acessível, de modo que eles conseguissem se servir sozinhos e em segurança.

Dessa maneira, quem se colocasse à disposição para passar um tempo aos cuidados de Dimitra e Táki com certeza estaria em apuros, em uma situação desproporcionalmente cansativa em relação à energia que tinham para gastar. Ciente disso, Haralabi negou o pedido da mãe deles, dizendo: "Eu nunca vou levar essa carequinha para passear". Na época, Dimitra estava com a cabeça raspada devido a um hábito antigo entre os gregos – os pais raspavam a cabeça das crianças com gilete para que seus cabelos crescessem fortalecidos –, mas que também fazia parte de um costume entre os brasileiros. Assim, não havia motivos para que outras crianças viessem a caçoar dela, e Haralabi sabia disso, motivo pelo qual falou em tom de brincadeira, porém sem maldade. O que ele não conseguiria imaginar, naquele momento, é que as caminhadas na companhia daquela menininha seriam bem mais frequentes em sua vida.

Mesmo sem contar com a ajuda dos filhos de Lena, a vontade de conhecer o mundo particular para onde haviam se mudado era irresistível, especialmente porque, quase todo dia após o almoço, algumas crianças do bairro ficavam brincando em frente à casa de Dimitra e Táki. Os irmãos sempre as espiavam com cuidado para não serem vistos, porém, certa tarde, eles se renderam ao desejo de ir lá fora e participar da diversão. Assim, conseguiram passar pelas grades do portão da frente e saíram, como bons curiosos que eram. Escaparam da prisão do jeitinho que estavam: descalços e de camisolão branco. Foram a atração da rua. Rapidamente, as outras crianças os rodearam, perguntando os nomes deles e sobre as roupas engraçadas que usavam. Dimitri e Táki não conseguiram entender nada daquele idioma estranho, que até alguns meses atrás nem sabiam que existia. Olhavam-se com uma certa confusão, aquela era a primeira vez que experimentavam um contato mais próximo e intenso com pessoas com as quais não conseguiam se comunicar.

Eles e as demais crianças se encaravam, rindo com inocência e um pouco de desespero. Como era possível pessoas transmitirem sons que não podiam ser compreendidos? De qualquer forma, a brincadeira tinha uma linguagem universal que podia ser mais bem entendida por meio de gestos, então eles foram lidando com o desafio do diálogo com essa forma de comunicação precária, que não rendeu bons resultados de início, sendo difícil e frustrante para os irmãos Valavanis durante quase todo o seu momento de liberdade. Contudo, os irmãos persistiram e continuaram a dar suas escapadas durante as tardes sem que seus pais soubessem disso, o que não durou muito tempo.

Um dia, enquanto estavam na calçada com as outras crianças, de longe avistaram o pai. Saíram correndo e entraram para dentro de casa, foram direto para o quarto e se cobriram como se estivessem dormindo. Niko entrou e agiu como se nada tivesse acontecido, porém a verdade é que ele tinha visto os filhos na rua e tentou disfarçar o desespero diante do ato desobediente. Aquela cena o deixou de coração partido, pois sabia que também não era fácil para eles. Então, para que suas crianças não se sentissem ainda pior, ele fingiu não ter visto os dois aprontando, foi ao quarto deles e deu um beijo amoroso na testa de cada um. Em seguida, de forma inesperada, Niko pediu a Dimitra e Táki que se trocassem porque ele os levaria a um parque com vários brinquedos localizado no caminho do seu serviço – e aquela seria a memória mais feliz que guardariam da primeira vez que se sentiram bem no Brasil.

No entanto, o desconforto duraria por um tempo considerável, tendo piorado quando Dimitra começou a frequentar a escola, o Colégio Pandiá Calógeras. Mesmo que o convívio com os vizinhos tivesse ajudado os irmãos a compreender melhor o que significava estar morando em um país diferente, no ambiente escolar continuava sendo muito difícil e assustador para Dimitra observar a professora e os alunos interagindo e só ouvir os seus grunhidos, sem entender um som sequer. No ambiente escolar, tudo isso foi intensificado. Dimitra se sentia uma estranha, inadequada para aquele lugar, como se sua presença perturbasse a ordem local.

Não demorou muito e essas questões emocionais começaram a se manifestar de forma física. A saúde de Dimitra se fragilizou de modo preocupante, ela adoecia com frequência, sentia dores por todo o corpo e febres sem causa aparente. Foi complicado para ela e para Maria, pois a displicência da professora em relação às dificuldades de Dimitra para se adaptar era tamanha que nem mesmo sua mãe tinha sido informada sobre o que estava acontecendo com o cuidado e a sensibilidade necessários para que, assim, ela pudesse ser ajudada com mais precisão diante das dificuldades que passava. Nem mesmo o agrado que Maria fez para a professora, dando-lhe ovos de galinha caipira para que ficasse mais atenta em relação a sua filha, foi o bastante. Dimitra estava totalmente desassistida pela professora que, em sua incompetência, não reconheceu os problemas que sua aluna enfrentava.

Por conta disso, Maria ficou desnorteada, sem imaginar qual seria a fonte da convalescença da filha. Até mesmo para levá-la ao médico foi complexo, tendo em vista que ainda não tinham dinheiro para pagar uma consulta particular. A sorte de Maria foi que, enquanto a professora de Dimitra era desprovida de empatia, o médico possuía essa qualidade em abundância, tratando a menina de graça, sem aceitar o anel de casamento oferecido pela mãe dela como pagamento. Todavia, como tudo passa, essa situação também foi superada, e as coisas começaram a melhorar para a jovem Dimitra quando trocaram sua professora no ano seguinte.

Ainda que Haralabi e Toli quase não tivessem se relacionado com Dimitra e Táki durante a infância, tal como Maria esperava, para a infelicidade de Dimitra, Yorgos sim. Após quase três anos do nascimento de Yorgos, Dimitra, já com 9 anos, tinha que ficar tomando conta dele sempre que seus pais se encontravam, um costume que condicionava as mocinhas daquela época – não era como se ela, diferentemente dos meninos, tivesse a opção de se recusar. Se tivesse, certamente ela não aceitaria o desafio, pois Yorgos a incomodava com perfeição. Era uma criança levada, mimada e com muita energia, o que só piorava tudo. Quando Mitso e Lena iam visitá-los, Dimitra ficava arrepiada ao ver o portão se abrindo e o pestinha entrando abruptamente, focado na sua vítima. Ele chegava munido de muitas pedras, que pegava sorrateiramente no caminho para lá, só dando tempo para todos, sobretudo Dimitra, descobrirem quando já era tarde demais.

O passar do tempo só fez com que Yorgos viesse a se tornar um especialista na arte de atentar as pessoas. Dentro de casa, adorava cortar as roupas da mãe, que, muitas vezes, só percebia quando já estava na rua e os olhares de soslaio das pessoas eram mais frequentes do que o esperado. Na rua, ele adorava correr atrás das outras crianças jogando-lhes pedras sem se importar se as conhecia ou não. Essa mania era tão inerente a ele que até mesmo no seu aniversário de 5 anos ele não perdoou, surpreendendo a todos depois que acharam que o tivessem surpreendido, arremessando várias pedras neles após os parabéns. No mesmo momento, todos se apavoraram e saíram correndo. Provavelmente, isso perdurou por muito por falta de correção, pois era um menino mimado tanto pelos pais em casa, quanto pelos irmãos na rua, que o protegiam mesmo sabendo que toda aquela importunação era errada. Contudo, isso foi ficando mais difícil para o caçula quando os irmãos mais velhos começaram a trabalhar e, consequentemente, não conseguiam estar sempre com ele, na sua retaguarda. Assim, o menininho atentado não se sentiu mais tão protegido assim para continuar intimidando as outras crianças – e parou com aquilo por vontade própria.

Saber falar um pouco do idioma alemão proporcionou um certo prestígio para Niko entre os figurões da empresa na qual trabalhava. Mesmo que desconhecessem as razões para tanto, ou simplesmente não se importassem com elas, o fato é que isso fez com que eles se sentissem mais à vontade com aquele funcionário em específico.

Por mais que o jeito de agir desses detentores de altos cargos na empresa – todos alemães, altivos e prepotentes – remetesse Niko aos anos indigestos em que fora prisioneiro dos "conterrâneos" deles, provocando-lhe dores lancinantes no estômago, Niko não se rendeu à vertigem do trauma. Aprendeu que certas desventuras passadas só seriam determinantes em sua vida se ele se apegasse à memória delas. Ele já tinha dado muito de si às causas que julgara justas e dignas de tudo o que veio a perder, mas essa batalha não era mais sua. Agora ele só queria se sobressair vivendo uma vida comum, cuidando da família e usufruindo daquilo que pudesse lhe viabilizar algum tipo de benefício. Assim, ele usou a sua influência, a pedido de Mitso, para arrumar um emprego para o seu caçula na empresa.

Então, aos 13 anos, o jovem Haralabi começou a trabalhar como aprendiz de desenhista na mesma firma que empregava o seu pai. Ele fazia cópias heliográficas dos desenhos feitos pelos engenheiros mecânicos em papel vegetal numa máquina movida por lâmpadas a carvão e as revelava em uma câmara de amoníaco. Em seguida, mandava tudo para a fabricação, guardando os originais em papel vegetal. Além disso, também ficava encarregado de fazer e servir o café aos funcionários alemães nazistas do alto escalão – a maioria deles desenhistas, engenheiros e supervisores, que, antes daquilo, tinham servido no exército nazista durante a Segunda Guerra Mundial. Essa era a parte mais interessante para o rapaz, não de forma aprazível, e sim como uma oportunidade inevitável de observar aqueles homens de passado questionável, vaidosos quanto a si e a sua história, de modo a saber mais sobre a forma como pensavam e o que pretendiam fazer em relação ao lugar em que haviam se estabelecido. Nesse sentido, Haralabi duvidava até mesmo dos nomes que eles usavam, suspeitando que a verdade em relação a eles pudesse vir a ser de fato incriminadora.

Embora alguns anos já tivessem se passado desde a derrocada do nazismo, essa ideologia ainda aquiescia muitos alemães em suas convicções anacrônicas e vilipendiosas. O sentimento de superioridade mantinha-se como força motriz em relação ao modo como se situavam no mundo, sendo que, no Brasil, isso não seria diferente. Por isso, muitos dos ex-oficiais nazistas, que agora ocupavam cargos de chefia na empresa em que Haralabi e o pai trabalhavam, quando se reuniam nos intervalos durante o expediente, adoravam contar histórias maculadas sobre a Segunda Guerra Mundial, narradas em consonância com as suas próprias crenças, sem reconhecer o horror que causaram, bem como as consequências disso para o resto da humanidade.

Se por uma cegueira oportuna, apatia ou hostilidade inerente em relação às diferenças, Haralabi ainda não era capaz de identificar, talvez porque não fosse algo "identificável", e eles simplesmente correspondessem a uma representação literal daquilo que aparentavam. Fato é que o jovem ficava atento a eles, e as coisas que ouvia lhe causavam um asco gutural, preso na garganta com a vontade de revidar: "Já que são tão bons, porque não venceram a guerra?", Haralabi pensava sem dizer-lhes, enquanto conversavam à vontade em sua pequena cúpula, sem saber que ele os observava e se repugnava com o momento de "lazer". Assim, eles falavam:

— Eu sabia que uma semana seria o suficiente para conseguirmos conquistar a França – balbuciou o supervisor de fábrica, de olhos desproporcionalmente claros em comparação aos pensamentos obscuros que escondia em seu íntimo. — Eles caíram que nem um pato! Eles esperaram a gente entrar por um lado, mas os enganamos e entramos pelo outro.

— Ninguém chegou a conquistar um país como nós conquistamos! A Polônia, por exemplo, tomamos em poucos dias... dias! – bravejou um alemão roliço, enquanto continha o suor que escorria pelo rosto vermelho e quente com um lenço no qual havia duas suásticas bordadas.

Embora a França estivesse preparada para os alemães, tendo organizado uma defesa forte chamada Linha Maginot nas suas entradas mais propícias de serem atacadas, os nazistas conseguiram enganá-los, desviando-se das defesas principais e atacando pelo ponto fraco: as Ardenas, uma região de difícil locomoção que dava acesso ao país, pouco conhecida pelos forasteiros, por onde os franceses nunca imaginariam que o inimigo pudesse se arriscar numa investida. Os nazistas manipularam a situação para que os franceses pensassem que os atacariam em um embate direto na Linha Maginot, inclusive destinando um pequeno exército para lá, de modo que a França concentrasse todas as suas defesas ali, enquanto o restante do exército nazista marchava com folga pelo outro lado, pegando-os desprevenidos. Assim, foi possível uma das grandes conquistas da Alemanha durante a Segunda Guerra Mundial, marcando o dia em que a França se viu rendida para os nazistas.

Essa necessidade em ter alguém rendido diante de si era um hábito reminiscente dos tempos de guerra, um prazer infame entre os gerentes e diretores da empresa que trazia à tona a sua vida pregressa e, dentre eles, o supervisor de fábrica era o que mais se prendia às lembranças de outrora. Todos os funcionários abaixo dele o temiam porque ele os maltratava e humilhava sempre que podia, principalmente quando algum subordinado se destacava. Quanto maior a proeminência, maior era o empenho para infernizar a vida do subordinado. Como Niko era querido entre os diretores, por saber falar alemão e trabalhar muito bem, isso lhe dava um certo prestígio e segurança na empresa, o que era inaceitável para o seu supervisor, que implicava com ele independentemente de motivo.

— E se essa peça que está girando escapar? – o supervisor aproximou-se de Niko e o perguntou como se ele estivesse fazendo algo de errado. Questionamentos infundados como esse, feitos apenas para intimidar, já haviam se tornado parte da rotina deles.

— Se a peça escapar, pode atingir a sua cabeça, por isso é melhor se afastar – Niko o respondeu, apático e sem paciência para as suas implicâncias, as quais não o amedrontavam nem um pouco.

Quando o dono da empresa recebia alguma reclamação direta dos clientes, reunia todos os funcionários dos cargos mais altos em sua sala e os repreendia com rigidez, em meio a gritos e xingamentos, o que só os fazia se sentir como se permanecessem em um regime nazista – severo, hierárquico e muito mais oculto. Aquele clima doentio entre comandante e comandado era tão forte e magnético entre eles, envolvendo-os em um ambiente guturalmente denso, que até mesmo Haralabi conseguia perceber o quanto tudo aquilo tornava o local de trabalho perigoso e hostil. Porém, não o suficiente para deixá-lo mais cuidadoso e menos curioso.

— Nós somos alemães, não podemos cometer erros, temos que ser perfeitos! – disse o chefe aos seus empregados, socando a mesa violentamente.

Enquanto Haralabi os espiava, só pensava no mal que seguira os europeus, que só queriam fugir do caos em sua terra natal, até aquele país cordial e receptivo, alastrando-se e escondendo-se em suas estranhas, silencioso, mas com potencial para ser letal.

CAPÍTULO 12

SAINDO DO BRASIL

Desde o momento em que Mitso e Niko encontraram-se no Brasil, passaram a ser o melhor amigo um do outro, assim como suas esposas, à exceção dos filhos mais velhos, que passavam por momentos diferentes na vida. Porém, isso não foi o suficiente para que Niko se sentisse totalmente satisfeito com a nova vida, que tanto almejou ter ao sair da Grécia. A verdade é que, se de fato as condições estavam sendo favoráveis ou não, esse não era o verdadeiro motivo para sua insatisfação, pois tratava-se de uma reminiscência do passado não superado, uma parte da ferida que doía sob a cicatriz fragilizada. Embora não falasse muito com a família sobre isso, e a rotina, o trabalho e as questões da vida comum estivessem ocupando a sua mente por todos aqueles anos, ele simplesmente não conseguia ficar muito tempo em um mesmo lugar, independentemente de onde estivesse. A necessidade de mudar, de migrar, sempre vinha à tona uma hora ou outra.

Então, nove anos após a sua estadia no Brasil, Niko decidiu que se mudaria com a família novamente. Dimitra já estava com 12 anos, Táki com 11 anos e Jorge com cinco anos, este era o filho mais novo do casal, nascido um ano após o caçula de Mitso e Lena, e o único que era "amiguinho" de um dos seus filhos, o Yorgos. Assim, eles partiram de navio para a África do Sul, junto com outras famílias gregas, à procura de novos desafios profissionais que lhes trouxessem maiores ganhos financeiros.

A família Valavanis chegou no país pelo porto de Durban, onde desembarcaram e foram levados para um hotel idílico que ficava na cidade de Porto Elizabeth, situado em uma cidadezinha charmosa próximo ao mar. No dia seguinte, ansiosos e incomodados com o fuso horário, acordaram junto com o alvorecer do que seria o seu recomeço, antes mesmo de ouvirem o apito do trem turístico que passava todo dia na linha férrea bem à frente do hotel. O café da manhã guardava uma surpresa degustativa para as crianças, que as acalmaria diante daquela situação: sucrilhos com leite, um alimento saboroso e nada saudável que, até então, não conheciam. Após isso, foram passear pela cidade, embora o calor do verão – que se estacionava ali quase o ano inteiro, doravante os fazendo se lembrar do Brasil com certa frequência – estivesse um pouco agressivo, a miragem da luz do sol, junto às ruas de paralelepípedo cobertas de flores, tornou aquele momento estranhamente confortável.

Para a sua surpresa, acabaram entrando em uma rua cujas lojas eram quase todas de comerciantes gregos, um reduto da comunidade helênica pequeno e aconchegante, simulando os grandes centros em Atenas, o que para eles foi algo muito agradável de se contemplar, já que não havia organizações como aquela no Brasil. Aquilo foi tão estranhamente familiar que se sentiram como se estivessem em casa. Niko estava novamente em seu ambiente. Tudo foi rápido e espontâneo. Em razão disso, por um breve momento de catarse, ele pôde concluir que o que acreditava ser a falta de algo novo era, na verdade, saudade do velho, das suas raízes, da sua família, de seus costumes e tradições. Sem perder tempo, tratou de se entrosar com os seus iguais, passando o dia inteiro andando de um lado para o outro, adquirindo informações sobre o lugar totalmente diferente para onde se mudara e fazendo amizades com todos enquanto isso.

Em relação à população negra sul-africana, aqueles que vinham de fora eram tratados com um certo privilégio, talvez em consequência da própria condição de colônia da África do Sul e das leis de segregação racial impostas pelo regime do *Apartheid*, que estabeleceu quatro raças no país: negros, mestiços, asiáticos e brancos, a este último grupo eram fomentados favoritismos, ainda que correspondessem a uma minoria da população. A privação de direitos era evidente tanto em relação à participação cívica da população negra, discriminada e segregada, quanto aos locais que podiam frequentar e às condições específicas para que isso fosse permitido, estimando-se algo em torno de 300 leis segregacionistas criadas durante esse período. Assim, de um lado, havia um certo modernismo e requinte nas regiões centrais, notadamente frequentadas pela minoria branca da população; de outro, relegava-se à população negra ocupações subservientes e serviços braçais.

Essa situação peculiar foi uma das questões mais marcantes para Niko e sua família, um fato gritante que ficou claro no dia seguinte ao que chegaram em Johanesburgo, uma semana após terem saído de Porto Elizabeth, quando eles viajaram de trem por dois dias para o lugar onde ficariam em definitivo. Quase todos os passageiros eram brancos e aqueles que os serviam, negros – sendo esse um padrão que se repetia em grande parte da cidade onde estavam, inclusive no hotel onde hospedaram-se, cujos camareiros e demais funcionários em atividades-meio também eram negros. No hotel, administrado por gregos, eles foram muito bem hospedados. Ficaram ali por um ano, pois Niko não aceitou ser transferido pelo governo que estava financiando aquelas imigrações para cidades sem estrutura para acomodar a sua família até que, finalmente, conseguiu arrumar um serviço que aprouvesse todos os seus interesses por si próprio, independentemente do governo africano, inclusive sem saber falar a língua nativa da região.

Após isso, mudaram-se para um excelente apartamento em um bairro bem localizado na cidade, com sacada e cômodos grandes, cujo serviço de limpeza já era oferecido pelo próprio condomínio, mais uma vez sendo exercido por mulheres da parte da população segregada, que trabalhavam em péssimas condições, chegando ao absurdo de esfregarem os pisos ajoelhadas. Por mais que aquela situação deixasse Maria e seus filhos desconcertados, não havia muito o que pudessem fazer em relação a um sistema que era todo daquele jeito, a não ser agir com humanidade e gentileza em relação aos que sofriam com o *Apartheid*. Nesse caso, a sua conduta tinha que ser distinta, em contrapartida ao que era costume entre os que estavam ali há mais tempo, e essa foi uma educação moral que Niko e Maria fizeram questão de transmitir aos filhos.

Não demorou muito, e os Valavanis já estavam habituados à rotina de Joanesburgo. Enquanto Niko trabalhava como torneiro mecânico, Maria cuidava da casa e dos filhos, além de ser costureira de gravatas. As crianças também se adaptaram bem, muito espertas e já fluentes em dois idiomas – português e grego – aprender o inglês e o africânder, ensinados na escola, foi mais fácil do que esperavam. Não só por isso, no geral, toda a estrutura da escola foi um verdadeiro estímulo aos interesses escolares de Dimitra e Táki, pois sua belíssima estrutura, além da atenção e dedicação dos professores quanto ao desenvolvimento dos alunos, era incomparável tendo em vista as escolas que já tinham frequentado. A vida naquele país era mais agradável e diferente em comparação à Grécia e ao Brasil, pelo menos materialmente, já que os salários e benefícios eram maiores. Assim, Niko e seus familiares moravam, comiam, vestiam e aproveitavam muito bem as opções de lazer disponíveis. Principalmente no que se refere à alimentação, sua mesa era sempre farta dos suprimentos mais diversificados e caros, com queijos, geleias, carnes e frutas de todos os sabores, tudo importado da Europa.

Porém, ainda que fossem muitas as alternativas para diversão no tempo livre – até mesmo no tocante às variedades de *souvenires* da Grécia e de outros países, haja vista que esse tipo de mercadoria e informações sobre o restante do mundo eram mais acessíveis na África do Sul – Niko e Maria mantinham seus filhos sob uma educação extremamente rígida. Eram os anos de 1960, e as transformações sociais e culturais fremiam por todo o mundo, na arte, o *rock* vinha revolucionando e colocando em xeque os padrões comportamentais da época. Elvis Presley alcançava o topo das paradas de sucesso, com muita atitude, sensualidade e um jeito provocante de impor, em meio a um som ruidoso, que misturava vários ritmos, intimidando o conservadorismo musical e influenciando vários outros jovens e artistas, como os Beatles, que logo ficaram famosos com seu rock mais sujo e direto, porém igualmente questionador em comparação ao do seu predecessor. Criou-se, a partir de então, um movimento musical que dividia os jovens entre aqueles que preferiam Elvis e os que gostavam mais dos Beatles, alguns igualmente clandestinos em relação à austeridade dos seus quanto à suposta "má influência" daqueles artistas.

Para Dimitra, aquele poderia ter sido o seu melhor momento relativo a suas interações sociais no início da sua adolescência, não fosse o fato de que seus pais faziam parte desse grupo que não gostava de Elvis, muito menos dos Beatles. Já para a jovenzinha, Elvis Presley veio a se tornar o seu cantor favorito desde o dia em que conseguiu ouvir a uma apresentação escondida do apartamento em que morava, que ficava em frente a um cinema onde passavam filmes nos telões de ambos os artistas. Sempre se formavam multidões de pessoas para assisti-los, adolescentes em grande parte, alucinadas com a moda, em meio a muita gritaria, e ela ficava lá de cima, espiando de um jeito comedido, ansiando pela chance de fazer parte de tudo aquilo, o que nunca aconteceu, pois seus pais eram irredutíveis naquele assunto, de modo que ela nem sequer chegou a ter coragem de pedi-los. Por essa razão, passou a esconder todos os *bottons* dele que ganhava na escola.

Niko e Maria conseguiram criar um ambiente aprazível e bem provido para a sua família, que, aos poucos, foi sendo integrada em uma vivência de muitas amizades com outros imigrantes que faziam parte da comunidade grega estabelecida em Johanesburgo. Curiosamente, aquele país possibilitou-lhes o restabelecimento dos laços com seu país de origem, por causa do acesso fácil a coisas que vinham de lá, como revistas, jornais, discos e muitos outros produtos gregos, diferentemente do Brasil. Isso deixou Niko muito feliz, principalmente pelo fato de que poderia voltar a adquirir discos dos cantores gregos e se divertir acompanhando-os com sua cantoria desafinada, mas muito apaixonada. Aos domingos, esse era o maior deleite para ele, sua esposa e seus filhos – um pouco menos para Dimitra, que começava a desenvolver seus próprios gostos e preferências, ainda que de forma bem omissiva, por isso, às vezes, ela só fingia que gostava, quando queria mesmo era ser livre para aproveitar as tendências culturais da época. Nesses dias, eles passavam as tardes ouvindo as canções preferidas de Niko, que ficava extasiado por poder compartilhar algo genuinamente grego com os filhos.

Dentre os seus amigos gregos, Tacia – que conheceram ainda na viagem do Brasil para a África do Sul – era a mais próxima, além de fazer-lhes companhia quase todos os finais de semana, também os ajudava com as crianças quando era preciso. A relação de ajuda que havia entre eles era mútua, sendo o maior feito de Niko, do qual ele mais orgulhava-se, o casamento que arranjara para ela, como um verdadeiro casamenteiro aos moldes do *proksenio*. As tradições da Grécia nunca estiveram mais vivas em seus corações como durante o tempo em que estiveram naquele país.

No entanto, o paraíso começou a perder o seu arco-íris. Aos poucos Niko e sua família foram percebendo os perigos do contexto social em que estavam inseridos. Privilégio nenhum valia o que ocorria em detrimento de um povo originário, que finalmente começava a se movimentar pelos seus direitos. Todavia, por mais que fosse certo, isso viria a ser um problema para os forasteiros brancos, e esse cheiro, o cheiro dos ventos anunciando o atrito, a oposição de interesses e os conflitos violentos em decorrência disso eram algo muito conhecido por Niko. Três grupos encontravam-se no centro desses embates:

1º) **Classe dos brancos:** tinham acesso e permissão para tudo, sem restrições.

2º) **Classe dos asiáticos (japoneses, chineses, coreanos e indianos):** podiam ter apenas pequenos comércios e escolas para sua própria comunidade, sendo permitido a eles frequentar somente esses lugares.

3º) **Classe dos negros:** não podiam fazer compras nos grandes centros, circular por eles durante a noite, nem possuir imóveis naquelas regiões. Além disso, quando o acesso por lá era permitido, havia restrições quanto ao uso dos locais públicos, com separações inclusive nas calçadas, margeados em regiões distantes, nas suas aldeias, com o mais importante de todos os direitos sendo-lhes negado – o direito ao voto.

Mesmo nos locais de uso público, em certos transportes, escolas, restaurantes, sanitários, entre outros, havia a segregação das classes dos asiáticos e negros em relação aos brancos. Os negros, em sua maioria, exerciam serviços gerais de manutenção e faxina dos estabelecimentos usados pelos brancos e, no final do dia, ainda tinham que pegar o trem apreensivos, porque não podiam pernoitar nem circular por esses lugares à noite. Inevitavelmente, essas injúrias raciais e sociais geravam um estado de insatisfação entre a comunidade nativa, fazendo com que muitos chegassem ao limite da passividade, vindo a recorrer a ações violentas, por meio da formação de quadrilhas para obtenção de uma certa justiça quanto àqueles que os maltratavam.

Embora com um certo medo, por fazerem parte do grupo que oprimia pela inerência de sua posição social, não que esse fosse o caso deles, os membros da família Valavanis tratavam os negros como seus iguais, sendo cordiais e amigáveis com os que conheciam pela própria rotina e também com os que trabalhavam para eles, contando-lhes histórias sobre os seus descendentes no Brasil, a liberdade e a igualdade com que viviam no país em relação aos demais cidadãos, frutos do sistema democrático, e isso deixava todos boquiabertos, sendo mais uma das razões para fortalecer a semente da esperança mediante a luta e a resistência que Nelson Mandela e seus companheiros plantavam, a duras penas, na sociedade sul-africana.

Entretanto, por mais que Niko, Maria e seus filhos se esforçassem para deixar claras as distinções em comparação aos demais da população branca, era bem evidente que toda aquela situação estava prestes a eclodir e eles estariam no meio do fogo cruzado quando isso acontecesse. Temendo uma situação que nunca mais queria presenciar em sua vida, Niko adiantou-se e organizou tudo para voltarem ao Brasil. Mesmo com todos os privilégios e benefícios, tais coisas eram aparentes e o preço alto demais para manter tudo aquilo. Uma sociedade indigna foi construída sobre uma outra por meio de muitas injustiças, exploração e apropriação de direitos, essa era uma ramificação da corrida imperialista que Niko conhecia intimamente e abominava com todo o seu ser. A sua luta contra esse sistema já tinha sido travada na Europa, agora ele se despedia dos negros sul-africanos desejando-lhes sorte em sua causa. Ainda que intensa, que ela fosse breve. Ainda que atroz, que não houvesse tantos efeitos colaterais, pensava ao refletir sobre o cenário que se formava.

CAPÍTULO 13

RETORNO AO BRASIL

Assim, Niko retornou com a esposa e os filhos para o Brasil, uma vez que, diante das circunstâncias, este país já havia se tornado um lugar mais cômodo e viável do que a própria Grécia, cujo sistema político e social pós-guerra civil eles desconheciam, tendo perdido o contato com toda a parte da família de lá até o momento, por isso preferiram não se arriscar.

Ao saber do retorno de Niko, Mitso não perdeu tempo, organizando um almoço para que ambas as famílias pudessem se rever, resolvendo logo a questão da curiosidade que sentiam em relação às vivências experienciadas durante o período em que tinham estado afastados. Para Mitso e Niko, Maria e Lena, a ocasião era esperada com ansiedade, enquanto tudo aquilo era indiferente para os seus filhos, exceto para Haralabi, que sentia um interesse estranho relativo ao modo como estaria aquela menininha que ele detestava ter que olhar quando era menor durante esses mesmos encontros familiares – Dimitra compartilhava desse sentimento em relação ao irmão dele, Yorgos.

O almoço foi marcado para um domingo, único dia da semana em que era possível organizar um evento como esse, considerando a rotina caótica de São Paulo. A Família Valavanis chegou à casa de Mitso e foi recebida calorosamente em meio a muitos abraços. Um pouco sem jeito ou sem disposição para as cordialidades exigidas dos anfitriões, Haralabi ficou de pé na sala, só os observando entrar com muita curiosidade. Quando Dimitra – agora com 14 anos – passou pela porta de entrada, foi como se uma rosa branca desabrochasse dentro de sua casa. Ela estava com um vestido branco de renda inglesa, estilo tubinho de *piquet*, e sapatilha branca tipo boneca. Andou radiante pelo espaço, com os seus longos cabelos castanhos escuros se movimentando em sincronia com seus passos, seus olhos eram inocentes e o sorriso meigo.

"Que linda!", ele pensou, e suas pupilas se dilataram instantaneamente, como se quisesse fazer uma fotografia mental daquele momento em todos os seus detalhes. Surpreso e tomado por uma inércia incomum, Haralabi não podia acreditar que aquela menina carequinha que se recusava a levar para passear tinha crescido e se transformado em uma linda princesa grega.

Um pouco antes do almoço estar pronto, os adultos tomavam mavrodafni na sala de visitas. Aproveitando o momento, Niko contou-lhes como era a vida da família na África do Sul, relatando principalmente o modo racista como todos os mais favorecidos naquela organização sociopolítica – os forasteiros – tratavam os negros da região, curiosamente o povo que de fato era originário dali os sul-africanos propriamente.

— Para ser franco, e me sentindo muito mal só com essa constatação, o país provavelmente chega perto de ser um paraíso na terra para os brancos que conseguem ignorar todas as injustiças e arbitrariedades ao povo nativo geradas pelas classes dominantes – Niko concluiu com um olhar distante e introspectivo.

— Essas grandes potências imperialistas são como seres gigantes que, brigando entre si por mais espaço e poder, devastam tudo que estiver no caminho. A fome deles nunca é satisfeita, assim eles vão dominando tudo ao redor! Espero que, assim como nós, eles continuem ignorando a existência dessa outra parte da América, que hoje conhecemos, e fiquem por lá, do outro lado do oceano – Mitso concluiu com sabedoria.

Para a felicidade dos mais jovens, reunidos em um único interesse em comum, a fome, finalmente o almoço foi servido! Lena tinha cozinhado um prato típico da Grécia chamado *pastitso*, preparado com macarrão penne, uma camada de carne moída, uma camada generosa de molho bechamel e finalizado com queijo ralado, manteiga e noz-moscada em cima para ser gratinado no forno em seguida. Os adultos também tiveram o seu momento de alegria, podendo apreciar a refeição acompanhada do vinho que Niko tinha trazido da África do Sul.

Após a refeição, os adultos voltaram para a sala de visitas, Jorge e Yorgos foram brincar no quintal, enquanto Dimitra a Haralabi preferiram ir para a varanda, pois lá poderiam ficar em silêncio, observando as pessoas lá fora pelo portão gradeado, apenas aguardando tudo acabar sem ter que interagir com ninguém, tamanha era a timidez que sentiam. No entanto, não era bem isso que Haralabi percebeu que sentia. Depois de conseguir ficar a sós com Dimitra, ele queria conversar com ela, poder vê-la mais de perto, ouvir sua voz, só não sabia como fazer isso. Alguns minutos se passaram até que ele conseguiu vencer a inércia que tomava conta dele, algo que estranhara muito, visto que isso não era do seu feitio.

— Como foi lá na África? – perguntou com a voz falhando um pouco.

— Muito bom, em alguns sentidos. A escola foi com certeza a melhor parte – Dimitra respondeu de súbito, surpresa com a pergunta, já que não esperava qualquer interesse a respeito da vida dela vindo daquele jovem que a ignorava totalmente antes de irem embora do Brasil, pelo menos em relação ao que ela se lembrava.

— Em que sentido?

— Todos! Meus colegas, os professores, o que nos ensinaram lá, a oportunidade de aprender outros idiomas.

— Quais?

— O africâner, uma mistura do francês com o inglês e línguas de tribos africanas.

— E todos lá falam essa língua? – Haralabi continuou a indagá-la, ainda que um pouco constrangido, temendo a possibilidade de ela pensar que ele não fosse um rapaz tão interessante para conversar, considerando o fato de que, até então, ele só sabia fazer perguntas.

— Não, apenas os estudantes brancos. Lá os nativos, os negros sul-africanos, são impedidos de fazer um tanto de coisa, inclusive estudar em escolas frequentadas por pessoas como nós.

— Que situação inaceitável! Não há justificativas para essa discriminação! Conhecendo a sua família, sua educação e tendo como exemplo os anos que viveu aqui no Brasil, você deve ter se sentido mal com isso, não estou certo?! – Haralabi analisou com um certo orgulho de si, feliz por conseguir expressar algo razoável.

— Sim, nesse sentido aconteciam coisas piores lá. Claro que a gente quase não via, nossos pais eram bem reservados com isso, porém o clima era bem tenso às vezes – Dimitra explicou, apertando as suas pálpebras e com os punhos cerrados em razão das lembranças para as quais ela foi levada. — Mas na escola era muito bom, nós nos divertíamos muito nos dividindo entre as fãs de Elvis Presley e Beatles, competindo para saber quais eram as mais fanáticas, as que sabiam mais músicas, mais sobre eles e tinham mais fitas cassete e *bottons*.

Quando Haralabi começava a se sentir seguro para conversar mais com Dimitra, Táki percebeu que os dois pareciam estar muito à vontade interagindo um com o outro e se aproximou deles, almejando perturbar aquele momento. Assim, ele chegou, sentou-se e ficou por ali, e a conversa que fluía foi encerrada. Isso não foi feito bruscamente, de modo a gerar alguma suspeita de uma conversa totalmente inocente, ainda mais em relação a Dimitra, que não via nenhum problema naquela situação, embora fosse diferente para Táki e Haralabi, pois ambos sabiam que, na sua cultura, não era prudente que homens deixassem as mulheres de sua família sozinhas na companhia de um outro homem.

Desse dia em diante, Haralabi começou a estar mais presente nos encontros costumeiros entre as famílias Valavanis e Apostolopoulos, considerando que, no geral, receber as visitas com seus pais ou acompanhá-los quando visitavam os amigos já não era mais um hábito seu há um certo tempo. Assim, ele foi se aproximando de Dimitra e Táki, o fiel companheiro dela quando os adultos não estavam presentes, e eles foram se tornando amigos, mesmo não sendo esse o verdadeiro interesse de Haralabi, que não deixava de aproveitar todas as oportunidades para trocar olhares misteriosos com ela, deixando-a curiosa.

Fora esses encontros em família, era comum entre as crianças e os jovens da vizinhança ficarem reunidos na praça do bairro próximo ao

Clube Itamarati. Passado um pouco mais de um ano desde a sua volta, Dimitra e os irmãos já tinham restabelecido suas amizades e feito outras. Assim, Koula, cuja família também era grega, passou a ser a melhor amiga de Dimitra. Elas sempre se encontravam na praça, no final de tarde após a escola, para fofocar sobre o dia e, também, sobre os garotos do bairro, algo típico entre as moças dessa idade. Numa dessas vezes, Dimitra acabou confessando para a amiga que achava Haralabi um rapaz bonito, uma constatação ingênua, não fosse a relação entre suas famílias. Por seus pais serem muito amigos, era esperado que os seus filhos se comportassem de forma fraterna uns em relação aos outros, por isso Dimitra se sentia um pouco confusa, achando aquele pensamento inadequado; algo que tinha mantido em segredo até aquele momento e pretendia não comentar com mais ninguém.

Para o seu constrangimento, ao saber disso, Koula não facilitou as coisas para ela, não tendo esperado muito tempo para revelar o segredo a Haralabi, que, para a surpresa de ambas, confessou à jovem aprendiz de alcoviteira que também achava Dimitra uma moça muito bonita. Como há males que vêm para o bem, toda aquela "confusão amorosa" foi o pontapé que faltava para que Dimitra e Haralabi começassem a se permitir explorar o que sentiam um pelo outro, reconhecendo que não mais se tratava de um simples afeto decorrente de uma relação de amizade. Havia algo a mais que eles não compreendiam, talvez pela própria idade ou mesmo pelas expectativas dos seus pais em relação a eles. Fato é que coisas como "borboletas no estômago" e "pupilas dilatando" ao se verem passaram a fazer sentido, inclusive a inércia diante de um sentimento tão doce quanto assustador.

Foi um despertar que demoraria algum tempo ainda para desabrochar. No entanto, eles começaram a viver essas emoções em segredo. Quanto maior era o sentimento que tinham um pelo outro, maior era o esforço em disfarçar tudo, às vezes eram tão bem-sucedidos nisso que faziam um ao outro duvidar se de fato isso seria recíproco. Por esse motivo, chegaram a se evitar muitas vezes, quando o sentimento de insegurança era dolorido demais para ser colocado a teste.

Naquele mesmo ano, Haralabi entrou para a faculdade de engenharia em São Bernardo do Campo. Isso fez com que ele deixasse um pouco de lado os sentimentos despertos em relação a Dimitra e focasse mais em suas questões, nos seus estudos e, principalmente, nas dificuldades que estava tendo para pagar as mensalidades da faculdade. Mesmo diante de tudo isso, ser universitário também tinha algumas vantagens. Fazer novos amigos, conhecer novas pessoas, inclusive outras moças da sua idade, era uma distração aprazível para ele, que estava no auge da sua mocidade. Contudo, mais bem-resolvida quanto aos seus sentimentos, Dimitra não deixaria que ele se distraísse tanto assim. Se realmente havia algo entre eles, ela estava determinada a ir até o fim. O vai e vem amistoso entre eles continuou, as investidas por meio de olhares clandestinos eram tão certeiras quanto as vezes em que Haralabi fingia não estar interessado nela.

Assim, certo dia, enquanto passava em frente ao colégio onde Dimitra estudava, Haralabi e ela se cruzaram e ele a reconheceu pela capa branca que compunha o uniforme da escola, mas desviou o olhar, disfarçando não ter percebido que se tratava da sua amiga. Até que, sem paciência para a situação criada, Dimitra parou furiosa, virou-se e disse para ele:

— Você vai passar por mim e nem vai falar comigo? Não me conhece mais? Como você é escamoso*! – Dimitra interpelou Haralabi, decidida a resolver tudo aquilo, depois seguiu o seu caminho.

Haralabi ficou atônito e, naquele momento, pensou no quanto era tonto. Se ele não tomasse alguma atitude rápido, correria o risco de afastar Dimitra permanentemente. Ao mesmo tempo em que a reação da jovem serviu como um aviso para ele, também o motivou a agir, pois ficou bem claro que ela se importava com a forma como ele agia. Logo, poderia haver algum interesse real e, quem sabe, a possibilidade de ser recíproco em relação ao que ele sentiu por ela. Assim, ele tomou coragem e decidiu falar com Dimitra sobre tudo que estava acontecendo e a razão para o seu distanciamento, de modo que depois pudessem se resolver quanto a um provável relacionamento, o que só seria certo após a aprovação dos pais dela.

A conversa entre eles foi muito rápida, pois Dimitra não pensou duas vezes quando o rapaz por quem estava apaixonada decidiu se declarar para ela, que também sentia o mesmo por ele e já esperava por isso há algum tempo. Resolvida essa primeira questão, muito feliz, Haralabi contou para os pais toda a situação, pois o próximo passo exigiria muita maturidade e preparo da sua parte. Conforme os costumes gregos, os pais do interessado devem ir junto com ele pedir autorização dos pais da pretendente para namorá-la. Pedir aos pais de Dimitra permissão para se relacionar com ela não seria uma tarefa fácil, e essa aprovação dependeria muito do modo como ele fizesse o pedido e as palavras usadas para tanto.

Chegado o dia decisivo, a família de Niko recebeu Mitso, Maria e Haralabi com alegria e cordialidade. Embora Niko suspeitasse, não tinha

---

* Termo utilizado na época para se referir a pessoas orgulhosas.

certeza do motivo daquela visita. Se fosse o que ele desejava, agora as famílias Valavanis e Apostolopoulos estariam reunidas por laços eternos, e ele seria totalmente grato ao Deus Eros por proporcionar-lhe essa união. Família em si era uma questão extremamente significativa para Niko, que, por tantas vezes, foi afastado da sua, sem ter a chance de passar alguns dos momentos mais importantes da sua vida ao lado dela. A união de Dimitra e Haralabi era a oportunidade de ressignificar tudo isso, pois Haralabi não era um estranho, alguém que não conhecia a história de vida da família Valavanis e sua origem. Pelo contrário, era um jovem que sempre estivera com eles, cuja família também compartilhava de parte do mesmo passado que a dele, alguém que poderia construir uma vida com a sua filha respeitando-a e honrando as origens de ambos. Assim, Niko recebeu Haralabi em sua família como um filho.

Um pouco antes de irem embora, Haralabi, com a permissão de Niko, pôde dar uma volta a sós com Dimitra pelo quarteirão. A noite estava movimentada, era dia de São Pedro, 29 de junho, havia muita comida típica, música junina e fogos de artifício. Aquele clima compôs um cenário inesquecível para o primeiro dia do resto da vida a dois entre Haralabi e Dimitra.

O namoro começou, e as dificuldades também. Haralabi logo sentiu a pressão de se estabilizar na vida, para que pudesse proporcionar a relação que desejava a Dimitra. No entanto, ele não tinha nem mesmo certeza se conseguiria concluir a faculdade, já que não estava conseguindo pagar as mensalidades. Ele pensou em desistir, trancar o primeiro semestre e arranjar um emprego, mas seu amigo Luís propôs uma solução melhor. Na época, as escolas contratavam estudantes de engenharia para dar aulas de matemática, desde que eles também estivessem matriculados na faculdade de Matemática. A questão preocupante é que já estava muito em cima da hora. As aulas de Matemática no curso secundário estavam prestes a começar, ao passo que todas as faculdades de Matemática em São Paulo já estavam com as inscrições encerradas. Se eles conseguissem ser contratados e pudessem estudar no período vespertino e dar aulas durante a noite, todos os problemas estariam resolvidos.

Determinado a não perder a oportunidade, Luís saiu em busca de informações, mesmo com as dificuldades da época, e descobriu que na cidade de Três Corações, em Minas Gerais, havia uma faculdade que ofertava o curso de Matemática, cuja matrícula se encerrava no dia seguinte – melhor ainda, ao fazê-la, os estudantes já recebiam um certificado e não era obrigatória a presença nas aulas. Assim, tendo que viajar de madrugada para chegarem a tempo, ele comunicou a Haralabi, que se aprontou rapidamente para conseguirem sair de São Paulo ainda naquele dia, por sorte o pai de Luís tinha um carro, um fusca de cor *candy*, que os emprestou para realizarem a sua jornada. Chegando lá, os amigos conseguiram se matricular na faculdade de Três Corações, receber o certificado e ainda foram dispensados de várias matérias que já faziam parte do curso de engenharia, conseguindo retornar para São Paulo no mesmo dia.

Tudo teria ocorrido muito bem, não fosse o fato de que viajaram no mesmo dia do aniversário de Dimitra. Aquele seria o primeiro aniversário dela que passariam juntos, a jovem já tinha fantasiado várias cenas nas quais Haralabi a surpreendia com um belo presente, mas ele acabou surpreendendo-a da pior maneira possível, esquecendo-se daquela data tão importante para ela. Ao final, ela compreendeu a situação, contudo, assim como a data do seu aniversário de namoro, eles também passaram a ter uma data específica para a sua primeira briga de casal.

Após a jornada feita por Haralabi e seu amigo, ambos conseguiram uma vaga como professores no Colégio José de Anchieta, sendo aquele um ano muito gratificante para os dois, principalmente para Haralabi, já que também havia conquistado o amor da jovem Dimitra.

CAPÍTULO 14

O CASAMENTO

Dois anos se passaram, Dimitra se formou e logo arrumou emprego em uma fábrica de plástico, sendo encarregada das vendas e da contabilidade, e Haralabi seguiu atuando como professor, enquanto não se formava, dividido entre o sonho de se tornar engenheiro da NASA e as possibilidades de sair pelo mundo afora, talvez até reencontrar os seus parentes nos Estados Unidos, e o desejo que começa a ter de se casar e criar raízes. Contudo, demorou mais dois anos até que, enfim, Haralabi se decidisse sobre o que de fato desejava para a sua vida. Ele e Dimitra namoraram por cinco bons anos. Do início ao fim, o amor sempre fluiu naturalmente entre eles, como se já se conhecessem de outras vidas. Dimitra era muito criativa e espontânea em relação aos seus sentimentos, especialmente nas vezes em que deixava recadinhos no carro de Haralabi quando passava em frete à casa dele a caminho do serviço, e ele, em contrapartida, era exageradamente protetor e divertido. O escritório da fábrica de plástico onde Dimitra trabalhava, agora como uma conceituada gerente de vendas, encarregada das vendas internacionais, ficava no primeiro andar do estabelecimento, também localizado no caminho para a faculdade de Haralabi, e todos os dias, após recolher o recadinho da sua amada, ele passava em frente ao prédio, buzinava para Dimitra e mandava-lhe um beijo carinhoso.

Estavam tão decididos quanto ao que sentiam que, logo após se formar na faculdade, Haralabi decidiu que era o momento de avançarem em seu relacionamento. Assim, no dia do baile do colégio onde trabalhava, ele resolveu que faria o extremamente aguardado pedido de casamento. Ficou ainda mais convicto quando a viu saindo pela porta da casa onde ela morava com um vestido amarelo, comprido até o joelho, sandália de salto alto, com uma tirinha que amarrava no tornozelo, e entrou no seu Volkswagen cheirando a jasmim.

Ao chegarem no Clube Homs, na Avenida Paulista, eles se sentaram em uma mesa com toalha branca e flores no centro que estava reservada para os professores. A orquestra começou a tocar *Besame Mucho*, de Ray Conniff. Haralabi aproveitou a oportunidade e tirou Dimitra para dançar, que encostou a cabeça no ombro dele durante a música como se estivessem flutuando num mundo onírico todo encantado com o enorme sentimento que transmitiam um para o outro. Ao final da música, eles simplesmente pararam e se olharam fixamente por um tempo. Então, Haralabi disse para Dimitra:

— Eu me derreto quando você olha pra mim desse jeito. Casa comigo?

Haralabi manteve-se sério após o pedido mais importante da sua vida, que, ao ser dito, levou quase todas as suas forças, por isso ele tentou disfarçar com uma falsa rigidez em seu corpo físico, uma vez que não era dessa forma que se sentia em seu emocional. Com apenas duas palavras, todo o amor que sentia vazou para fora dele, deixando-o vulnerável da forma mais genuinamente romântica possível. Ele foi rápido e preciso, assim como o amor que sentia por Dimitra. Emocionado e em meio às lágrimas que escorriam pelo seu rosto, Dimitra respondeu: "Sim, eu quero muito!", quase no mesmo momento do pedido, já que ela também era rápida em seus sentimentos e não gostava de fazer rodeios. Nesse sentido, eles eram muito parecidos e, por isso, combinavam tanto, oferecendo segurança e serenidade mútua um ao outro.

No final do mês de outubro, quando o fluxo de mercadorias estava no auge, Kontogiani, irmão mais novo e mais próximo de Maria, desembarcou no Porto de Santos após muitas tentativas para poder encontrá-la novamente sobre o mesmo chão – se os deuses assim o ajudassem. Constantemente, Kontogiani sentia vontade de rever a sua querida irmã mais velha, a qual ele nunca se esquecera, mesmo depois de todos aqueles anos, tamanho era o vínculo que possuíam um com o outro.

Tendo se dedicado muito para tornar-se apto para o ofício como marinheiro, vindo a fazer parte da tripulação do navio cargueiro grego em que trabalhava, assim que entrou no país, ele mal conseguiu pisar em terra firme direito, já rumou para a Embaixada Grega, onde pretendia obter informações relativas à irmã e, quem sabe, um endereço. Naquela época, a comunicação a longas distâncias era um privilégio de poucos, principalmente no Brasil, um país relativamente novo, que se modernizava de forma vagarosa e ainda possuía poucas relações com outras nações, por isso a maioria dos imigrantes não conseguiram manter contato com as suas famílias depois de abandonarem os seus países de origem, sendo esse um dos maiores flagelos referentes à condição desses estrangeiros no Brasil.

No estabelecimento, suas preces foram atendidas e Kontogiani conseguiu as informações almejadas com facilidade. Tudo isso como consequência da ação precavida de Niko, que, como já tinha vivenciado situações de separação semelhantes, estando ciente da importância de ter seus contatos e endereços afixados nos bancos de dados dos órgãos públicos, desenvolvera o hábito de sempre procurar embaixadas e locais de apoio aos imigrantes para registrar sua procedência e localização. Não só isso, costumava ir a esses lugares com frequência para saber se alguém havia procurado por ele e sua família.

Com o endereço em mãos, Kontogiani dirigiu-se à casa da irmã, tenso, ajeitando-se para parecer apresentável a ela e a sua família, embora estivesse suando por todos os poros, com a respiração esbaforida e muito vermelho, debaixo daquele sol flamejante e intenso, com o qual sentia que nunca havia se encontrado antes. A muito custo, ele conseguiu chegar no endereço informado. A própria Maria foi quem abriu a porta para ele.

— *Aderfoula*!* É você? – disse Kontogiani para aquela senhora que, embora já estivesse com a pele um pouco enrugada e flácida, tinha o mesmo olhar firme e jovial da irmã mais velha que se lembrava.

— Kontogiani??? – Maria falou com um tom agudo, o apropriado para o seu espanto. Logo em seguida, não conseguiu se apoiar firme nas pernas e cambaleou para trás, quase desmaiando.

Kontogiani pegou a irmã no colo e caminhou para o interior da casa, estranhamente à vontade, como sempre se sentira ao lado dela, ainda que correndo o risco de ser agredido por quem quer que estivesse lá dentro. Por sorte, não havia ninguém. Alguns segundos depois, Maria retomou

* "Irmãzinha", em português.

a consciência e abraçou o irmão com lágrimas quentes escorrendo pelo rosto. Em seguida, levantou-se e foi preparar um chá de erva-doce para ele, pois precisariam de algo bem forte para ajudá-los a relaxar nas próximas horas. Além disso, ela também tinha certeza de que ele ainda não havia experimentado um chá tão delicioso como aquele.

No meio de assuntos contagiantes referentes ao que ambos haviam vivido até ali, principalmente em relação à linda trama do destino, que levara Kontogiani até o Brasil justamente quando sua sobrinha Dimitra estava prestes a se casar, uma ferida excruciante para Maria, que jamais se fecharia, veio à tona: a morte de Táki, o seu filho mais novo, 5 anos antes, que quase já não se lembrava mais das suas raízes, da sua família, da Grécia, sua terra de origem e até mesmo dos seus parentes, sendo levado antes que pudesse refazer os seus passos de volta para a sua terra natal.

— Ah, ele me lembrava muito você. Era teimoso e aventureiro na mesma medida. Quantas vezes eu não nos imaginei levando-o para a ilha de Elafonisos e contando todas as nossas histórias da infância... – Maria disse ao irmão extremamente emocionada.

— Com certeza, eu ensinaria a ele todos os meus segredos para atazanar você – Kontogiani respondeu à irmã com a voz meio trêmula, querendo chorar. — Minha irmã querida, eu lamento tanto por tudo isso. Nunca deixei de me perguntar o porquê de tantas perdas. Parte de mim veio com você e agora se foi com o sobrinho que não pude ver crescendo. Estou feliz e igualmente triste nesse momento. Como eu queria ter estado ao seu lado. Consegue me contar como tudo aconteceu? – perguntou, compadecido.

— Não pense desse jeito, *aderfouli**! Não adianta tentarmos compreender as razões para as *myras* (*μοίρας*) da vida. Bom ou ruim, não dá para fugir daquilo que é tecido e predestinado com o fio da vida. Acontece o que tem de acontecer, simples assim. Resta a nós tentarmos fazer da dor, da falta e da saudade algo suportável, pois não há muito mais o que se fazer a não ser seguir em frente. Não é assim que aqueles que se foram gostariam que nos sentíssemos. Temos que continuar vivendo, por nós e por eles, lembrando como tudo é frágil. Só o hoje importa, essa é a maior lição que a tristeza da partida nos deixa, principalmente em relação aos que ficaram, e o amor e a dedicação é o que ainda podemos dar a estes – Maria fez uma pausa breve e continuou.

"Táki foi arrastado para as profundezas do mar, um momento em que não estivemos presentes e tudo acabou. O mar o engoliu abruptamente, sem permitir que a gente se despedisse dele. Aconteceu tudo muito rápido, fomos todos à praia, com uma outra família de amigos cujos filhos eram da mesma idade do nosso garoto. Enquanto eu e Niko nos distraíamos com os outros adultos na orla, a Dimitra brincava com as suas amigas, por isso permitimos que Táki brincasse sozinho com esses dois amigos na beira do mar. Eles tinham levado uma boia grande de pneu de caminhão e os instruímos que ficassem bem à margem, onde dava pé. Não só por isso... Como eu estava impossibilitada de entrar na água aquele dia, não pude ficar no mar com as crianças, e Niko não quis acompanhá-las, nem aceitou que eu ficasse lá com elas. Observando de perto, o ciúme dele foi maior que o cuidado que deveríamos ter tido com o nosso filho. Depois disso,

* "Irmãozinho", em português.

eu nos culpei tanto, e a situação ficou insuportável entre nós, fragilizando nossa relação."

"Enfim, sobre o que eu estava te contanto... em um momento qualquer, os dois garotos começaram a brigar entre si e a boia já tinha se afastado para um lugar fundo, quando Táki acabou caindo na água, durante a briga. Ele ficou batendo as mãos enquanto se afogava, mas as outras crianças não conseguiram fazer nada para ajudá-lo. Era perigoso para elas também, e nenhum adulto na praia os observava para ir ao seu socorro... E assim ele se foi, ao meio-dia de um domingo de Carnaval, levado pelas ondas do mar..."

"Nem tenho como expressar a desolação que tomou conta de nós naquele dia, anos atrás, mas a Dimitra foi quem mais se abalou. Um pouco antes de tudo acontecer, Táki tinha chamado ela para ir com eles, mas ela disse que não iria porque já estava brincando com as suas amigas. Depois disso ela nunca deixou de se culpar por tudo o que aconteceu, pensando que, se tivesse ido com ele, poderia ter salvado o irmãozinho. Mesmo hoje eu ainda a vejo perdida em seus pensamentos, parada como uma estátua, olhando para o nada como se estivesse esperando conseguir voltar no tempo e acordar de um pesadelo longo e angustiante. É claro que isso mudou um pouco, de uns anos pra cá, principalmente depois que ela e Haralabi, o seu futuro marido, resolveram se casar."

Algum tempo depois da conversa consoladora que tiveram, Maria convenceu o irmão a ficar mais duas semanas no Brasil, para que pudesse ir ao casamento de Dimitra representando toda a família da Grécia. Seria, de fato, um momento muito especial para todos eles, até mesmo para a família de Haralabi, que também havia perdido o contato com os seus parentes na Grécia. A presença de Kontogiani ali significava bem mais do que um singelo reencontro com um parente distante. Era a possibilidade de restabelecerem laços que as famílias Valavanis e Apostolopoulos acreditavam ter se perdido para sempre.

Dimitra e Haralabi decidiram se casar na Igreja Ortodoxa Grega São Pedro, cujo nome e simbolismo era especialmente marcante para o casal, pois tinham começado a namorar no dia de São Pedro. Para a festa de casamento após a cerimônia, de acordo com a tradição grega, as famílias combinaram que Lena ficaria responsável pelos salgados, e Maria pelos doces, o bolo seria encomendado. No dia da cerimônia, Haralabi esperava ansioso no altar, vestia um terno cinza, com linhas pretas e uma moderna gravata branca e lilás. Estava muito elegante, porém o que mais chamou a atenção das pessoas em relação a ele naquele dia foi a robustez em sua expressão, fazendo com que parecesse ser mais velho, provavelmente pelo bigode que ele mantinha para disfarçar a aparência jovial, que lhe rendera situações constrangedoras e, ao mesmo tempo, divertidas na escola onde trabalhava, já que era confundido com os alunos com frequência e quase sempre os porteiros pediam a carteirinha de estudante dele.

O amigo e compadre de Niko, Péricles, tinha um *Dodge Dart* e se ofereceu para conduzir a noite até a igreja – para os seus amigos brasileiros, aquele era o evento do ano, pois teriam a oportunidade de participar das festividades do famoso “casamento grego”. Dimitra chegou na igreja acompanhada dos seus padrinhos: o seu irmão Jorge e Dora, irmã da sua amiga Koula. O seu vestido era magnífico e ela usava a lira de ouro dada pela sua avó Kalliope a Maria, que a repassou para a filha presa em um lindo cordão de ouro. Entre os convidados, que aguardavam com agitação a entrada da noiva, estavam seus irmãos, em especial Cristina, a irmã caçula de Dimitri, com 3 anos, Kontogiani, e os amigos da escola, do trabalho e da vizinhança. Os pais deles faziam companhia a Haralabi no altar enquanto aguardavam a entrada de Dimitra, à exceção de Niko, que entrou com ela na igreja, segurando o choro de tanta emoção, não mais que Haralabi, que presenciava a sua amada indo em direção a ele como se aquele fosse a maior benção que pudesse receber da providência divina.

Como costume da cerimônia ortodoxa, após fazer a leitura do Evangelho e falar sobre o casamento e suas nuances diante de Deus, colocou coroas nas cabeças dos noivos unidas por um laço branco em sinal do entrelaçamento de suas vidas e da realização do sacramento do matrimônio. Depois, colocou as alianças em seus dedos. Em seguida, deu uma taça de vinho tinto aos dois para que tomassem como símbolo da união do casal, que, a partir daquele momento, decidiam compartilhar todas as tristezas e alegrias da vida. Assim, chegou o momento em que disseram, diante de todos, o que já diziam na sua vida íntima: "Sim, eu o aceito para sempre em minha vida". Após esse momento, o padre os declarou casados e seguiu para o momento final da cerimônia, o beijo simbólico, permissão que Haralabi entendeu com muita literalidade, quase beijando a esposa na boca, quando o padre o interrompeu e apontou para a testa dela. Esse momento rendeu boas risadas entre todos que os assistiam. Passado esse momento divertido, como ato final da cerimônia, os recém-casados deram as mãos e o padre pegou a mão esquerda de Haralabi, na outra segurava o Evangelho, então ergueu os seus braços e deu três voltas com o casal pelo altar, mais um ato simbólico, representando os primeiros passos da Dimitra e Haralabi em sua vida de casados.

A festa aconteceu no salão da igreja, com um conjunto musical formado pelos colegas de trabalho de Dimitra, o presente de casamento deles. Houve valsas e muita diversão, o afeto fluía entre todos ali presentes, saindo pelos poros e se misturando ao ar, deixando-o perfumado de bem-querer. Dimitra valsou com Niko, e Haralabi com Lena, mais um, entre tantos simbolismos das famílias que se uniam pelo matrimônio. O momento especial da noite ocorreu quando colocaram uma música tradicional grega, que dizia:

"Hoje, casamento acontece em um lindo pomar
Hoje, se separa a mãe da filha
Noivo ame sempre sua noiva
Igual manjericão a terra
Fique apreciando-a
Abrace-a com orgulho
Abra suas asas e voe com ela para seus lindos sonhos."

CAPÍTULO 15

OS CICLOS FAMILIARES

Alguns meses após o casamento de Dimitra e Haralabi, nasceu Elaine, a primeira de três dos filhos que teriam. Assim como costuma ocorrer com os primogênitos, já era perceptível, desde as suas primeiras semanas de vida, o magnetismo e a peculiaridade daquela bebezinha, que carregava em seu DNA todas as reminiscências ancestrais de duas famílias cuja miscelânea de uma trajetória de vida repleta de conquistas, perdas, tragédias e reviravoltas jubilosas reverberaria em alguns dos seus membros de forma inexplicavelmente mística. Elaine tinha o dom de tornar leve e puro o clima ao seu redor. Era como se escondesse uma certa serenidade em meio aos movimentos desengonçados e à expressão fugaz de quem só está reagindo a um mundo novo e desconhecido. Não fazia birra, não chorava o tempo todo – só alguns gemidos quando sentia fome ou dor. Não era arredia, nem estranhava as pessoas, interagia com elas como se sentisse o ambiente e se adaptasse a ele. Ela simplesmente entendia como funcionava a sua rotina, sendo sensível a ela, mesmo que ainda não gozasse das faculdades mentais e físicas dos adultos.

Essa brandura inata foi sentida principalmente pelo seu avô Niko, que sentiu uma ligação muito forte com a netinha desde o primeiro momento que pôs os olhos nela. Como se aquela fosse uma relação necessária, premeditada pela providência divina, um alento para o que ainda acometeria aquele senhor de vivências sofridas. Elaine veio a nascer no mês de agosto, o mesmo mês de nascimento da sua tia Cristina, a caçula de Niko e Maria, que tinha seis anos na época e, por isso, era a que a aguardava com mais inquietação e alegria. No entanto, sua felicidade durou pouco – e também a de todos os outros membros da família. Um mês após o nascimento de Elaine, Cristina faleceu em decorrência de um incidente terrível. Enquanto brincava na varanda de sua casa com sua vizinha e amiga, as duas se desentenderam e esta a empurrou no calor do momento. Na queda, Cristina bateu fatalmente a cabeça na quina da calçada, vindo a falecer antes mesmo de conseguirem levá-la ao hospital. Vida e morte nunca deixaram de estar tão próximas a Niko, como se permanecessem acopladas a sua existência, afetando-o na mesma medida. Por essa razão, ele se sentia densamente invadido pelas duas forças, quase sempre de forma estafante, já que uma costumava estar no encalço da outra.

Entorpecidos pelo sentimento que já conheciam, Niko, Maria, Jorge, Dimitra e até mesmo Haralabi e seus pais e irmãos, seguiram suportando a vida, superando a rotina diária e sendo felizes, quando podiam, pois conheciam muito bem a sensação contrária, o que só os fazia valorizar todas as oportunidades nas quais conseguiam se sentir alegres e sorrir sem culpa pela vida que continuava, ainda que alguns dos seus entes queridos não estivessem mais entre eles. Assim, nessa rotina de torpor untado com abnegação, nasceu Filipe, o segundo filho de Haralabi e Dimitra, dois anos após a morte de Cristina. As duas crianças, Elaine e Filipe, transformaram o cotidiano das famílias Valavanis e Apostolopoulos – como se tivessem recebido um bálsamo de bençãos após um período extremamente angustiante. O jovem Jorge, irmão do meio de Dimitra, um rapaz vigoroso, loiro e alto, tal como se imaginava que seriam os deuses gregos no auge da sua juventude, era o que mais apreciava essa nova rotina familiar, com as crianças envolvendo a todos em uma união de amor, proteção e zelo.

No entanto, com a morte à espreita da família Valavanis, esta que nunca fizera vista grossa em relação a eles, cobrou o seu preço e, mais uma vez, levou consigo um deles. Alguns dias após o nascimento do sobrinho, 75 especificamente, Jorge estava com 18 anos quando veio a falecer. Tudo aconteceu na época do Natal, período em que estava de férias do cursinho que fazia para tentar o vestibular de medicina. Isso aconteceu no momento que voltava da casa de uma colega que morava numa rua bem acima da dele depois de encontrá-la para desejar-lhe "Feliz Natal". Ele estava descendo a rua de bicicleta quando foi surpreendido por um carro sendo retirado da garagem de ré pelo motorista, na hora o freio da bicicleta de Jorge falhou e, embora tenha dado tempo de desviar desse carro, ele não conseguiu frear em seguida, batendo bruscamente em um poste. Jorge ficou desacordado, sendo, por isso, levado para o hospital. No dia seguinte, recebeu alta prematuramente, a tempo de passar o Natal com a sua família, porém a ocasião não seria mais comemorada como o esperado.

Todos passaram o feriado aflitos e preocupados. Mesmo tendo recebido alta, Jorge ainda sentia muita dor de cabeça e o pior aconteceu ainda no início da noite, assim que começou a sair sangue do seu ouvido direito. Novamente, seus pais o levaram para o hospital e foi realizada uma cirurgia de emergência para retirar o hematoma intracraniano encontrado, pois havia um acúmulo de sangue entre o cérebro e o crânio dele. Ocorreu tudo bem durante a cirurgia, mas, mesmo assim, Jorge teve sequelas. Ainda no hospital, ele conseguiu reconhecer a sua família e os amigos que foram visitá-lo, porém não se lembrou dos nomes de nenhum deles. Segundo o médico que cuidava dele, esse efeito colateral era normal. A partir dali, seria necessário muito esforço e dedicação de Jorge e da própria família para auxiliá-lo no decorrer do tratamento. O importante é que estava vivo, o resto eles lidariam em família, um apoiando o outro.

Nos primeiros dias de internação, quando Jorge estava se recuperando, Maria mal saíra do hospital, mantendo-se grudada na cabeceira da cama de Jorge, ao passo que Niko quase não conseguia ir ao local para ficar com a filho, pois não queria vê-lo naquele estado, o medo de perdê-lo era paralisante. Jorge acabou ficando mais tempo que o previsto para sua recuperação, pois também contraiu uma infecção hospitalar. Durante todo esse período, Dimitra sofreu muito. Vida conjugal, maternidade, trabalho, problemas familiares, tudo se intensificou astronomicamente. Foi difícil conseguir se entregar por inteira a algo. Embora tenha sido possível fazer isso um pouco melhor com os filhos, aquele foi um ano de desafios familiares. De um lado, ela não queria perder nenhum segundo sequer do processo de desbravamento do mundo pelo qual os seus pequeninos passavam; de outro, ela ansiava por se juntar a sua mãe e não sair do lado de Jorge enquanto não tivesse certeza de que ele estaria totalmente seguro.

Certo dia, o desejo tornou-se uma espécie de intuição, uma sensação de que ela deveria ir ao encontro do irmão. Então Dimitra colocou os filhos para dormir e saiu quando viu que dormiam feito pedra. Em seguida, com o coração na mão, pediu a sua querida amiga Camélia que a acompanhasse até o hospital, já que estava aturdida demais para ir sozinha. Chegando lá, foi direto para o quarto onde Jorge estava. Ao checar a respiração dele, percebeu que apresentava dificuldades para respirar. Ela tentou auxiliá-lo com exercícios respiratórios, dizendo: "Força, querido, respire", mas não adiantou, ele continuava ofegante e sem forças por conta disso, e assim tiveram que levá-lo para a UTI mais uma vez.

Mesmo com os esforços da equipe médica, Jorge ficou vários dias em coma no hospital. Todos tinham esperanças de que ele abriria os olhos novamente e tudo ficaria bem. Contudo, pelo que concluíram, independentemente da forma como "iam" os membros da família Valavanis, eles continuariam a não voltar, à exceção de Niko – como se esse fosse o seu destino cruel – e, desse modo, Jorge foi levado pelo sono da morte, não despertando nunca mais. Outra vez, os dias tinham um clima nublado para Niko, e o amanhã era aguardado com um certo medo e apatia, sem saber o que viria e com receio do que poderia ser arrancado deles em consequência disso. Além disso, depois daquele ano, todos os natais também teriam um gosto amargo e as datas específicas, referentes aos aniversários de Táki, Cristina e Jorge, seriam lembradas em meio à pungência de tristes lágrimas.

A perda dos filhos afetou Niko e Maria de maneiras diferentes, por isso ambos não conseguiram se compreender em sua dor, do mesmo modo como não conseguiam consolar-se mutuamente. À exceção dos pesares que enfrentavam de forma individual, também passaram a ser um peso um para o outro – o que ocorreu de um jeito tão insuportável que, 40 dias após o falecimento de Jorge, depois que realizaram a missa de quarentena do filho, segundo os costumes católicos ortodoxos, eles se separaram. Nesse lodaçal de lamentações onde se encontravam, os netos Elaine e Filipe tornaram-se a única razão para que não se perdessem de vez em sua dor. Eram eles que davam um propósito para a vida dos avós, incumbidos não só por razões de ordem familiar, como também pelo laço de amor genuíno que sentiam pelas crianças de ser um suporte para os pais delas em relação a sua criação. No entanto, isso não foi o bastante para Maria, que sentia com intensidade contundente a perda dos filhos. Permanecer em um mundo do qual eles já haviam partido mostrou-se ser uma experiência letárgica. Parte dela tinha partido com eles, fora todas as dificuldades da separação em si, teria que reaprender a viver em meio à escassez de motivos para tanto. Tornou-se uma mulher vazia em relação ao que a motivava.

Petros, um dos irmãos de Maria que residia nos Estados Unidos, a visitou no Brasil assim que ela se separou de Niko. Era a segunda vez que viajava até o Brasil, novamente um dos irmãos da Maria chegava em um momento de consolação necessária, ainda que o clima estivesse pesado e ele lamentasse profundamente o falecimento dos sobrinhos que, para a sua felicidade, ele, pelo menos, já tinha tido a chance de conhecer. Sua presença poderia levar um certo reconforto para a irmã, que se encontrava extremamente abalada. Na oportunidade, reviu Dimitra e se emocionou com a família que formara no Brasil, não só Haralabi era um homem digno e adequado para a sobrinha, como Filipe e Elaine eram crianças realmente encantadoras.

Em sinal da sua comoção e alegria pelo que viu ali, Petros presenteou Dimitra com o anel de ouro e diamantes que carregava consigo, almejando que o recebesse como uma espécie de herança familiar, um objeto simbólico para que nunca se esquecesse dos seus parentes gregos e, o mais importante, que soubesse que sempre poderia contar com eles independentemente da distância. Como ato final, convidou a irmã Maria para passar um tempo com ele nos EUA, na esperança de que uma mudança de ares lhe permitisse descansar e se esquecer um pouco da tristeza que a consumia. Afastar-se um pouco de tudo, inclusive do túmulo dos filhos que visitava todos os dias, certamente lhe proporcionaria um certo "respiro" em meio a toda aquela desolação. Isso faria bem para ela não só por uma questão emocional, propriamente, a situação também começava a afetar a sua saúde física e mental. Maria já não se alimentava direito e tinha "apagões" frequentes, como se seu cérebro entrasse em curto-circuito. Às vezes, isso era tão intenso que ela simplesmente se esquecia das últimas 24 ou 48 horas anteriores.

Assim, com o incentivo de Dimitra e com o auxílio de Petros quanto aos documentos, ele conseguiu preparar tudo para que pudesse viajar com Maria. Dimitra, Haralabi, Elaine e Filipe foram todos acompanhá-los ao aeroporto quando o dia chegou. As crianças chamavam a avó de "yiayia" com carinho, de um modo gentil, sem tristeza pela separação temporária, de certa forma conscientes em relação ao bem que isso faria para ela. Já nos Estados Unidos, em Phoenix, cidade onde Petros morava com sua família, Maria foi muito bem recebida por Nitsa, esposa de seu irmão, e se deu muito bem com os dois filhos adolescentes do casal.

Petros conseguira se destacar nos Estados Unidos, sendo o diretor do aeroporto de Phoenix, por isso pôde proporcionar uma estadia confortável e aprazível para Maria em sua casa. O quarto dela tinha uma vista deslumbrante e era sempre bem-arrumado e perfumado. Todos fizeram com que ela se sentisse muito querida. Embora o irmão amasse verdadeiramente a esposa, era dez anos mais novo do que ela e possuía um charme natural que fazia com que Nitsa sentisse muito ciúmes dele, o que dizia mais sobre a insegurança dela do que sobre ele propriamente, tornando a relação complicada e insuportável quase o tempo todo. Em razão disso, ainda quando Maria estava com ele nos EUA, Petros resolveu se separar da esposa, aproveitando a circunstância para retornar com a irmã para a Grécia.

Mesmo lamentando a situação pessoal de Petros, ainda que compreendesse bem sua escolha, Maria só conseguia sentir um prazer inefável por ter a chance de retornar ao seu lar de origem, algo que nunca tinha chegado a imaginar que aconteceria. Até então, após ver o Kontogiani anos atrás, o pouco contato com a família na Grécia por meio de cartas-postais já era mais que o bastante para ela, em virtude das suas condições financeiras. Embora ela e Niko vivessem bem no Brasil, todos os seus esforços na época eram voltados para a criação dos filhos.

Assim, Petros e Maria retornam para a Grécia, foram recebidos com muita emoção por todos os irmãos, com o sentimento de afeto e acolhimento redobrado, considerando que seus pais já não estavam mais entre eles para transmitir-lhes toda a felicidade que certamente sentiriam em decorrência de um momento que fora tão aguardado por eles em vida. Ao ver todas aquelas ramificações de si mesma, sua família, sangue do seu sangue, distribuída em tantos rostos novos e antigos, Maria sentiu-se pertencida novamente, como se tivesse ficado muito tempo sem se importar com o transcorrer dos dias, e de repente saboreasse uma cereja docinha, capaz de abrir o seu paladar para as outras experimentações da vida, que ainda valia a pena ser vivida. Independentemente das perdas que haviam dilacerado a sua alma, era possível se recompor e suportá-las, encontrando um novo sentido e outros motivos para seguir em frente, os quais a chamavam para revisitar e se fixar em suas origens, retomando o tempo que havia perdido enquanto esteve fora e reconstruindo novas memórias.

Por mais que, na época, a escolha de se mudar para o Brasil parecesse ser sensata, com o tempo, muitos emigrantes perceberam que a vida ali não seria nada como o esperado. Atraídos por uma ilusão quanto à oportunidade de conquistar riquezas, tal escolha logo cobrou o seu preço. Aquele jovem país ao sul da América ofereceu a eles tanto quanto oferecia aos nativos: quase nada, tudo era difícil, os empregos eram insalubres e a exploração não distinguia cor, raça ou origem. Só os que já eram ricos tinham oportunidades de ficarem mais ricos, restando aos pobres a mesma opção, porém de um jeito contrário: riqueza atraía riqueza e pobreza atraía pobreza, essa era a dicotomia que condicionava a sociedade brasileira. Os gregos, incluindo Maria, Niko, Mitso e Lena, tinham ido para o Brasil com o sonho de ficarem ricos e retornarem para o seu país de origem. Acreditavam que três anos seriam mais que o suficiente para tanto. Contudo, isso não foi o que aconteceu e, muitos deles, por orgulho e/ou vergonha das promessas não cumpridas, não conseguiram voltar. Alguns, de fato, simplesmente não tiveram condições, em virtude das passagens muito caras.

Diante dessas questões, ainda que se sentisse agradecida por ao menos conseguir proporcionar uma boa vida aos seus filhos no Brasil, Maria nunca deixou de se arrepender em relação a ter aceitado a proposta de Niko de se mudar para lá. Por vezes, sentia-se sozinha e tinha muitas saudades da família. Assim, em um momento de catarse por estar reunida com todos os seus parentes, ela percebeu que a profundeza da sua tristeza também tinha raízes nas conexões familiares rompidas desde quando saíra da Grécia. Por isso, decidiu que não voltaria mais para o Brasil. Com exceção de Dimitra, nada a prendia naquelas terras. Quanto à filha e aos netos, as coisas eram diferentes agora, e eles poderiam visitá-la com mais facilidade. Além disso, também sentia que só daria mais trabalho para a filha.

Pela primeira vez em muito tempo, Maria tomava uma decisão pensando apenas em si mesma, no que seria melhor para ela, sem sentir que devia dar satisfação a quem quer que fosse. Entusiasmada com o futuro, ela conseguiu alugar uma quitinete no mesmo bairro onde quase todos os seus irmãos moravam e também arrumou um emprego em uma empresa farmacêutica com a ajuda deles. Diferentemente do Brasil, o dinheiro começou a fluir com mais rapidez, pois ela ocupou uma posição de destaque onde trabalhava, por ser uma empresa que atendia clientes internacionais, principalmente de Portugal e da Espanha. Ela passou a ser a encarregada das negociações com eles, graças ao português que falava muito bem. Logo, Maria ascendeu a melhores condições financeiras, vivendo uma vida sossegada e com um certo *glamour*, a começar pela sua residência, personalizada como se fosse uma verdadeira casa de boneca, e os lugares que frequentava, tudo totalmente diferente do Brasil, onde não se sentia segura nem para sair sozinha de casa. Embora estivesse morando sozinha, a sua família na Grécia era numerosa e os parentes muito próximos uns dos outros, por isso os encontros entre eles eram constantes, bem como as viagens que faziam juntos, principalmente para as formosas praias gregas. Com o tempo,

Dimitra e a família também os visitariam bastante, do mesmo modo, depois que se sentiu mais confortável para tanto, Maria passou a viajar vez ou outra ao Brasil para visitar a filha e rever os poucos amigos, em especial sua querida amiga Lena.

Finalmente, os tempos haviam começado a mudar, tanto em relação às questões sociais, como empregabilidade, acessibilidade e economia, além da própria tecnologia em si, quanto ao comportamento e aos padrões sociais. "Ficar rico" era uma ilusão já superada em uma sociedade habituada à escassez cotidiana. A perspectiva sobre o que seria importante passou a ser outra: estar bem, ter saúde e aproveitar todas as oportunidades para estar ao lado das pessoas queridas. Por isso, as pessoas começaram a circular mais dentro e fora do país. Parentes e amigos que antes ficavam anos sem se ver ou se falar passaram a se encontrar com mais frequência. Em relação aos emigrantes gregos, mesmo que muitos tivessem optado por se firmar no Brasil, as viagens para a Grécia tornaram-se mais comuns, inclusive Niko, ainda que estivesse escolhido permanecer no país ao lado da filha mais velha, tamanho era o amor que sentia pelos netos, também viajou para a sua terra natal.

Dois anos depois, nasceu Andre, o terceiro filho de Dimitra e Haralabi. Com a tríade completa, não houve um dia de sossego para os pais deles – e especialmente para Niko, o seu devotado avô. Desde pequenos, eles adoravam o tempo que passavam na companhia de Niko, ouvindo suas histórias, das mais alegres às mais tristes, e aprendendo tudo sobre as tradições da família, desde a forma correta de passar um cheiroso e delicioso café ao significado e apreço para datas que costumavam comemorar. Talvez por ser a primogênita ou a única mocinha entre os irmãos, possivelmente tendo herdado uma certa essência mística presente em toda a sua ancestralidade feminina, Elaine era especial de muitas maneiras, com uma sensibilidade extremamente aguçada e um jeito manso de agir e se comunicar. Ela transmitia uma energia estranhamente curativa, que fazia com que as pessoas se sentissem à vontade ao seu lado. Tinha as palavras certas para o momento certo e o abraço acolhedor quando só isso era necessário. Por essa razão, seu vínculo com Niko era muito forte, uma vez que esse velho soldado escondia lamúrias enraizadas no seu âmago, que faziam com que se sentisse à deriva, e eram amenizadas apenas pela vivência com os netos. Nem todos compreendiam isso, pois acreditavam que o seu jeito genioso fosse efeito da idade, mas Elaine não. Ela compadecia-se pelos sentimentos que somente ela e o avô, este ainda que, relutantemente, reconheciam.

O tempo passou, Elaine cresceu, casou-se com Mikael e se tornou uma mulher extraordinária. Havia, ainda, uma certa latência referente aos seus dons, porém ela não os compreendia muito bem. O que acreditava se tratar de uma forte empatia, revelou-se uma capacidade pessoal muito mais mística. Coisas curiosas aconteciam com ela e toda a sua família – situações inexplicáveis, visões, premonições, revelações, até mesmo com os seus filhos. É o que ocorreu ao seu filho mais novo, Yuri, que, quando tinha três anos, contou à mãe que se lembrava exatamente do momento que antecedeu a sua gestação. Disse a Elaine que ele a havia escolhido.

— Mamãe, tinha uma sala com um monte de mulheres esticando os braços para mim e pedindo "vem pra mim, vem pra mim". Aí eu te vi quietinha num canto, com o rostinho triste, cheguei perto e falei que escolhia você para ser minha mamãe – Yuri revelou, com uma serenidade inapropriada para a sua pouca idade.

Contudo, o momento mais milagroso em relação aos fatos ocorridos com Elaine aconteceu antes mesmo de ela sequer acreditar que seria possível engravidar. Logo após o seu casamento, ela começou a sentir sintomas estranhos, um pouco de sangue na urina, inchaço nas pernas e frequentes dores nas articulações e nos músculos. Assim, resolveu ir ao médico, e, com o diagnóstico, descobriu que tinha lúpus renal da pior espécie, que se alastra por todo o corpo, atacando primeiro os rins, com chances de vir a perdê-los. Certo dia, depois de iniciar o tratamento, foi encaminhada para o hospital, sentindo fortes dores, tontura e suspeita de hemorragia interna.

Quando estava dando entrada no hospital, na porta do elevador, Elaine desmaiou e foi levada para o pronto-socorro. Voltou a si depois de algumas horas e contou a todos da família algo inacreditável que tinha ocorrido com ela enquanto estava inconsciente.

— Onde eu estou? Onde eles estão? – Elaine disse em voz baixa, confusa e perplexa, ao acordar no hospital.

— Eles quem, minha querida? Você está no hospital, não se lembra de ter vindo para cá? — Dimitra respondeu com a voz doce, afagando o rosto dela.

— Mãe, eu estava dentro de um túnel com uma iluminação muito forte na parte final. De lá vinha uma explosão de luzes, e eu corria em direção a elas, mas também havia dois meninos e uma menina gritando: "Volte! Volte! Volte". Instintivamente, fiz o que me mandaram, voltei correndo. Eu estava sozinha, mas senti outras pessoas me acompanhando e me dando forças para seguir. Foi quando acordei aqui.

Dimitra sentiu um calafrio quando ouviu o relato da filha e, como se estivesse recebendo um tipo de intuição, falou:

— Eram os seus tios, meus irmãos, que Deus os tenha, falando com você pra voltar, porque ainda não era a sua hora.

Depois de sair da emergência, Elaine procurou vários médicos especialistas para iniciar o tratamento da doença recém-descoberta, porém o diagnóstico era sempre o mesmo: tal tratamento serviria apenas para dar mais qualidade de vida a ela, pois não havia cura para o lúpus, que podia se espalhar por todos os outros órgãos, existindo, ainda, o risco de perda dos dois rins.

Todavia, para algumas pessoas, a fé é algo que desafia até mesmo os axiomas médicos mais genuínos – e Mikael, o marido de Elaine, era uma dessas pessoas. Por isso, depois de ouvir as mesmas palavras do terceiro especialista que consultaram, ela peregrinou com seu marido, sogra e enteado até Aparecida do Norte, convicto de que, embora o impossível fosse uma barreira insuperável pelo homem, para Deus ela simplesmente não existia. Ele foi em busca do milagre da cura para Elaine. Assim o pediu, assim o recebeu.

Eles visitaram o Santuário em um dia muito especial para os fiéis cristãos, quando comemoravam a Anunciação de Nossa Senhora. Ao entrarem na Basílica, ela já estava lotada. No meio da celebração, foi chegado o momento em que o sacerdote caminharia pelo local carregando a imagem da santa consigo. Ao passar perto de Elaine, ele elevou a imagem sobre a cabeça dela, que instantaneamente sentiu uma onda de emoção despertando todo o seu corpo. Lágrimas escorreram por sua face de um jeito incontrolável. Elaine não soube explicar aquela sensação. O tempo parou por um segundo, uma luz azul bem clarinha a envolveu e, enquanto essa luz ia se afastando, sentiu-a retirando algo de dentro de si.

Quando retornaram para casa, Elaine já estava mais esperançosa, vislumbrando não somente viver uma realidade na qual conseguiria controlar a doença que a acometia, mas também um futuro em que fosse possível vencê-la totalmente. Por essa razão, decidiu iniciar uma terapia holística como um tratamento alternativo para a doença de lúpus. Elaine foi surpreendida no primeiro dia de terapia, quando, sem saber nada a respeito da sua condição, a terapeuta chamou-lhe a atenção, revelando que possuía um desequilíbrio energético que poderia vir a causar-lhe algum problema renal. Assim, marcaram uma sessão por semana. Três semanas depois, o médico de Elaine pediu a ela que repetisse todos os exames. Quando os resultados saíram, ele ficou incrédulo em relação ao que estava diante dos seus olhos.

— Impossível! Você está curada. Isso é impossível! – o médico disse para Elaine, um pouco desconfortável por não conseguir conter a reação de descrença, tendo em vista que, por mais inacreditável que fosse, aquela era uma constatação extremamente feliz para quem a recebia. — Eu tenho vários pacientes na mesma condição que a sua, mas nunca tinha visto nenhum caso assim, seus exames são de quem nunca teve a doença, pois ela é incurável.

Apesar disso, a batalha de Elaine contra as adversidades relacionadas às questões de saúde que vinham deixando-a convalescida ainda não havia acabado, pois ela também tinha endometriose, o que diminuía consideravelmente as chances de realizar o seu maior sonho: engravidar. Sem alternativas a não ser seguir com o tratamento, antes de se submeter à aspiração uterina, que seria necessária para lidar com a doença, Elaine resolveu que repetiria o mesmo caminho trilhado por ela quando estava com lúpus. Perseverante quanto à providência divina em sua vida, primeiro retornou a Aparecida do Norte para agradecer o milagre recebido e apresentar-se resignada diante dos desígnios de Deus para o seu futuro, depois decidiu marcar mais uma sessão com a terapeuta no dia anterior ao procedimento médico que realizaria.

Durante a sessão, a terapeuta teve um *insight* muito forte. Viu uma luz rosa misturando-se ao campo energético de Elaine e soube, naquele instante, que se tratava de uma gravidez. Ela contou para Elaine o que tinha acontecido, recomendando que não fizesse a aspiração uterina, além de revelar que provavelmente estava grávida de uma menina. Elaine saiu da terapia com a cabeça a mil, sem saber se acreditava ou não na terapeuta. Desnorteada demais para pensar no que deveria fazer, ligou para o seu irmão e parceiro Filipe, que era quem a amparava nas horas mais difíceis, antes de contar para mais alguém e correr o risco de estar alimentando falsas expectativas.

Como se já estivesse se preparando para uma situação semelhante, Filipe foi preciso em suas palavras. Com uma voz baixa e eufônica, disse à irmã que estava de saída para a casa dela, acrescentou que antes passaria na farmácia para comprar um teste rápido de gravidez e, por último, pediu a ela que também fosse direto para lá, pois não havia ninguém naquele horário, assim eles poderiam acabar com a dúvida ainda no mesmo dia. Filipe estaria com Elaine e a apoiaria qualquer que fosse o resultado. Poucas horas depois, ela fez o teste e o resultado deu positivo. Elaine ficou perplexa por isso e pelo modo plácido como o irmão mais novo tinha recebido a notícia. De uma forma misteriosa, ele deu a entender que sabia que isso aconteceria.

— Na última viagem que fiz para a Grécia, no verão passado, fui a Ilha de Patmos e aproveitei para visitar a caverna onde São João Evangelista escreveu o Apocalipse. Quando entrei, senti um arrepio muito grande ao saber que ali tinha vivido um apóstolo que seguiu Cristo e escreveu a visão dos segredos celestiais que dão sentido às realidades terrenas. Lá dentro, eu fiz um pedido de cura junto com a promessa de que, se você se curasse e pudesse ter filhos, eu voltaria ao lugar com eles quando isso acontecesse – Filipe revelou para a irmã ao ser questionado sobre a sua calma diante de uma situação tão improvável quanto a que vivenciavam.

Filipe reconfortou Elaine de um modo delicadamente fraterno, fazendo com que ela percebesse tudo que acontecia por uma perspectiva mais milagrosa. Novamente, ela estava recebendo outra benção, só isso importava, independentemente das probabilidades. No dia seguinte, Elaine teve a coragem necessária para informar ao marido e à família que não se submeteria ao procedimento médico, pois estava grávida. Compadecidos pelo que vinha ocorrendo com ela, eles não questionaram essa decisão, por mais que não estivessem acreditando na sua confissão. No entanto, quatro semanas depois, ela confirmou a gravidez por um exame de sangue e, posteriormente, também soube que esperava, de fato, uma menina, que receberia o nome de Dimitra, em homenagem à sua mãe, e eles carinhosamente a chamariam de Didika.

Anos após a promessa se concretizar com o nascimento da Didika, Filipe casou-se com Giselle. Uma jovem que, infelizmente, também enfrentava muita dificuldade de engravidar com anos de tratamentos fertilizações e inseminações sem sucesso. Determinado a não desistir, quando estavam na Grécia, na ilha de Creta, entraram na gruta de Santa Sofia, que se encontrava no topo de um cânion, conhecida morada de falcões e outras aves, ajoelhou-se e fez outra promessa fervorosa. Ele prometeu que se Giselle conseguisse engravidar e tivesse uma filha, eles a chamariam de Sofia em homenagem à Santa e que até os sete anos Sofia deveria retornar a essa gruta para agradecer o milagre.

O milagre ocorreu mais uma vez, Giselle engravidou e, para alegria do casal, deu à Luz a uma bela menininha chamada Sofia. Sofia crescida com seis anos está retornado a Creta para cumprir a promessa e mostrar gratidão no local sagrado. Uma história que transcende as fronteiras da realidade e nos leva a refletir sobre a força da fé e devoção, diante das dificuldades há esperança quando acreditamos no divino. Além de Sofia, o casal também teve Melina, a caçulinha de toda família Apostololopoulos.

Vários foram os momentos em relação aos quais Dimitra e Haralabi puderam se emocionar e sorrir ao lado de sua família, chorando menos, como se, com essa nova conjunção criada, a harmonia, a prosperidade e a felicidade plena fossem as emoções mais constantes na vida deles, em consequência da união formada entre as famílias Valavanis e Apostolopoulos. Uma trajetória de quase 100 anos de batalhas intermináveis, tragédias incalculáveis e separações fatídicas parecia ter sido, enfim, superada pela geração iniciada com Dimitra a Haralabi.

O destino finalmente se pronunciava nas entrelinhas do inexplicável, permanecendo em mistério, mas dando sentido àqueles tantos anos e vidas, sem desculpas ou necessidade de fazer-se compreendido, apenas existindo. Doravante, isso seria ainda mais evidente para Haralabi, Dimitra e seus filhos, e netos, Yuri, Dimitra (Didika), Gustavo, Sofia, Melina e Julia, os quais, no entanto, chegariam a essa conclusão no decorrer das suas próprias vivências.

CAPÍTULO 16

ÚLTIMAS DESPEDIDAS

O que os membros das famílias Valavanis e Apostolopoulos já sabiam bem é que a hora da grande viagem chega para todos. Para alguns, mais rápido do que o esperado, subitamente, sem tempo para redenções ou despedidas, como uma chuva de verão fora de época. Até um dado momento, tinha sido assim para muitos dos seus entes mais queridos, mas não o foi para Dimitra em relação a sua mãe Maria. Tendo sido internada dias antes de falecer, Maria pôde se despedir dos seus parentes mais queridos, inclusive de Dimitra, que não saiu do lado dela, presenciando, inclusive, um momento sublime, quando a mãe teve uma visão do seu irmão Tasso, que tinha morrido meses antes, e disse a ela.

— Você viu, filhinha? O Tasso está no corredor, ele veio para me acompanhar na passagem – falou para Dimitra, em paz com o que a aguardava.

Dimitra não teve condições emocionais de dizer nada, apenas as suas lágrimas falaram, transmitindo a Maria os sentimentos que estavam entalados e que ela não conseguiu expressar, ainda que desejasse muito. Embora a relação mãe e filha fosse baseada no amor e no respeito uma pela outra, Dimitra sempre sentira a ausência do afeto manifesto no tato, da amizade entre mulheres, de uma conversa descontraída, tudo que não fizera parte da educação de Maria, sendo, por esse motivo, algo que ela simplesmente não podia dar pela falta de hábito, já que também fora criada com essa distância "pedagogicamente necessária" quanto à educação dos filhos.

O desejo de receber e as limitações sobre o que era possível dar ergueu uma barreira entre elas difícil de ser rompida para que pudessem compreender melhor uma à outra em suas singularidades, por isso o tempo correu contra elas, principalmente naquele momento final. Dias antes de ter sido internada, Dimitra tinha se desentendido com Maria e feito queixas relativas à suposta frieza da mãe. "Ah, mãe, você é tão dura comigo! Não sei se me ama. Gostaria que me abraçasse com força". Essa foi uma das últimas conversas entre elas no momento mais lúcido de Maria, antes de ser acometida pelo estágio final do câncer contra o qual lutava e levada para o hospital logo em seguida. Após a morte de Maria, Dimitra passou 40 longos dias refletindo sobre a conversa que tiveram antes de sua mãe ter sido internada, repassando toda a sua relação com ela, todas as coisas ditas e não ditas, imaginando o que poderia ter sido feito diferente, até que recebeu uma ligação da sua neta Didika, auxiliada pela mãe Elaine, pois só tinha nove anos na época.

— Yiayia, tenho um recado da bisa pra você – disse Didika com muita naturalidade.

— Como assim, minha querida? – Dimitra a questionou, imaginando que pudesse se tratar de uma confusão feita pela criança.

— A bisa me acordou ontem à noite e falou: "Didika, acorda, acorda... tenho um recado pra sua yiayia, diga a ela que eu a amo muito!". — Didika saiu logo após essa revelação, como se já não tivesse mais nada a dizer, muito menos paciência para as várias perguntas que sabia que seriam feitas pela avó.

Naquele instante, Dimitra reviveu as suas dúvidas quanto aos sentimentos da mãe, sobre a qual não teve coragem de comentar com ninguém porque fazia parte de um aspecto da sua relação com Maria que nunca se sentiu à vontade para falar a respeito, talvez por uma questão de aparências ou mesmo por medo de ser julgada como ingrata, tendo em vista que adultos não podiam se dispor a tais cobranças afetivas. Fato é que lidou – ou não lidou – com todas essas amarguras sozinha. Por essa razão, ela ouviu com o coração tudo que lhe fora revelado pela neta, sem deixar de acreditar que aquilo havia acontecido de verdade. A sua mãe, Maria, ainda cuidava dela e se preocupava com ela, a tal ponto de voltar do outro plano apenas para dizer à filha, que se culpava por não a entender em vida, que estava tudo bem, de modo que ambas pudessem seguir em frente. Assim Dimitra o fez, sem se questionar muito ou ficar impressionada, pensando nas improbabilidades do acontecimento – apenas teve fé na benção recebida e na oportunidade de receber uma última mensagem da sua mãe, onde quer que ela estivesse.

Depois dessa experiência sobrenatural, a família de Haralabi e Dimitra começou a se sentir conduzida à crença referente ao mundo espiritual, tendo em vista os vários acontecimentos místicos, de certa forma, ocorridos com todos eles. Se tinham sido agraciados ou não com um dom, isso era uma questão para a qual não possuíam uma resposta, mas a existência de algo além da sua compreensão era inegável, diante das tantas sincronicidades que os envolviam. Foi assim com Dimitra, que também sonhou com sua mãe, após isso ter acontecido com Didika. No sonho, elas se encontraram na sala de visitas da casa de Maria – tudo estava exageradamente claro e partículas minúsculas de uma cor dourada reluzente se misturavam à luz branca – no local havia um altar para a Virgem Maria, em frente ao qual ela rezava todos os dias antes de dormir, mesmo depois de velhinha, e sempre chamava a filha para acompanhá-la, quando ela ia visitá-la. Diante daquela imagem sagrada, Dimitra e Maria se abraçaram com muito carinho e reafirmaram os sentimentos de amor incondicional uma pela outra.

Tendo passado um ano da morte de Maria, Niko também veio a falecer, após não resistir ao câncer de garganta que o acometera. Morreu nos braços do seu neto Filipe, que, junto com os irmãos, era um acalanto para a longa vida cheia de tristes intempéries que viveu, um dos motivos pelos quais ele não sucumbira à vontade de desistir mesmo antes do câncer.

Transcorridos alguns meses de muita tristeza e luto, Dimitra começou a sentir dores abdominais horríveis, que não passavam com os remédios de costume nem tiveram um diagnóstico preciso após os exames indicados pelos especialistas consultados, tais dores eram tão intensas que os médicos não tiveram alternativa a não ser prescrever o uso de morfina para Dimitra, deixando todos apreensivos.

Essas dores não passavam, eram intensas, passou por vários métodos, fez terapias de hipnose, e nenhum dava resultado.

Já se passavam dez longos anos à procura da cura, não sabia mais a quem recorrer.

Um certo dia comum, sem nada especial no clima ou no movimento aleatório das pessoas vivendo suas vidas sem grandes expectativas, tal como costuma ser entre o final de domingo e o início de segunda-feira, quando tudo passa do existir, Elaine se preparou para ir a seu laboratório fazer um exame de sangue. Metódica como era, já deixava tudo organizado na noite anterior, para poder sair com folga e chegar a tempo, sem ser pega por nenhum imprevisto, mas naquele dia foi vencida, como se tudo conspirasse para ela se atrasar.

Colocou uma roupa, porém estava muito quente, teve que trocar. O mesmo aconteceu com a calça que ficou justa demais, só isso já a segurou em casa mais que o tempo devido.

Saiu atrasada e não teve tempo de acessar a *playlist* que gostava.

Elaine pegou o carro e começou dirigindo ao longo da estrada, a paisagem passava por sua janela, enquanto o sol brilhava no céu, o dia parecia normal, ligou o ar-condicionado, fechou os vidros, viajava naquele silêncio, imersa em seus pensamentos, e algo incomum aconteceu.

De repente, enquanto dirigia apressada e frustrada por não ter conseguido colocar a sua *playlist* de praxe, devido à pressa, uma música aleatória que ela nunca ouvira antes começou a tocar no rádio. Para a surpresa dela, a música ressoou como um deleite para seus ouvidos, instrumentalizada com um acorde de *kanum* (*sadouri*), instrumento de cordas originário do século X, cuja melodia, em conjunto com outros instrumentos, formou o som mais emocionante que escutara em muito tempo. Olhou o console do rádio e apareceu escrito somente Smirneiko.

Elaine diminuiu a velocidade e se deixou levar pela melodia cativante. Inexplicavelmente, teve um vislumbre sobre a origem daquela música.

Reconheceu se tratar do ritmo tsifteteli da cidade de Smyrni, uma música que trazia consigo o encanto dos anos 1920, época de seus bisavós.

A melodia a envolveu completamente, como se tivesse vida própria, o rádio tocava aquela música repetidamente, como se ele estivesse sendo controlado por algo desconhecido.

Ela sentiu uma sensação de desorientação, de repente tudo ao seu redor mudou, abriu os olhos. A estrada moderna desapareceu, substituída por uma avenida movimentada, repleta de pessoas elegantes, vestidas com trajes de época. Ao olhar para seus pés, viu que estava pisando em areia de uma praia. Elaine ficou surpresa e encantada ao perceber que havia sido transportada no tempo para 1920. Ela saiu do carro e caminhou pela avenida do Porto de Smyrni, maravilhada com a cena diante de seus olhos. As pessoas pareciam extremamente felizes da atmosfera vibrante, as vitrines das lojas exibiam roupas da moda da época, e o som de risadas e conversas animadas preenchia o ar, um pouco mais adiante, pessoas dançando ao som da música ao ar livre, ritmo jazz.

Elaine se encantou com a beleza da avenida do porto, continuou caminhando, sentiu a brisa suave acariciar seu rosto, enquanto admirava os barcos de pesca que balançavam suavemente na água, observava os rostos felizes das pessoas, e suas roupas de cores vibrantes contrastavam com o mar azul e cintilante das águas do Egeu sob o sol da tarde, isso ganhou completamente o seu coração.

Os trajes das pessoas que caminhavam pela avenida do porto, mulheres elegantes com vestidos esvoaçantes e chapéus clochê, tudo revelava uma sociedade cosmopolita em pleno auge de sua produtividade.

Enquanto explorava a avenida, notou um café pitoresco e ouviu música, decidiu entrar, havia um conjunto de músicos tocando rebético, e, para sua surpresa, reconheceu um homem que estava sentado em uma das mesas, olhou e sentiu dentro de seu coração que aquele era Dimitri, seu bisavô, estava com uma roupa de linho claro usando um elegante chapéu panamá com seus sapatos *oxford* preto e branco. Dimitri olhou em direção a ela e deu um sorriso de reconhecimento familiar.

Ela abraçou seu bisavô com ternura, incapaz de conter a felicidade de vê-lo ali, vivo e bem.

À medida que o tempo passava, Elaine sabia que logo seria transportada de volta para seu tempo presente, mas ela guardaria para sempre em seu coração aquele momento especial em que pôde conhecer o seu bisavô num momento único e significativo.

Chegando a hora, Elaine abraçou seu bisavô mais uma vez, agradecendo-lhe por aquele momento mágico, com lágrimas nos olhos.

Retornou ao seu carro e viu a avenida do porto desaparecer lentamente, foi quando junto com aquela música no rádio que continuava, ouviu a voz do seu avô Niko em bom tom, dizendo a ela: "O MUNDO PRECISA SABER DA MINHA HISTÓRIA, e as dores da sua mãe não são dela, são minhas, que ela carrega pela bagagem familiar".

Elaine sentiu em seu coração tudo que aquele menino, seu avô, tinha passado e sentido, todas as dores, tristezas, medos, abandono, fome, a luta pela vida desde os sentimentos de Niko pela perda de seu pai Dimitri, a perda da sua pátria, de sua identidade, tudo isso passou pelo coração da sua neta Elaine. Niko foi claro na mensagem que passou, a sua filha Dimitra carregava todas as tristezas que eram dele.

Foi então que Elaine, considerada a guru da família, entendeu que os problemas de saúde da sua mãe não se curariam com alopatia e métodos convencionais, pois, provavelmente, tinham uma origem bem mais profunda, ligada a sentimentos ocultos e a questões sistêmicas relativas à sua família.

Outra vez, os Apostolopoulos recorreriam a terapias alternativas em busca de cura, Elaine sabia exatamente aonde ir.

Assim, ela marcou uma constelação familiar para Dimitra, e a acompanhou durante todo o procedimento.

Na sessão, a consteladora pediu a Dimitra que escolhesse alguém entre os participantes – todos desconhecidos – para apresentar o seu problema, ao que ela apontou para um rapaz de ombros largos e olhos caídos que parecia estar um pouco desconfortável naquele ambiente.

Em seguida, ele se levantou e se posicionou dentro do tabuleiro da constelação, assim a terapia foi acontecendo, com outras pessoas sendo incluídas no sistema de Dimitra.

No entanto, quando tudo parecia estar prestes a acabar sem uma solução bem estabelecida, uma moça que assistia disse a todos ali presentes que se sentia sufocada e precisava entrar na constelação.

Então, ela foi convidada a fazer parte do procedimento, sendo questionada sobre quem da família de Dimitri ela estava representando, e ela respondeu: "Sou um homem, fui um menino debochado, mas tive que me tornar um adulto com a carcaça dura. Criei uma proteção ao meu redor para sobreviver, tive que enfrentar muitas dificuldades sozinho".

Nesse momento, ela se aproximou de outra participante que representava Dimitra, acariciou os seus cabelos e disse: "Essas dores não são suas, são minhas! Todo o sofrimento de abandono e sofrimento, que senti a minha vida inteira, você continuou carregando consigo quando eu parti".

Quase que simultaneamente, Dimitra não conseguiu conter o susto que levou com a cena presenciada, pois esse gesto foi exatamente do mesmo modo como Niko fazia com ela quando era criança.

No mesmo momento, os outros participantes que representavam Maria e seus quatro filhos também se aproximaram da representante de Dimitra, ficou nítido que todos os membros daquela família se atraíam por um amor genuíno, mas permeado por um clima tensionado pelos sentimentos mal resolvidos uns em relação aos outros, e muita dor em decorrência disso.

A pressão prosseguiu e, em um dado momento, a representante de Maria segurou a mão da representante de Elaine e não largou mais, mesmo quando veio a cair no chão.

A conjunção das mágoas e dos sofrimentos vividos pelos antepassados de Dimitra preencheram o ambiente onde estavam por completo.

Ao final da terapia, a consteladora disse à Dimitra que ela vinha carregando e somatizando uma dor que não era dela, sendo isso o que a estava adoecendo fisicamente. Seu corpo, naquele momento, era como um receptáculo de todos os infortúnios ocorridos em seus antepassados, geração após geração. Separação, morte, guerra, violência, fome, tristeza, solidão, raiva, todos esses sofrimentos resistindo ao seu próprio tempo, persistindo em serem vividos por uma existência pequena demais para o peso empenhado nela.

"Dimitra, o seu sistema agora será curado para você, a partir de hoje, sua família e futuras gerações não carregarão mais nenhum desses traumas.

Honrar os pais e toda a linha de ancestrais que vieram antes deles é o que nos possibilita estar aqui hoje", a terapeuta disse a ela, em tom firme.

Dimitra já vinha se sobrecarregando demais com pendências que não pertenciam a ela, era hora de se libertar de tudo aquilo, e foi exatamente essa sensação que sentiu quando concluíram a sessão.

Saiu de lá abraçada, ombro a ombro, com sua querida filha Elaine, as duas aos prantos com lágrimas escorrendo pelos olhos, sentindo-se anestesiadas diante daquela experiência real, ainda que inexplicável.

Nos dias seguintes, as dores passaram como se tivessem sido retiradas com as mãos de todos aqueles presentes no dia da constelação.

A cura foi confirmada e teve alta pelos médicos.

No vasto universo de experiências humanas, algumas histórias brilham como estrelas solitárias, transmitindo uma luz que inspira e toca a alma. A história de Dimitra é uma dessas constelações, uma mulher que navegou pelas profundezas das dores familiares para encontrar a cura. Os traumas transmitidos pelo seu pai, que passou por duas guerras, foram heranças pesadas a carregar. A cura de Dimitra é uma história poderosa e inspiradora sobre o poder da compreensão, perdão e amor incondicional.

Dimitra nos mostra que no sofrimento há sempre esperança de cura.

Ela decidiu compartilhar os ensinamentos da constelação familiar com outras pessoas que possam estar sofrendo para encontrar o caminho da cura.

Assim, Elaine e seus pais precisavam juntar os fatos para decidirem o que fazer com esse pedido de Niko nada convencional.

Dimitra, junto com seu marido, soube que deveria documentar a história do seu pai. Grécia, Smyrni e todos os lugares pelos quais passou no decorrer da vida deixaram marcas profundas em Niko, tiraram dele o sentimento de pertencimento, fazendo com que vivesse com a sensação de não se encaixar em lugar algum, tornando-se um estrangeiro aonde quer que fosse, mesmo as atitudes heroicas não haviam sido suficientes para que se sentisse abraçado por sua pátria. Em consequência disso, o abandono sempre fora um sentimento aos seus hábitos e escolhas, e isso reverberou em seus descendentes.

Não ter processado seus traumas gerou um desequilíbrio emocional que foi assimilado e reproduzido por sua filha Dimitra. Essa sentia a mesma sensação de abandono que o pai. Mas de uma forma inconsciente.

O que Elaine Dimitra Haralabi e demais familiares puderam aprender quando visitaram a história de Niko foi que o que aparentemente dava a ele um aspecto apático em relação à vida, com seu jeito obstinado e distante, era, na verdade, a sua força.

Ele teve que se fechar para o mundo, para não se afetar demasiadamente com as tragédias de sua existência, de modo que pudesse guardar em si um pouco de alegria, em sinal de amor e dedicação à sua família.

O que ele teve que enfrentar, ainda que pudesse ser relatado ou mesmo transformado em livro.

Uma história capaz de eternizar o grande homem que fora – dificilmente seria sentido em essência, quem dirá ser deportado por qualquer pessoa, o que só reforça a imagem do homem admirável que fora, com sana de viver, exatamente por ter estado cara a cara com a morte várias vezes e ter tido a certeza de que não se entregaria a ela facilmente.

POSFÁCIO

Cada pessoa é única. Esse é o milagre da criação que torna a vida no planeta tão bonita e emocionante. Esse elemento é o que torna este livro especial, uma obra que se soma a todos os outros livros que foram escritos por ocasião da destruição de Smyrni.

Os autores, com seu pesar e conhecendo a história da própria família, dão-nos fatos, relatam situações banhadas pela luz do amor, da humanidade, da sede de vida, de criação de um amanhã melhor e tranquilo.

Para aqueles de nós que aprenderam o significado do desastre da Ásia Menor, do desenraizamento, da dor dos imigrantes e dos sonhos, não há dificuldade em entender o significado do livro e chorar.

Para quem descobre tudo isso lendo o livro, certamente os autores conseguem despertar sentimentos de forma simples e humana, filtrada pela passagem das décadas, mas com um aroma fresco e intenso, como o café grego que Dimitri serve ao amigo.

O principal objetivo dos autores é homenagear seus antepassados, reconhecendo o percurso de vida de familiares com ideais e valores, como a pátria e a família, e, ao mesmo tempo, conectar o passado com o presente e deixar um legado para o futuro, que são seus filhos e netos.

A forma de escrever, no entanto, mostra que eles desejam dar a um público desconhecido uma história profundamente humana, que, além de comover e exaltar valores universais, também levará o leitor a, possivelmente, compará-la com suas próprias histórias de desenraizamento.

Konstantinos Apostolopoulos

NOTA TÉCNICA

A narrativa do texto se fia pelas memórias dos acontecimentos vivenciados e experienciados pelas personagens. Por isso, são percepções do passado, elaboradas em outra temporalidade, marcada pelo contexto de criação dessa memória. Nesse sentido, a opção por manter inalterados os relatos acerca dos eventos históricos se justificam no argumento de manter viva a oralidade que, por si mesma, carrega significados únicos das experiências referentes ao acontecimento narrado. Apesar disso, a verificação das informações dos eventos foi feita por meio da metodologia do cruzamento de outras fontes historiográficas, a fim de garantir a verossimilhança e coerência dos fatos do passado pela construção de uma nova perspectiva, pautada no reconhecimento e no pertencimento das personagens à visão da narrativa.

FAMÍLIA VALAVANIS

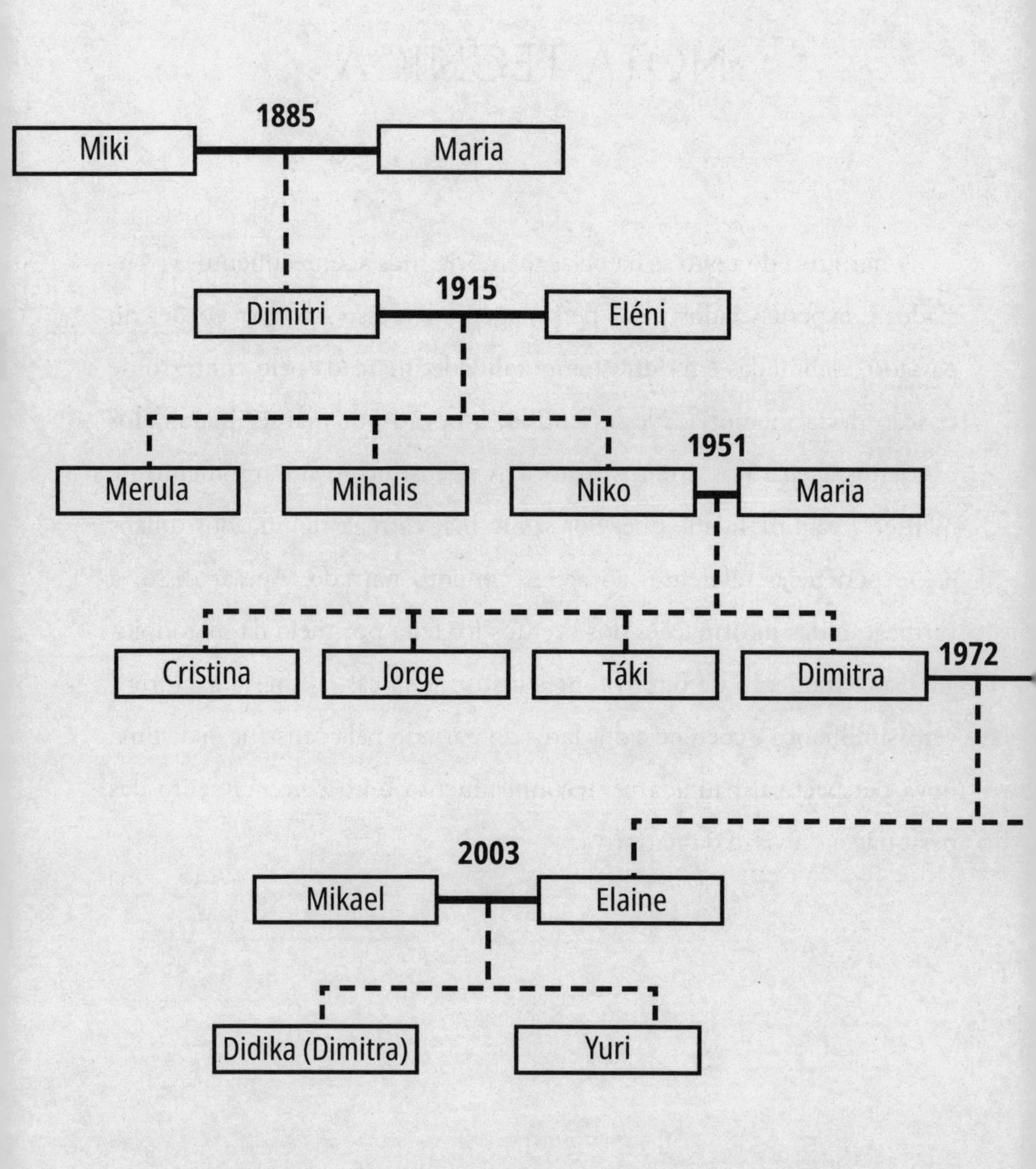

FAMÍLIA APOSTOLOPOULOS

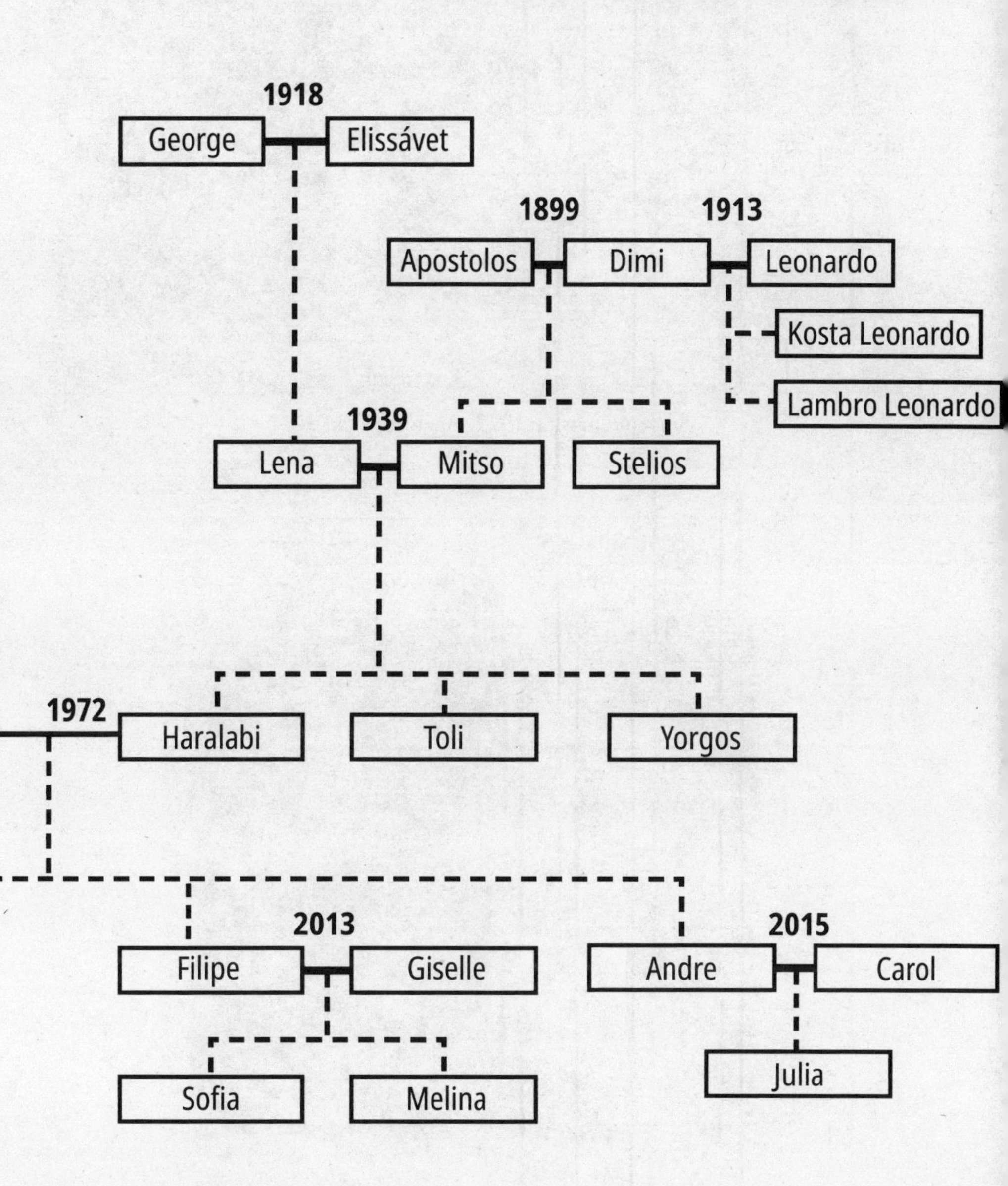

Smyrni antes de 1922. Agefotostock, 2022.

Niko com seu grupo do exército. Acervo do autor.

Ponte de Gorgopotamos que foi explodida pela resistência grega.
Adobe Stock, 2023.

1952 - Lambro passeando por Fáliro em sua lancha com sua namorada Georgia, Mitso, Lena, Toli, Haralabi e amigos. Acervo do autor.

Toli, Lena e Haralabi no navio Nea Hella, viagem para o Brasil.
Acervo do autor.

Terraço do sobrado: Mitso com farda de sargento de bombeiro, com Lena ao seu lado direito e Stelios agachado com Leli, Toli e amigos. Acervo do autor.

Medalha de Niko por heroísmo
contra os nazistas.
Acervo do autor.

Medalhas de Mihalis por heroísmo
contra as tropas nazistas de Rommel
no Canal de Suez, norte do Egito.
Acervo do autor.

Niko, Maria, Dimitra e Táki.
Acervo do autor.

Dia em que Penelope, a mãe de Maria,
foi se despedir da filha, de Niko e dos
netos Dimitra e Táki. Acervo do autor.

Niko, Dimitra, Táki e Jorge.
Acervo do autor.

Haralabi e Toli quando chegaram no Brasil. Acervo do autor.

Haralabi, Yorgos e Toli.

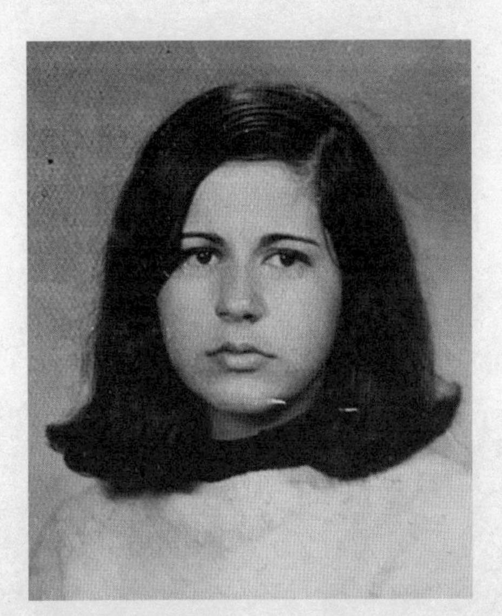

Dimitra. Acervo do autor.

Dimitra e Haralabi. Acervo do autor.

Haralabi, Dimitra, Elaine, Andre e Filipe. Acervo do autor.

Família Apostolopoulos reunida em Orlando. Acervo do autor.

Batizado de Julia. Acervo do autor.

Refazendo a travessia do Canal de Corinto, como há mais
de 60 anos fizeram as famílias em direção ao Brasil.

Toda família se reuniu e retornou às raízes na ilha de Elafonisos,
lá onde viveu a sua infância Maria, esposa de Niko e mãe de Dimitra.